AF666890

Kristin Ullmann, geboren 1995 in Oberfranken und dort aufgewachsen, hat sich inzwischen in Thüringen niedergelassen, wo sie in einer Autoren-WG lebt. Ihre Leidenschaft für Bücher hat sie erst spät entdeckt, kann sich mittlerweile aber ein Leben ohne aufregende Geschichten nicht mehr vorstellen. Im Jahr 2019 veröffentlichte sie schließlich ihren ersten Roman und tüftelt nun in jeder freien Minute an neuen Ideen.

KRISTIN ULLMANN

MORE THAN Roommates

Nicht gesucht,
aber gefunden

Erstausgabe März 2024

Copyright © 2024 dp Verlag, ein Imprint der
dp DIGITAL PUBLISHERS GmbH
Made in Stuttgart with ♥
Alle Rechte vorbehalten

More Than Roommates

ISBN 978-3-98778-721-8
E-Book-ISBN 978-3-98778-719-5

Covergestaltung: ARTC.ore Design / Wildly & Slow Photography
Umschlaggestaltung: ARTC.ore Design
Unter Verwendung von Abbildungen von
shutterstock.com: © Borisovna.art, © Perfectorius, © Olga Rai,
© Polina Tomtosova, © Gannvector
Lektorat: Sandra Florean
Satz: dp DIGITAL PUBLISHERS GmbH
Druck und Bindung: Books on Demand GmbH, Norderstedt

Das Werk darf – auch teilweise – nur mit
Genehmigung des Verlages wiedergegeben werden.

Sämtliche Personen und Ereignisse dieses Werks sind frei
erfunden. Etwaige Ähnlichkeiten mit real existierenden Personen,
ob lebend oder tot, wären rein zufällig.

Für die echte Anni und ihren Mond.
Vielleicht war es Schicksal.

Prolog

Das Kapitel, in dem die Katastrophe live geht.

Silber strahlt mir entgegen und ich reiße die Augen beeindruckt auf. „Da ist er, Leute!“ Mit offenem Mund starre ich zwischen Kamera und schwarzer Box hin und her. Gerade beobachten mich 13.597 Menschen live, wie ich den silbernen YouTube-Play-Button auspacke. Die Entscheidung, das per Liveübertragung und nicht in einem normalen Video zu zeigen, war absolut spontan und ich hoffe sehr, dass Zane mir das nicht übelnimmt. Aber ich bin zu aufgeregt. Seit unser Kanal die hunderttausend Abonnenten geknackt hat, warte ich auf diesen Moment.

Ich nehme die Platte heraus und streiche andächtig über unseren in weiß aufgedruckten Kanalnamen: *A2Z – Anni to Zane.*

„Zane ist gerade Kram mit unserem Label klären und ich dachte, wir könnten ihn gemeinsam überraschen.“ Zusammen mit Handy und der YouTube-Auszeichnung schlendere ich zum Regal und platziere den Play-Button auf dem Sideboard direkt neben einem Knutschbild von Zane und mir. „Mal sehen, ist hier ein guter Platz?“ Ich richte die Kamera aus und lese den Livechat. Die Leute sind einverstanden, also lasse ich das Ding an Ort und Stelle. „Was denkt ihr, fällt er Zane gleich auf, oder muss ich ihn unauffällig drauf hinweisen? Diskutiert das aus, während ich eurem Wunsch nachgehe und was spiele."

Das Handy justiere ich in einer Halterung an meinem Schreibtisch, dann greife ich nach meiner blauen Gibson Westerngitarre und binde mir einen Pferdeschwanz, weil ich es nicht leiden kann, wenn meine langen Haare im Weg sind.

„Ich dachte, ich spiele für euch *Youngblood* von *5 Seconds of Summer*, weil es das Cover ist, das am meisten Aufrufe von euch bekommen hat." Der Chat explodiert mit Emojis und ich sauge die Euphorie meiner Fans auf. Am liebsten würde ich darin baden. Es gibt nichts Schöneres, als für das gefeiert zu werden, was man gern macht. Und ich liebe es, Songs zu covern. Ihnen meinen eigenen Stempel aufzudrücken, sie so zu interpretieren, wie ich sie fühle.

Vollgeladen mit Endorphinen streiche ich über die Saiten und beginne. Der sachte Anfang war eigentlich Zanes Part, aber ich glaube, es mindestens so gut wie er hinzubekommen. Immer wieder wandert mein Blick zu der Auszeichnung und ein warmes Gefühl überkommt mich. Das Gefühl, dass München die richtige Entscheidung war. Dass *A2Z* die richtige Entscheidung war. Dankbarkeit durchströmt meine Adern, die ich für Zane empfinde, dass er mich vor langer Zeit dazu gebracht hat, mit ihm Cover aufzunehmen und online zu stellen. Was wir alles dadurch schon erreicht haben. Ich lasse die Emotionen in dem Song raus und singe so kräftig, wie ich nur kann. Sorry, Nachbarn.

Als ich ende, liegt die Zuschauerzahl bereits bei 35.207. Hibbelig präsentiere ich erneut den Grund, weshalb ich das Live gestartet habe, um die neu Dazugekommenen upzudaten.

Dann lese ich einen Kommentar von meiner besten Freundin.

„Hi, Kira!“, begrüße ich sie und streichele demonstrativ über die Platte. „Ziemlich cool, oder?“

Auf den Zug springen sogleich hundert weitere auf und ich grüße sämtliche Leute, die ihren Namen in den Chat schreiben und auch ein persönliches *Hi* wollen.

Dann höre ich das Klappern von Schlüsseln an der Wohnungstür. „Oh, Zane kommt heim. Bleibt ganz still, dann lasse ich die Kamera weiterlaufen und ihr seht seine Reaktion.“ Ich halte verschwörerisch den Finger vor die Lippen. „Gut, als ob ihr laut sein könntet, aber ihr wisst, was ich meine“, flüstere ich, während ich das Handy hinter einem Berg Büchern verstecke. Dann flitze ich in den Flur und ... bin verwirrt, weil Zane nicht allein ist.

„Anni? Du bist zu Hause? Ich dachte, du wärst bei Kira.“

„Hi, ähm ... hallo“, stottere ich vor der fremden Frau, die in unserem Alter sein dürfte. Ich dachte, ich kenne alle seine Freunde.

Sie dreht sich zu Zane und legt sogar ihre Hand auf seine Brust. Mir gefällt es gar nicht, wie seltsam vertraut sie mit ihm umgeht. „Das ist mir zu peinlich, ich verschwinde. Ruf mich an, wenn du es erledigt hast.“ Dann dackelt sie davon.

Was soll er erledigen?

Ich verschränke die Arme vor der Brust. „Zane, wer war das?“ Ein ekelhaft schlechtes Gefühl überkommt mich und schwemmt alles Positive von gerade eben weg.

„Anni, können wir kurz –“ Er legt seine Hand auf meine Schulter und führt mich in unser Büro. Dann deutet er auf den Schreibtischstuhl und meint, es wäre besser, ich würde mich setzen.

Dass das nächste nicht für mein Livepublikum bestimmt ist, verrät mir eine ungute Vorahnung, die mich wenigstens so vernünftig handeln lässt, dass ich die Übertragung abbreche und mein Handy ausschalte. Das bekommt Zane gar nicht mit, denn der tigert in dem kleinen Zimmer auf und ab und fährt sich immer wieder mit den Fingern über das Kinn.

Als er endlich stehenbleibt und das genau vor dem Play-Button, höre ich seine Worte nicht, denn die gehen im höhnenden Lachen der Auszeichnung unter.

Kapitel 1

Das Kapitel, in dem ein Fremder meine Unterwäsche sieht.

Die Abschiedsparty geriet in dem Moment außer Kontrolle, als ein semibekanntes Rap-Duo zwei Fässer Bier in meine Wohnung schleppte.

„Scheiße, Anni! Sind das nicht *PowWow*?!", brüllt mir eine mehr als betrunkene Kira ins Ohr, während die zwei Gestalten mit riesigen Goldketten um den Hälsen an uns vorbeimarschieren. Zum vierten Mal seit sie da sind, um genau zu sein. Sie checken eindeutig Kira ab.

Der kleinere der beiden zieht mit halb hochgezogenen Lippen cool-verspielt die Augenbrauen nach oben, was einfach nur dümmlich wirkt und meine Vermutung bestätigt.

Na, sieh mal einer an. Ein wandelndes Klischee.

Und das Klischee sind tatsächlich die Rapper von *PowWow.*

Eine Kommilitonin war vor kurzer Zeit mit den beiden Newcomern in Münchens Rap-Szene aufgetreten, vielleicht hat sie die Proleten mitgebracht.

Mich interessieren die zwei gleich null. Aber Kira ist viel zu betrunken, um noch vernünftige Entscheidungen in Puncto Flirt zu treffen. Also schiebe ich meine verschwitzte beste Freundin vor mich, um sie genau zu mustern. Sie wankt ordentlich, obwohl ich meine Hände auf ihre Schultern lege, um sie ruhig zu halten. Ihre Stirn glänzt, wahrscheinlich von der ausgelassenen Tanzerei. Die dunkle Lockenpracht klebt in ihrem Gesicht, das normalerweise einen beneidenswert sonnengebräunten Teint hat, jetzt aber doch recht blass wirkt.

„Wie viel hast du getrunken?", frage ich sie ernst, was sie mit einem hysterischen Lachen beantwortet.

Dabei streckt sie mir vier Finger entgegen.

„Du hast nicht nur vier Bier getrunken", murmele ich mehr zu mir selbst als zu ihr. Über den dröhnenden Bass eines Remix von *BTS' Dynamite* hätte sie mich sowieso nicht verstehen können. Ich führe sie stützend durch die tobende Menge an mittlerweile viel zu vielen Unbekannten vorbei.

Die Mischung aus Schweiß und Alkoholausdünstungen von allen Seiten abzubekommen, nimmt mir auch das letzte Fünkchen Spaß. Spaß, den ich nie zugeben werde, zumindest für eine kleine Weile gehabt zu haben.

Immer noch Kira im Arm, stolpere ich über irgendjemandes Fuß, werde aber zum Glück am Handgelenk festgehalten, sodass wir beide nicht vornüberkippen, um den Boden zu küssen. Erschrocken hebe ich meinen Blick und blinzle einen Typ mit schwarzer Baseball-Cap an, der schnell den Kopf senkt, meine Hand jedoch nicht loslässt. Unter der Kappe mit Metallringen an der Seite des Schirms kann ich kaum erkennen, wer mich da festhält, aber ich stufe ihn als einen der unzähligen Fremden hier ein.

„Alles okay bei dir?", fragt er.

Gott, ist seine Stimme tief. Der Bass in ihr wummert über den der Musik. Diese wenigen Worte dringen mit einer gewaltigen Intensität direkt in meinen ganzen Körper.

Ich schüttele mich, um mich aus der Trance seiner Stimme zu befreien.

Dabei merkt er wohl, dass er immer noch seine Finger um mein Handgelenk geschlungen hat, denn im nächsten Moment zieht er sie weg. Und mit ihnen verlässt mich auch das seltsam elektrisierende Gefühl.

Dann kann ich ihm nur noch hinterherstarren, während er weggeht. Und das nicht in einer betrunken-feiernden Art. Wie in einem Film scheint sich die Menge für ihn zu teilen. Sein langer, sandfarbener Mantel schwingt ganz leicht mit seinem selbstbewussten Gang.

Ein Mantel? Hier, wo es mittlerweile aufgeheizt und schweißtreibend ist wie in einer Sauna?

„Anni", säuselt Kira und holt mich in das Chaos der Party zurück. Ist die Musik wirklich zwischendurch etwas leiser gewesen? Denn jetzt kommt sie mir ohrenbetäubend laut vor.

Kira versucht, selbständig einen Schritt weiter zu gehen, knickt dabei aber ein.

Ich richte ihren Arm um meine Schulter und wir bahnen uns weiter unseren Weg, als wäre unser Wohnzimmer ein Schlachtfeld aus dem alten Rom – nur weniger staubig, weil ich heute Früh den Staubsauger geschwungen habe.

Endlich öffne ich die Tür zu meinem Schlafzimmer, das ich in aller Eile als Sperrzone gekennzeichnet habe. Mehr als einen mit Paketband befestigten Flyer von dem Imbiss um die Ecke, auf dem mit Edding „Geh da rein und du bist tot. Ich meine es ernst“ gekritzelt steht, hatte ich nicht zu bieten. Aber er erfüllt seinen Zweck, denn mein Zimmer blieb bisher unangetastet.

Mehr oder weniger unsanft fällt Kira auf die Matratze, die abgesehen von den gefühlt hundert aufeinandergestapelten Umzugskartons das Einzige ist, das noch als Einrichtung in dem Zimmer zählt. Der Rest ist gut verpackt und wartet ungeduldig auf meine Abreise.

„Anni?“, murmelt Kira, die auf dem Rücken liegt und die bunt geschminkten Augenlider kaum mehr offenhalten kann. Sie wischt sich über den türkisfarbenen Lippenstift und bleibt dabei an ihrem Septum hängen.

Autsch.

Ich hole einen Putzeimer aus der Ecke und stelle ihn neben ihr ab. „Roll dich auf die Seite und bleib so“, meine ich genervt und helfe ihr beim Umlegen. „Kotz da rein und wage es nicht, dich wieder auf den Rücken zu drehen. Ich werde morgen vermutlich genug damit beschäftig sein, im Rest der Wohnung Schadensbegrenzung zu betreiben. Da will ich mich nicht auch noch um eine Alkoholleiche kümmern.“

„Anni?“, fragt sie erneut schläfrig.

„Was?“, seufze ich, setze mich ebenfalls auf die weiche Matratze und vergrabe meinen Kopf in den Händen, da auch ich die drei Bier merke, die ich über den Abend verteilt getrunken habe.

Kira würgt, schluckt aber herunter, was auch immer da wieder heraus will. „Ups.“ Sie kichert. „Es tut mir leid.“

Ich drehe den Kopf zu ihr und runzle die Stirn.

„Es tut mir leid, dass ich aus dem Mädelsabend eine Party gemacht habe.“ Schlagartig verändert sich ihre gerade noch belustigte Miene. „Ich will nicht, dass du gehst. Ich will auch nicht, dass du dein Studium abbrichst. Ich will nicht, dass wir dann keine besten Freunde mehr sein können." Sie quetscht sogar eine Träne aus dem Augenwinkel. Vielleicht kommt das aber auch von der Übelkeit.

„Was redest du da für einen Quatsch?" Jetzt bin ich es, die laut losprustet.

Kira trinkt gern mal einen über den Durst. Dann kommt immer ihre sentimentale Seite zum Vorschein.

Und genau das werde ich vermissen.

„Ich wohne doch nur drei Stunden entfernt. Zweieinhalb, wenn ich das Gaspedal durchdrücke." Auch in mir macht sich für einen Moment ein Gefühl der Wehmut breit.

Ich habe vor zwei Jahren hier in München ein neues Leben angefangen. So sehr ich mein Zuhause auch liebe, München ist das, worauf ich immer gewartet habe. Hier konnte ich mich austoben. Ich fand die erste große Liebe und mit ihr meine Passion für Musik. Aber ich verlor sie auch beide.

Und jetzt kehre ich mit eingezogenem Schwanz nach Hause zurück – als gescheitertes Möchtegernsternchen. Zurück in das Dorf, das meine kurze, kaum redenswerte Karriere belächeln wird. Das Dorf, das gegen alles Ausgefallene ist.

Was mich an die öde braune Haartönung erinnert, die in meinem Bad auf mich wartet. Eigentlich sollte mir Kira heute Abend die pinken Haare färben, damit ich zu Hause wieder zu meinem alten, unauffälligen Ich werden kann.

Gerade bin ich stinksauer auf meine beste Freundin, weil das ein gemütlicher Abend zu zweit werden sollte. Jogginghose, oversized Hoodie, Gesichtsmasken, Wein und ein paar Folgen K-Drama mit Park Seo-joon. Ein abwechselnder Rewatch von *Itaewon Class, Hwarang* und *Fight for My Way*, das war der Plan und zwar ein ziemlich genauer. Dann klingelte es überraschend an der Tür und aus war es mit der Ruhe. Mindestens zehn Kommilitonen haben mich überrannt. Ich, immer noch in Jogginghose und dreckigem Pulli, habe eine Weile gebraucht, um zu realisieren, was da vor sich ging. Lange konnte ich den uneingeladenen-aber-anscheinend-doch-eingeladenen Leuten jedoch nicht perplex hinterhersehen, da hat die Klingel wieder geschellt. Der nächste Haufen Menschen, diesmal mir komplett unbekannt, stolzierte mir nichts, dir nichts, herein. Sie hatten eine kleine DJ-Station dabei und ein nett anzusehender Typ legt seitdem zugegebenermaßen gute Musik auf. Es ist erstaunlich, wie viele Leute in eine leere Wohnung in Münchens Innenstadt passen. Die Hoffnung, einer meiner Nachbarn würde die Ruhestörung melden, zerplatzte, als sogar diese sich selbst einluden. Als dann auch noch die Rapper *PowWow* hier auftauchten und Freibier ausschenkten, ist gefühlt halb München versammelt. Kein Wunder, dass Kira die Rapper erst zwei Stunden später entdeckt hat.

Ein klirrendes Scheppern reißt mich aus meinen Gedanken und ich atme tief durch. Ich lehne mich zurück, um das Handy aus der Tasche meiner gemütlichen Jogginghose zu fischen und wähle die 110. *Zeit, die Party zu beenden.*

***

Mein Handywecker ist unerbittlich. Ich bereue es zwar jedes verdammte Mal aufs Neue, *Helene Fischer* als Weckton eingestellt zu haben, aber nur Schlager können mich früh aus dem Bett prügeln, seitdem Zane gegangen ist.

Je schneller ich mit *Atemlos* kurzen Prozess mache, desto wacher bin ich. Kurz erwäge ich, mich einfach noch einmal umzudrehen, aber ich bekomme jetzt schon Kopfschmerzen von der Melodie. Also ergebe ich mich, schalte den Wecker aus und versuche, wach zu bleiben.

Ich schiebe mir meine elektrisch aufgeladenen rosa Strähnen aus dem Gesicht und reibe die Augen. Draußen dämmert es erst, sodass ich noch vom grellen Sonnenschein verschont werde.

Neben mir schnarcht es weiterhin gemütlich. Ich gebe Kira, die gerade ganze Wälder absägt, einen unsanften Stupser mit dem Ellenbogen und ziehe die Decke von uns beiden. Sie protestiert und strampelt mit den Beinen, aber sie hat keine Chance mehr, die Bettdecke festzuhalten.

„Raus jetzt", befehle ich ihr mürrisch, weil auch mir vier Stunden Schlaf deutlich zu wenig sind. Aber dann erinnere ich mich, dass ich mich allein um den Rauswurf der Meute kümmern musste, während Kira bereits tief und fest geschlummert hat.

Dadurch hat sie das gellende Gelächter der Polizisten verpasst, als diese erfahren haben, dass ich meine eigene Party gecrasht habe. Sie fanden es überaus amüsant, haben sich mit einer Tasse Kaffee zufriedengegeben und waren kaum angesäuert von dem Einsatz um drei Uhr früh. Alles verlief friedlich und geordnet. Einzig die Rapper haben einen kleinen Aufstand gemacht. *PowWow* waren so enttäuscht über das jähe Ende, dass sie ihr Fass Bier – wohl gemerkt bereits leer – trotzig wieder mitgenommen haben. Zumindest eine Sache weniger, die ich heute aufzuräumen habe, obwohl ich das Pfandgeld gut hätte gebrauchen können.

Da Kira wieder zu Schnarchen anfängt, stelle ich auf Spotify Helenes 2017er Album ein und lege das Handy ans andere Ende des Zimmers. Ich gebe Kira zehn Minuten, mehr wird auch sie davon nicht ertragen, dann sollte sie wach sein.

Ich schnüffle an meinem Pulli und rümpfe die Nase. Eigentlich wollte ich den heute für den Umzug anbehalten, aber der Partygeruch steckt viel zu tief in jeder Faser. *Vielleicht hätte ich faule Socke ihn auch nicht zum Schlafen anbehalten sollen …*

Ich ziehe mir das miefige Ding über den Kopf und werfe es auf Kiras Kopf, die zwar murrend protestiert, es jedoch an Ort und Stelle lässt.

Nachdem ich sie mit hochgezogenen Augenbrauen mustere, schnaube ich belustigt. Dann senke ich den Kopf und wage es, an meinem BH zu schnuppern. *Okay, der geht zum Glück noch.* An einen frischen wäre ich nämlich nicht ganz so einfach herangekommen wie an den grauen Strickpullover, den ich aus einer der Kisten ganz oben hervorkrame.

Bevor ich ihn mir überwerfe, tapse ich ins Bad, wo ich gleich das Fenster öffne, um frische Luft hereinzulassen. Der Spiegel bestätigt mir, dass ich genauso aussehe, wie ich mich fühle.

Die Mascara macht aus mir einen Pandabären. Na ja, das könnte auch an meinen tiefen Augenringen liegen. Ja ... nein. Es ist die Kombi aus beidem. Verzweifelt suche ich in allen Schränkchen und Schubladen des Waschtischs nach Make-up-Entferner, werde aber nicht fündig. Kira hat ihn wohl gestern schon in eine Kiste gepackt. Dann muss eben einfaches Wasser seinen Dienst tun. Tut es auch. Aber auch nur den nötigsten. Nachdem ich die Zähne geputzt habe, halte ich den Kopf unter den Wasserstrahl am Waschbecken und bedanke mich bei meinem Ich von gestern, welches das Shampoo im Bad hat stehen lassen. Hinter der Heizung fische ich ein Handtuch hervor und binde mir einen Turban.

So ein Mist.

Mir fällt die Haartönung wieder ein. Meine Mutter wird bei dem Anblick meines kurzen Bobs umkippen. Soll ich ihr da auch noch das Rosa zumuten? Gerade bereue ich die Radikalveränderung nach der Trennung von Zane.

Grübelnd setze ich mich auf den Badewannenrand und starre in den Spiegel.

Meine Eltern wissen noch gar nicht, wie tief ich gefallen bin. Sie haben meine YouTube-Karriere nie ernst genommen, auch nicht, als ein Label auf Zanes und meine Musikcover aufmerksam wurde und wir als *A2Z* unter Vertrag genommen wurden. Auch nicht, als wir

Millionen von Klicks und hunderttausende Abonnenten bekommen haben. Auch nicht, als *A2Z* Sponsorenverträge erhalten hat und wir uns ein tolles Leben leisten konnten. Selbst die Besuche auf kleinen roten Teppichen haben sie eher belächelt.

Aber Zane hat das A in *A2Z* ausgetauscht und ist mit einem neuen A durchgebrannt – mit all unseren Ersparnissen. Er hat unser gemeinsames Konto aufgelöst. Das Label hat den Vertrag aufgelöst. Die Sponsoren haben ihre Deals aufgelöst. Und von einem auf den anderen Tag hat sich mein Leben, wie ich es kannte, ebenfalls vor meinen Augen aufgelöst. Die Enttäuschung über all das hat mir letztendlich die Freude an der Musik vermiest. Damit hat Zane das geschafft, was meine Eltern lange vor ihm versucht haben. Und ohne Leidenschaft zur Musik war es nur logisch, das Musikstudium zu schmeißen. Eine Sängerin, die keinen Ton mehr herausbekommt, ohne zu kotzen, weil sie an ihren betrügerischen Ex denkt, hat in der Branche keine Zukunft.

Meine Eltern werden mich ganz sicher umbringen.

Als würde sich ein Korsett aus Vorwürfen immer enger um mich schnüren, verengt sich mein Brustkorb schmerzhaft.

Ich atme tief ein und aus, verbanne alle Misserfolge in die hinterste Ecke meiner Gedanken. Durch das immer noch geöffnete Fenster schleicht sich ein eisiger Luftzug herein und bläst mir den Duschvorhang an den Rücken.

Wer hat den eigentlich vor die Badewanne gezogen? Gewisse Dinge mag ich nicht. Und ein Duschvorhang gehört schlichtweg nur zugezogen, wenn einer duscht.

Ich schüttle den Kopf, stehe auf und schiebe ihn beiseite.

Dann schreie ich überrascht und schockiert zugleich.

Mein Herz rast wie wild.

Was zur ...?

Die Badtür schwingt auf und Kira steht im Türrahmen.

„Was ist los?!", fragt sie nach Luft ringend. *Ha! Wenigstens ist sie jetzt wach.*

Ich zeige auf das, was sich in der Badewanne befindet.

Mittlerweile hat der Kerl den Kopf gehoben.

Wir starren uns abwechselnd an.

So lange, bis ich meine Stimme wiederfinde. „Was zur Hölle machst du hier drin?", verlange ich zu wissen. „Die Party ist schon lange vorbei!"

Die Cap. Der Mantel ...

„Ich ... also. Ich muss wohl eingeschlafen sein." Diese Stimme. Niemals würde ich diesen durch und durch gehenden Ton vergessen können.

In meiner Badewanne liegt der Typ, der mich gestern davor bewahrt hat, mit Kira im Arm hinzufallen.

Er nimmt die Kappe ab, steht auf und verbeugt sich in einem dreißig Grad Winkel vor mir.

Er tut ... was?

Verdutzt starre ich ihn weiterhin an.

Als er wieder geradesteht, klappt mir ohne mein Zutun die Kinnlade herunter. Ich habe noch nie in meinem ganzen Leben solch ein schönes Gesicht gesehen – weiche Wangen, kleiner Mund, aber volle Lippen. Dazu der Blick aus den verschwörerisch dunklen, mandelförmigen Augen. Die dunkelblauen Haare, die über seinen Augenbrauen liegen. Und das dünne schwarze

Rollkragenshirt unter dem hellen Parker, das seine weichgezeichnete Kinnpartie betont.

Heilige Schei– Der Typ kann doch nicht echt sein.

„Hey, Spanner!“, schnauzt Kira, bevor sie die Arme von hinten um mich schlingt und das beiseitegelegte Oberteil vor meinen BH hält. Dann drängt sie mich ins Schlafzimmer, wo immer noch Helene vor sich hin schluchzt.

„Erde an Anni!“ Sie steht vor mir und gibt mir einen kleinen Klaps auf die Wange.

Ich brauche einen Moment, um das Geschehene zu verarbeiten.

Da ist ein mega heißer Typ in meiner Badewanne. Und ich habe keine Sekunde an Zane gedacht.

Na toll, jetzt doch.

Sie drückt mir den Pulli in die Hand. „Der hat dir voll auf die Brüste gestarrt.“

O mein Gott. Nein.

Ich sehe an mir herab. Natürlich. Der Pullover. Schnell ziehe ich ihn mir über und halte beschämt die Hände vor das panik-warme Gesicht. „Kira. Sag mir bitte, dass das gerade nicht echt passiert ist.“ *Wann war mir das letzte Mal etwas so peinlich?*

Sie hebt einen Finger und legt den Kopf schief. „Was genau? Dass ein Typ vom Modell K-Drama in deiner Badewanne übernachtet hat, oder dass ihr euch gegenseitig mit Blicken fast aufgefressen habt?“

Ich lasse mich rückwärts auf die Matratze fallen. „Oh, verdammt.“ Dann ziehe ich die Bettdecke komplett über mich.

„Soll ich ihn rausschmeißen?“, höre ich Kira gedämpft durch mein Versteck fragen.

Ebenfalls gedämpft höre ich es an der Zimmertür klopfen.

Ich halte ganz still. Der Pu-Der-Bär-Honigtopf-Effekt. Wenn ich die bösen Heffalumps nicht sehe, können sie auch mich nicht sehen.

„Ich wollte mich aufrichtig entschuldigen. Das gerade tut mir leid und war ganz und gar nicht meine Absicht."

Gefiltert durch den Stoff über mir klingt die Melodie in seiner tiefen Stimme noch mehr nach Gänsehaut.

„Das sollte es auch", meckert Kira. „Aber sag das nicht mir, sondern ihr."

Das hat sie jetzt nicht wirklich gesagt, oder?

Ich schließe die Augen, atme durch, richte mich auf und gebe mein Versteck preis, das nicht mehr länger eines ist. Wie befürchtet hat Kira den Zeigefinger auf mich gerichtet.

Verräterin.

Erneut deutet er eine Verbeugung an. „Es tut mir wirklich sehr leid." Es dauert einen Moment, bis er sich aufrichtet. „Ich wollte nicht ... Ich habe nicht auf deine ... du weißt schon."

Ja, ich weiß ganz genau, was du meinst, mein Lieber.

Während Kira ein Das-Glaubst-Du-Doch-Selbst-Nicht murmelt, wiegele ich das Thema mit einer flüchtigen Handbewegung ab.

„Lass uns da nicht weiter drüber sprechen." Ein Flehen hat sich in meine einfache Bitte geschlichen.

Er lässt geräuschvoll den offensichtlich angehaltenen Atem aus, fasst sich an den Hinterkopf und sieht verlegen zwischen mir und dem Stapel an Kisten hin und her. „Kann ich es irgendwie wiedergutmachen? Immerhin habe ich kostenfrei bei euch übernachten dürfen."

„Ohne Erlaubnis", schiebt Kira prompt hinterher. „Aber ja. Anni braucht bestimmt Hilfe beim Tragen und Einräumen der Kartons in den Transporter."

„Anni also." Ein Schmunzeln schleicht sich auf seine Mundpartie. „Schöner Name."

Wenn ich nicht schon vorher ein knallrotes Gesicht vor Scham hatte, dann bestimmt jetzt. Zu einhundert Prozent.

Ich suche meine Beherrschung und finde sie geradeso hinter dem aufgescheuchten Schmetterlingswirrwarr in mir. „Du musst mir wirklich nicht helfen. Am besten, du –"

„Nein, bitte", unterbricht er mich. „Ich habe heute sowieso nichts vor und möchte es gerne tun. Bitte?"

Seinem aufrichtigen Grinsen kann ich nicht widerstehen. „Gut. Wie du willst."

„Na, also. Ich bin Kira." Meine anscheinend verrückt gewordene Freundin hält ihm ihre Hand hin. „Und ich behalte dich im Auge."

Sein Grinsen wird breit und ein bisschen verzweifelt, als er ihren Gruß erwidert. „Das verstehe ich. Ich bin Park Moon ..." Er räuspert sich. „Moon. Mein Name ist Moon." Dann will er mir seine Hand reichen, die er nach asiatischer Manier mit der anderen stützt, aber ein plötzliches Rumpeln schreckt uns auseinander.

Ich drehe mich um und sehe, dass Kira gegen einen Kartonstapel gestolpert ist. Sie starrt entschuldigend eine umgestoßene Kiste an. Welch Ironie, dass es die Überbleibsel von Zane sind. Mehr als ein paar Boxershorts, Shirts und vier Funko-Pops hat er nicht zurückgelassen.

Nun liegen Iron Man, Black Widow, Thor und Loki inmitten eins Schlachtfeldes von Klamotten.

Gut, dass ich kein Fan der Avengers bin. Aber auch nur, weil Zane Scarlett Johansson etwas zu sehr angesabbert hat.

Ich schnaube. „Ich räum das auf, Kira macht dir einen Kaffee."

„Aye, Aye, Captain", sagt meine beste Freundin, murmelt mir noch ein Sorry zu und nimmt Moon mit nach draußen.

Ich wische mir die Tränen der nervigen Erinnerung aus dem Gesicht, bevor ich das Schlafzimmer verlasse. Zanes Sachen in den Händen zu halten, hat eine Lawine an bitteren Emotionen ausgelöst, die ich jetzt inbrünstig mit aller Gewalt herunterschlucke und dabei bestimmt eine seltsame Fratze ziehe.

In der Küche finde ich nur Kira, die mir gleich eine Tasse Kaffee in die Hand drückt.

„Wo ist unser Umzugshelfer?"

Sie lacht laut. „Meinst du Mister *Asia's Sexiest Man 2024*? Vermisst du ihn jetzt schon so sehnsüchtig?"

Ich presse die Lippen aufeinander und funkle sie an. „Du spinnst, ich habe gerade ganz andere Probleme. Und könntest du vielleicht etwas leiser reden?"

Sie hebt belustigt eine Augenbraue. „Oh, Mooohooon, du menschliches Gemälde. Wo hast du dich bloß versteckt?"

Perplex schaue ich ihr hinterher, wie sie jede einzelne Tür in meinem Flur öffnet, in das jeweilige Zimmer geht und mit ernster Miene wieder herauskommt. „Bist du vielleicht wieder in der Dusche, Moon?", fragt sie in das Badezimmer hinein. „Nein, da ist er auch nicht." Sie tippt sich mit dem Zeigefinger ans Kinn und lacht. „Ach ja, vielleicht liegt das daran, dass er gerade zum Bäcker geht, um uns Frühstück zu holen."

Ich könnte sie erwürgen. „Du ... du ..." Am liebsten würde ich sie beschimpfen, doch das würde sie noch mehr amüsieren. Der heiße Kaffee in meiner Hand bebt zusammen mit meiner Wut über ihren schlechten Scherz. „Das ist nicht witzig."

Ihr Lachen verstummt. „Du weißt, dass ich dich nicht verkuppeln möchte. Wenn, dann mit jemandem, den ich kenne. Und nicht mit einem, der in deiner Badewanne gepennt hat." Sie zuckt mit den Schultern. „Vielleicht kommt er sowieso nicht zurück. Helene Fischer hat ihn bestimmt abgeschreckt. Obwohl ...", sie stutzt, „ist das doof, wenn ich das sage? Nur weil er Asiate ist, kann er ja auch Schlagerfan sein. Oh, ich denke wieder zu engstirnig."

„Klär das mal mit dir selbst." Ich lehne mich an die Küchenzeile und nehme endlich einen Schluck der schwarzen, erquickenden Flüssigkeit. Ich genieße den bitteren Geschmack und seufze.

Die Klingel dröhnt in die eingekehrte Stille.

Ich öffne Moon die Tür und der Geruch nach frischen Croissants strömt mit ihm in die Wohnung.

Er packt die süßen Teilchen aus und befördert ein Gläschen Marmelade aus seiner Jackentasche. „Du hattest recht, Kira. Die Verkäuferin um die Ecke ist wirklich nett." Er öffnet das Glas und augenblicklich riecht es wie in einer Pariser Patisserie. „Die hat sie mir unbedingt umsonst geben wollen."

Kira schnappt sich die Marmelade und tunkt ihr Croissant ein. Laut stöhnend, als hätte sie den besten

Sex ihres Lebens, beißt sie Stück um Stück ab. „Gott, tut das gut. Kaffee und Süßes. Meine Geheimwaffe gegen einen Kater."

Moon ignoriert ihr Gestöhne und fixiert mich, bis ich merke, dass ich es bin, die ihn die ganze Zeit über angestarrt hat.

„Hier. Die sind noch lauwarm." Er reicht mir ein Hörnchen.

Ich nehme es entgegen, kann aber nicht von seinen dunklen Augen ablassen. „Danke", flüstere ich, als wäre meine Stimme vor Scham auf den Boden gefallen und würde sich vor weiteren Blamagen verkriechen.

Er wendet sich an Kira. „Darf ich?" Dabei deutet er auf das Marmeladenglas, das sie ihm nach einem weiteren Eintunken widerwillig zurückgibt. Dann hält er es mir vor die Nase. „Bitteschön."

„Schau ihr jetzt besser nicht zu", warnt ihn meine beste Freundin.

„Waru–"

Er spricht seine Frage nicht einmal aus, da drücke ich das Croissant auf den Tisch und mache es platt wie eine Flunder.

Aus dem Augenwinkel beobachte ich, wie Kira ihn in die Seite stupst. „Es wird noch besser."

„Hey", gifte ich ihr schmollend entgegen. Sie zieht mich immer damit auf, wie ich meine Croissants esse. Dabei ist da gar nichts Seltsames dran. Ich drehe lediglich das zerdrückte Ding um und bestreiche die Unterseite dick mit Marmelade.

Moon steht mit offenem Mund und hocherhobenen Augenbrauen da.

„Ich sag doch, schau da besser nicht hin." Kopfschüttelnd geht Kira an uns vorbei.

„Sorry", murmele ich. Mit fünf schnellen Bissen schlinge ich das Gebäck herunter, lächele ihn mit vollgestopftem Mund an und eile von der Küche in mein Schlafzimmer. „Viel zu tun, fangen wir an", rufe ich, woraufhin Kira lustlos schnaubt.

Ich schnappe mir die erste Umzugskiste, die gar nicht mal so leicht ist, und trage sie wackelig an den beiden anderen vorbei. „Kann mal jemand die Tür aufmachen?"

Kira eilt mir zu Hilfe.

„Danke. Am besten, wir stellen alle Kisten auf den Gehsteig und beladen dann von dort aus den Transporter."

Sie nickt, lotst Moon hinter sich her Richtung Schlafzimmer und verschwindet mit ihm.

Draußen begrüßt mich ein kühler Märzmorgen. Die lästige Winterluft scheint uns einfach nicht verlassen zu wollen. Gänsehaut verteilt sich auf meinen Armen und ich stelle schnell den Karton ab. Als ich mich zu hastig umdrehe, damit ich wieder in die Wärme komme, pralle ich gegen etwas. Das Etwas sind Moon und eine Kiste. Um genau zu sein: Die Kiste mit meiner Unterwäsche. Um noch genauer zu sein: Die Kiste, in der sich jetzt keine Unterwäsche mehr befindet, da durch meinen Aufprall der verräterische Kartonboden gerissen ist.

Moon hält den leeren Karton zwar weiter fest, dreht sich aber so, dass er den verteilten Inhalt auf dem Gehweg bestaunen kann. Ist ja klar, dass auf der Spitze des

Stoffhaufens ein aufreizendes Korsett mit dazugehörendem Höschen – ein Hauch von Nichts – gelandet ist.

Moon schluckt hörbar und seine Wangen färben sich zartrosa.

„Das ist nicht meine", wiegele ich hastig ab. „Also, ja, das ist offensichtlich meine, aber was ich damit sagen will ... Das war ein blödes Geburtstagsgeschenk. Ich ... bin eigentlich nicht *so Eine*. Das ist nicht mein Geschmack."

Er räuspert sich. „Du musst dich nicht rechtfertigen." Dann ringt er sich ein missglücktes Lächeln ins Gesicht und schielt zwischen mir und der Unterwäsche hin und her. „Ich würde das gerne für dich aufheben, aber ich bin mir nicht sicher, ob dir wohl dabei wäre."

„Bloß nicht", rutscht es mir heraus. Abwehrend hebe ich die Hände und gehe neben dem Haufen Peinlichkeit in die Hocke. „Ich meine, nein, danke. Das mach ich lieber selbst."

Immer noch den kaputten Karton in den Armen wendet er sich ab, dreht sich dann aber noch einmal um. Dabei schaut er nicht auf den Gehsteig, sondern geradeaus auf den Transporter. „Sicher, dass ich –"

„Sicher", schieße ich hervor, schneller als Chuck Norris in diesem einen Western.

Kira taucht plötzlich hinter Moon auf. „Was ist denn hier los?"

„Steh nicht einfach da, sondern hilf mir bitte." Flehend deute ich mit dem Kopf nach unten.

Moon stellt seine Kiste auf die von Kira und kniet sich plötzlich neben mich. Als er nach einer Unterhose mit verspieltem Blümchenmuster greift, haue ich ihm ganz automatisch auf die Finger.

„Entschuldige. Aber ich habe nicht dich gemeint, sondern Kira."

Rasch schnellt er in die Höhe und kratzt sich verlegen am Nacken. „Klar. Natürlich. Selbstverständlich." Dann nimmt er Kira beide Kartons ab und will mit ihnen wieder in die Wohnung.

„Hey, Spanner." Sie legt den Kopf schief. „Wo willst du damit hin?"

Ohne ein weiteres Wort macht er erneut kehrt, legt Kiras Fracht neben uns ab und geht mit hochgezogenen Schultern, dafür aber mit leeren Händen, diesmal wirklich nach drinnen.

„Ich glaub's ja nicht." Eilig schnappt sie sich die ersten Stoffteile. „Erst die Aktion in deinem Bad und dann das. Das können doch alles keine Zufälle sein."

Mir ist übel vor Scham, die mir wohl heute nicht zu enden vergönnt ist. „Das war meine Schuld. Ich bin in ihn reingelaufen." Wenn ich es nicht besser wüsste, würde ich fast an Karma glauben. War der gesamte letzte Monat nicht schon Strafe genug?

Weißt du was, Karma? Leck mich.

Während sich Kira weiter über das männliche Geschlecht aufregt, das ihrer Meinung nach stets den Hang zum Stalken hat, schleicht sich Moon mit einem leeren Karton hinter ihr an.

„Den habe ich in der Küche gefunden."

Kira erschrickt und stolpert hüpfend nach hinten. Ich hätte schwören können, einen Katzenbuckel und aufgestellte Haare zu erkennen. Vielleicht hat sie sogar schrill gemaunzt. „Mann, willst du mich umbringen? Wegen dir bekomme ich noch einen Herzinfarkt."

Er reicht ihr seine Hand und lächelt sie schief an. „Das war nicht meine Absicht, entschuldige."

Wie kann er immer noch höflich zu ihr sein?

Meine Freundin reißt ihm die Kiste förmlich aus den Händen und legt die ersten Höschen hinein. Mir ist es unangenehm, wie abweisend sie mit ihm umspringt.

„Danke." Ich bemühe mich, ihn aufmunternd anzuschauen, da er ziemlich geknickt wirkt. Ich springe über meinen Schatten aus Pein und gehe zu ihm. „Alles okay. Am besten, wir vergessen auch das?"

„Du musst mir bitte sagen, wenn ich verschwinden soll."

„Ach, Quatsch. Wir brauchen ein paar Muskeln zum Schleppen."

Er zwinkert mir zu. „Die bekommst du." Dabei winkelt er seinen Arm an, obwohl der Parka Muskeln lediglich erahnen lässt. „Ich passe einfach in Zukunft besser auf."

„Auf was? Auf meine Tollpatschigkeit?"

Na, endlich. Ein richtiges Grinsen schafft es auf seine Lippen. Dabei bohrt es sich tief unter seine Wangen und hebt sie ordentlich in die Höhe.

Ohne weitere Zwischenfälle bringen wir mein restliches Hab und Gut nach draußen.

Kira runzelt die Stirn, als sie den letzten Karton in den Transporter hievt. „Sicher, dass du Zanes Sachen mitnehmen willst?"

Ich nicke, denke gar nicht weiter drüber nach.

Als sie wieder nach drinnen geht, stehe ich verlassen vor meinem Leben, gut verpackt in wenige Pappschachteln. Ich seufze und nage an meiner Unterlippe, weil mich langsam das Gefühl von Abschiednehmen übermannt.

„Es geht mich ja nichts an", meint eine tiefe Stimme, „aber darf ich dich fragen, wieso du umziehst? Du wirkst nicht so begeistert."

Ich blicke über meine Schulter und Moon schlendert lässig mit den Händen in den Jackentaschen auf mich zu.

„Du musst mir natürlich nicht antworten, wenn du nicht möchtest."

„Mein Ex hat mich sitzen lassen", antworte ich knapp.

„Aber musst du deswegen gleich die Stadt verlassen?" Mit durchdringendem Blick nähert er sich mir weiter. Er hält erst an, als er direkt vor mir steht. Dann zieht er seinen Parka aus und legt ihn mir um die Schultern. „Es ist kalt, du musst frieren."

Was für ein abgedroschenes Klischee.

Doch der Geruch seines Mantels verwirrt mich und ich finde die Geste plötzlich gar nicht mehr abgedroschen. Denn dort, wo eigentlich Partygeruch oder Schweiß vom Kartonschleppen stecken soll, riecht es lediglich zimtig.

Ungläubig blinzele ich ihn an. Das hautenge Rollkragenoberteil unterstreicht die ausgeprägte Muskulatur seines schmalen Körpers.

Mein Herzschlag beschleunigt sich und mein Hals wird ganz trocken. „D... Danke?" *Na, super. Jetzt bin ich das stotternde Filmklischee.*

„Gerne."

Dieses aufrichtige Lächeln ... Zane hat mich lange nicht mehr auf diese neugierige Weise angesehen.

„Also, warum flüchtest du? Hast du Angst, ihm noch mal über den Weg zu laufen?"

Ich schnaube abschätzig. „Die Chance ist gering. Er ist nach Berlin verschwunden. Es ist ... Ich bin pleite, werde das Studium schmeißen und habe weder Job noch Bleibe."

„Hey", ruft Kira von der Haustür aus. „Ich habe dir gesagt, du kannst erst mal bei mir und meinem Bruder wohnen!" Sie drückt Moon meine Gibson Westerngitarre in die Hand. „Unser Mitbewohner ist nämlich vor einer Woche ausgezogen."

„Ich habe dir oft genug gesagt, dass ich mir die Miete nicht leisten kann", brumme ich und habe es satt, immer wieder zu wiederholen, wie sehr am Arsch ich bin.

„Und ich habe dir gesagt, dass wir die erstmal für dich übernehmen."

Moon summt nachdenklich. „Wo willst du stattdessen hin?"

Ich rolle mit den Augen. „In ein Kaff, das niemand kennt oder überhaupt kennen will und drei Stunden von hier entfernt ist." *Weit genug, um hoffentlich mit dem Kapitel* A2Z *abzuschließen.*

„Du wirkst nicht sonderlich begeistert", stellt er nüchtern fest.

„Natürlich nicht. Meine Eltern waren mit dem Leben in München nicht einverstanden. Ich habe keine Lust, mir anzuhören, wie recht sie hatten. Und soll ich dir was Witziges verraten? Sie wissen noch nicht mal, dass ich mich wieder bei ihnen einquartiere, so viel Angst habe ich vor ihnen."

„Du wirst also bei ihnen mit deinem ganzen Kram aufschlagen und *Überraschung* rufen?“

Ich schnaube belustigt. Weil das genau mein Plan war ... „Ich wollte ihnen partout keinen Grund geben, weshalb sie mir bereits Wochen vor meinem Umzug ein schlechtes Gewissen einreden. Es reicht, was ich mir anhören darf, wenn ich zurück bin.“ Und womöglich habe ich die ganze Zeit über gehofft, eine andere Lösung zu finden.

„Versteh das bitte nicht falsch, ich möchte mir nichts anmaßen, aber das klingt schrecklich. Sicher, dass der Umzug eine gute Idee ist?“

„Absolut gar nicht.“

Hier in München habe ich zwar auch nichts und niemanden außer Kira, denn die Leute von der Party gestern kann man nicht als Freunde beschreiben. Aber wenn ich einen Neuanfang starte, dann soll es dort sein, wo mich zumindest irgendjemand unterstützt, und in einer Stadt, die mich willkommen heißt. Warum will ich dorthin zurück, wo ich höchstwahrscheinlich ein langweiliges Leben führen werde? Wo ich auf engstem Raum mit meinen Eltern zusammenwohne. Wo ich den lieben langen Tag Vorwürfe über falsche Entscheidungen zu hören bekomme. Wo ich mich schlichtweg nicht wohlfühlen würde ...

„Dann tu es nicht“, sagt er trocken, als hätte er mein Gedankenkarussell rattern, quietschen und schreien gehört.

Tu es nicht ... Tu. Es. Nicht. So einfach könnte es sein. So einfach wie das Schlussmachen mit Zane. So einfach wie die Pause vom Studium. So einfach wie die Heimlichtuerei vor meinen Eltern. Okay, nichts davon war einfach. Aber was, wenn es das einmal wäre?

So einfach wie ... atmen.

Stumm mustere ich die Gitarre in Moons Hand. Dann fasse ich einen Entschluss. „Lass die in der Wohnung." Ich hole Zanes Kiste wieder aus dem Transporter und gehe mit ihr nach drinnen.

Im Schlafzimmer stelle ich den Karton lieblos mit einem dumpfen Aufprall hin. „Leg die Gitarre daneben. Vielleicht können die neuen Mieter was damit anfangen."

„Bist du dir ...?", fragen Kira und Moon synchron.

„Ja. So einfach bin ich mir sicher." Ich wende mich meiner besten Freundin zu und lege meine Hände auf ihre Schultern. „Du sagst, das Angebot steht noch?"

Verdutzt blinzelt sie mich an.

„Dass ich erst mal bei dir und Hannes unterkommen kann?"

Kapitel 2

Das Kapitel, in dem ich mit meiner besten Freundin im Bett lande.

Während Kira aufgekratzt wie ein wildes Katzenjunges durch ihre Wohnung springt und hier und dort als Stolperfalle eine meiner Kisten abstellt, bin ich tief in Gedanken versunken.

Ich gebe mir einen Monat, um alles auf die Reihe zu bringen. Einen festen Job zu ergattern, eine neue eigene Bleibe zu finden, keine weitere Ablenkung durch die Musik oder Erinnerungen an Zane zuzulassen. Punkt.

„Hilfst du mir mal?", presst Kira hervor, die Karton Nummer acht in mein Übergangszimmer schleppt.

Wem mach ich was vor? In diesem Raum möchte ich leben, bis ich alt und schrumpelig werde und darin sterbe. Danach dürfen sie mich meinetwegen gern liegenlassen, ist bestimmt hübscher als die Hölle, die mich erwartet, weil ich meinen Eltern bisher nichts von meiner misslichen Lage gebeichtet habe.

Aber das WG-Zimmer lässt mich die Tatsache verdrängen. Ein Erker mit einer kleinen Sitzecke, ein Boxspringbett, ein hoher Schreibtisch und hier und da Vorhänge, Zierkissen in Mintgrün und weiß – einladend hell, ohne Schnickschnack. Irgendwie spüre ich, wie mein Herz hier heilen könnte.

Puh. Wenn ich nicht aufpasse, bereitet mir der zuckersüße Gedanke noch Karies.

„Anni, bitte“, keucht Kira und ich schüttle mich aus der aufkeimenden Angst vor schmerzhaften Zahnarztbesuchen.

Schnell nehme ich ihr den schweren Karton ab, in den ich scheinbar Ziegelsteine gepackt habe. „Sorry.“

Sie stemmt die Hände in die Seiten und drückt den Rücken durch. „Geschafft! Und das ganz ohne Hilfe von deinem Badewannen-Stalker. Selbst ist die Frau.“

„Wir sollten froh sein, dass er uns beim Einladen geholfen hat. Das hast du vorhin selbst gesagt, nachdem er sich aus dem Staub gemacht hat.“

Moon hat sich hastig von uns verabschiedet, weil sein Handy sturmgeklingelt hat. Ich hätte ihn wirklich gern zumindest einen Kaffee als Dank für die Schlepperei ausgegeben, doch da war er bereits über alle Berge – oder eher über die Theresienwiese verschwunden. Nicht einmal Nummern oder Social-Media-Accounts haben wir ausgetauscht. Innerlich schmolle ich wie ein Kleinkind. Aus rein platonischen Beweggründen versteht sich.

Und als wolle mich erneut eine höhere Kraft strafen, kippt schon wieder ein Karton scheppernd um.

„Echt jetzt?“, frage ich genervt das Universum und starre auf den Haufen Lehrbücher, die auf dem Boden verteilt liegen.

Kira zischt verächtlich. „Wo hast du die dummen Kisten her?“

„Kleinanzeigen.“ Synchron mit ihr verdrehe ich die Augen.

Noch bevor ich die Bücher, die ich vermutlich nie wieder in meinem Leben brauche, zur Seite legen kann, klappert Metall gegen das Schloss an der Wohnungstür.

„Das ist bestimmt Hannes.“

„Wäre komisch, wenn sonst noch jemand einen Schlüssel hätte, oder?“

„Guter Punkt.“

„Ich hoffe, er fällt nicht aus allen Wolken.“ Ein mulmiges Gefühl macht sich in mir breit. Natürlich hat auch er mir vor ein paar Wochen angeboten, bei ihnen einzuziehen, aber ihn vor vollendete Tatsachen zu stellen ...

Obwohl, seine Schuld, wenn er nicht auf die Nachrichten seiner Schwester antwortet.

„Kira?“, höre ich ihn rufen. Verwundert? Sauer? Kaum einzuordnen.

Zusammen mit meiner besten Freundin trete ich aus meiner neuen Herberge in das riesige Wohnzimmer der beiden.

„Hey, Hannes“, grüße ich ihn kleinlaut mit einem schüchternen Lächeln, was Schwachsinn ist, weil wir uns ewig kennen. „Kira meinte ...“ Ich deute mit dem Kinn auf einen Haufen Kartons, die vor dem Zimmer stapeln.

„Oh“, haucht er statt einer Begrüßung. Er streicht sich das schulterlange braune Haar aus dem Gesicht und lächelt schief.

Kira ignoriert seine Reaktion und springt ihm an den Hals. „Bruderherz! Wir haben eine neue Mitbewohnerin. Anni bleibt doch in München und lässt mich nicht alleine. Wie toll ist das?“

Hannes nickt langsam und seine grüngrauen Iriden blitzen kurz auf.

Oh, oh. Unangenehm.

„Mist, wir haben dich also tatsächlich überrumpelt", spreche ich meine Befürchtung aus. „Ich kann auch gleich wieder verschwi–"

„Nein, nein. Es ist nur ..." Schnell schiebt er Kira von sich, die ihn daraufhin mit einem Todesblick mustert.

„Was?" Kiras Ton ist scharf, als könne er Stein wie Papier schneiden. „Was, Bruderherz?"

„Die Sache ist die ... Ich habe bereits jemandem das Zimmer versprochen."

„Du hast was?! Dann mach das eben rückgängig."

In Hannes' Blick erkenne ich, dass das wohl nicht so einfach ist. Gerade, als er den Mund öffnet, um etwas zu sagen, klopft es an der Tür, die er umgehend öffnet. „Zu spät."

Zuerst kommt ein recht kleiner Reisekoffer zum Vorschein. Dann, als mein Blick weiter nach oben wandert, kann ich nicht glauben, wer dort mit angespannten Schultern von einem Fuß auf den anderen tritt.

„Moon?", frage ich überrascht.

„Spanner?!", ruft Kira zeitgleich.

Hannes sieht zwischen uns hin und her. „Ihr kennt euch?" Dann schüttelt er den Kopf. „Moment, Spanner?"

„Ja." Kira verschränkt die Arme vor der Brust. „Er hat Anni in ihrer Badewanne aufgelauert, sie angeglotzt, als sie nur einen BH trug, und ihre Höschen wollte er auch betatschen."

Moon läuft knallrot an und Hannes klappt der Mund auf.

Beschwichtigend hebe ich die Hände. „Stopp, stopp. Das klingt alles ganz falsch. Das war komplett anders." Ich nehme Hannes zur Seite und erkläre ihm unseren chaotischen Morgen. Vor allem betone ich, dass das alles unglückliche Zufälle waren und Moon uns tatkräftig beim Einladen meines Hab und Gutes unterstützt hat. Sogar um den Partymüll hat er sich penibel gekümmert.

Hannes wirft einen Blick über die Schulter und mustert seinen Gast eindringlich, abschätzend.

Dieser verbeugt sich dreimal schnell hintereinander und schielt mich mit Welpenaugen an.

Kira neben ihm schnalzt mit der Zunge.

„Alles gut, Moon. Wirklich", versichere ich ihm, während ich auf ihn zugehe und den fiesen Blick meiner besten Freundin ignoriere.

„Trotzdem haben wir jetzt ein Problem", kläfft sie. Fehlt nur noch, dass sie den Fuß trotzig wie ein kleines Kind auf den Boden stampft.

Ich atme tief durch und kapituliere. „Am besten nehme ich meine Kartons wieder und verschwinde."

„Nein." Hannes legt eine Hand auf meine Schulter. „Wenn du tatsächlich hier bist, hast du keine andere Möglichkeit, woanders unterzukommen, nehme ich an. Und wir haben es dir oft genug angeboten. Wir werden einen Weg finden, euch beide unterzubringen."

Kira will gerade erneut protestieren, doch da packt ihr Bruder sie am Arm und zieht sie in die Wohnküche – also ganze fünf Schritte weg von uns.

„Dann waren es nur noch wir zwei", murmele ich, woraufhin Moon grinsend schnaubt. „Du bist vorhin so schnell weggewesen, ich konnte mich nicht einmal anständig bei dir für deine Hilfe bedanken."

Er kratzt sich verlegen am Hinterkopf. „Ich habe ein paar Kisten hin- und hergetragen. Keine große Sache und definitiv das Mindeste für das ... Übernachten."

Ich muss mir ein Lächeln verkneifen, um mich nicht über seine Schüchternheit zu amüsieren. „Wir sollten das alles endlich vergessen, wenn wir uns hier arrangieren wollen."

„Ist vielleicht besser. Außerdem war ich in Eile, weil sich Hannes mit mir treffen wollte, um alles wegen der Wohnung zu besprechen. Sonst hätte ich euch selbstverständlich auch beim Ausladen geholfen. Aber der WG-Platz ist mir wirklich, *wirklich* wichtig."

„Du kannst also sonst auch nirgends bleiben?"

Er schüttelt trübsinnig den Kopf. „Sagen wir's so, ich stehe gerade auch mit nicht viel da."

„Deswegen ist dir nur meine Badewanne zum Schlafen geblieben?"

Das entlockt ihm ein Seufzen. „Es ist mir immer noch wahnsinnig peinlich. Ziemlich dumme Geschichte, wie ich da gelandet bin."

Ich lausche, ob die Geschwister weiter diskutieren, und sage: „Wir haben anscheinend noch ein bisschen Zeit. Also erzähl."

„Die Wohnung darüber wird als Airbnb vermietet." Er macht eine kurze Pause, als würde das bereits alles erklären. „Und die hatte ich gemietet."

„Oh, sorry, hat dich der Lärm gestört? Du hättest ruhig die Polizei rufen können, dann wäre vielleicht schon eher Schluss damit gewesen." Bei mir kickt immer noch der Schlafentzug.

Abwiegelnd hebt er die Hände. „Glaub mir, ich bin Lärm gewöhnt, daran hat es nicht gelegen. Ich hatte mich ausgesperrt und meinen Vermieter wegen eines Ersatzschlüssels nicht erreichen können."

„Und anstatt im kalten Treppenhaus zu warten, hast du es dir in meiner Badewanne gemütlich gemacht?"

„So in etwa. Ich wollte wirklich nur ganz kurz die Augen zumachen, weil ich hundemüde war, bin dann aber wohl komplett eingenickt."

Ich muss mir ein Lachen verkneifen, weil er so ein Pechvogel ist. Allerdings bin ich erleichtert, dass es sich bei ihm tatsächlich nicht um einen Spanner handelt. Bevor ich noch etwas dazu sagen kann, kehren die Geschwister zurück.

„Zieh erstmal deinen Mantel aus, da ist die Garderobe." Hannes deutet schräg hinter Moon. „Wir haben Kaffee gemacht, kommt mit auf die Couch. Krisengespräch."

„Ich möchte euch keine Umstände machen", sagt Moon, doch ich greife wortlos nach seiner Hand und führe ihn zu der großen Wohnlandschaft bestehend aus Polstern, die Wolken gleichen. Wenn die Winters eins haben, dann einen Sinn für Gemütlichkeit – und spendable Eltern.

Als ich mich zwischen Moon und Hannes plumpsen lasse, rutscht Moon ein paar Anstandszentimeter von mir weg.

Ich hoffe zumindest, dass er das aus Höflichkeit macht und nicht, weil ich nach Umzugsschweiß rieche. Unauffällig halte ich meine Nase unter meinen Pulli und – ja. Ich stinke.

„Du kannst gerne gleich duschen, wenn du möchtest“, flüstert Hannes mir ins Ohr.

„So schlimm?“

Er schüttelt lachend den Kopf. „Nur ein winzig kleines Bisschen.“

„Also“, übertönt Kira ihren Bruder. „Moon bekommt das freie Zimmer und Anni wird erst einmal mit mir das Bett teilen.“

Mist. Ein oder zwei Nächte halte ich mit ihr ohne Probleme aus, aber über längere Zeit in ein- und demselben Raum mit ihr ...

Moon räuspert sich. „Mir ist auch das Sofa recht oder ich schlafe bei Hannes? Ich brauche kein Zimmer für mich alleine. Eigentlich bin ich es sogar gewohnt –“

Hannes presst die Lippen aufeinander. „Nimm’s mir nicht krumm, Kumpel. Aber ich habe eine Freundin und würde gerne etwas Privatsphäre mit ihr genießen.“

Moon nickt eifrig. „Verstehe. Natürlich.“ Er wendet sich mir zu. „Ist das in Ordnung für dich?“

„Klar.“ Gedanklich verabschiede ich mich von dem wunderschönen, hellen, heilenden Zimmer. Die Trennung fällt mir fast so schwer wie die von Zane. Doch ich reiße mich ganz erwachsen zusammen. „Ich darf mich glücklich schätzen, überhaupt ein Dach über dem Kopf zu haben. Wegen der Miete ...“

„... hätte ich ein Angebot. Für euch beide.“ Hannes faltet die Hände im Schoß.

Schon immer fasziniert es mich, wie viel Ruhe ein Mensch ausstrahlen kann.

„Ich weiß nicht, ob Kira es dir erzählt hat, Anni, vor einem halben Jahr habe ich mit einem Kumpel ein Start-up gegründet.“

„Hat sie. In der Veranstaltungsbranche, oder?"

„Richtig", sagt Hannes. „Moon, wir vermitteln Darsteller für verschiedene Feiern. Prinzessinnen für Kindergeburtstage, Horrorclowns für Halloween oder Artisten, Kellner für Firmenveranstaltungen und so weiter."

Bisher hatte ich keine Ahnung, was er genau treibt, da Kira schnell das Interesse verliert, über ihren Bruder zu reden, aber das klingt nach der völlig falschen Richtung für mich. Ich habe mit dem Rampenlicht abgeschlossen. *A2Z* war oder ist in München bekannt. Was, wenn jemand das Internetsternchen als bunte Glitzerfee verkleidet auf seiner Geburtstagsfeier erkennt? Horrorvorstellung.

„Ich weiß, welche Sorgen du dir machst", schiebt Hannes hinterher. „Aber meistens sind die Verkleidungen so gut, dass man dich nur schwer erkennt."

„Puh", stoßen Moon und ich gleichzeitig aus.

Wir tauschen Blicke und runzeln beide die Stirn.

„Gruselig", murmelt Kira, die uns eindringlich anstarrt.

„Äh ... ja." Hannes hüstelt. „Also wäre das geklärt?"

Stumm nicken Moon und ich. Wieder gleichzeitig.

„Wie sieht es aus, fangt ihr gleich morgen an?"

Kapitel 3

Das Kapitel, in dem mir ein Hamburger das Leben rettet.

Ich stinke. Ich schwitze. Ich will nach Hause. Und wenn ich wieder zurück in der WG bin, dann werde ich Hannes dafür köpfen, dass er mich in ein verdammtes Hot-Dog-Kostüm gezwungen hat.

„Dich hat es immerhin besser getroffen als mich", witzelt Moon, dem es in seinem Hamburgeraufzug nicht einmal möglich ist, die Arme zu senken.

Wo er recht hat …

„Hey, ihr zwei!" Der Inhaber der Burgerkette rast geschäftig von der anderen Straßenseite mit einem Packen Flyer auf uns zu. „Ihr werdet dafür bezahlt, Kunden in meinen Laden zu locken und nicht wie drei Tage Regenwetter drein zu schauen."

Moon wendet sich von dem Ladenbesitzer ab, verdreht die Augen bis zum Gehtnichtmehr und gibt einen Zischlaut von sich, der wie *aish* klingt.

„Was war das, du Bengel? Hast du was zu sagen?", hakt der Besitzer erbost nach.

Als würde Moon gerade bewusstwerden, dass er unhöflich war, deutet er mit dem Kopf wiederholend verbeugende Entschuldigungen an.

Schnell schiebe ich mich zwischen ihn und den ungemütlichen Typen. „Entschuldigen Sie bitte, wir machen unseren Job ab jetzt mit voller Motivation." Ich dränge meine Mundwinkel zum größten Lächeln der ganzen Münchener Innenstadt und nehme meinem Gegenüber vorsichtig die Flyer aus der Hand, mit denen er eben noch wild herumgewedelt hat. Dann drehe ich mich in diesem unbequemen Kostüm watschelnd wie Donald Duck um und biete einem etwas älteren Passanten konstant breit grinsend einen Flyer an. „Besuchen Sie uns bei *Günthers Burger*. Hier ist auch ein Coupon aufgedruckt, mit dem Sie eine *Günthers großartige Grütze* gratis als Nachtisch bekommen."

Wie auch ich vor einer halben Stunde belächelt der Spaziergänger den Namen dieser komischen Kette, nimmt aber als artiger deutscher Mann den Flyer entgegen.

„Vergiss unseren Slogan nicht", raunt mir der Inhaber bissig zu.

Der Passant ist fast aus meinem Blickfeld verschwunden, also rufe ich über die gesamte Straße: „Ich wünsch Ihnen einen genüsslichen Günthag!" Und wieder verteufele ich Hannes, dass er mich in solch eine unangenehme Situation gebracht hat. Aber wenigstens hat er nicht gelogen, niemandem sollte es möglich sein, mich in diesem Hot-Dog-Ding zu erkennen.

„Sehr gut, weiter so", brummt der ungemütliche Typ und marschiert zufrieden in seinen dummen Laden zurück.

„Danke", flüstert Moon, als wir unter uns sind. Er nimmt mir einige Zettel ab und händigt sie potentieller

Laufkundschaft aus. Leider sieht er in diesem Hamburger-Kostüm zum Schreien komisch aus und ich muss an mich halten, nicht vor Lachen auf dem Boden zu landen.

„Strumpfhosen Ende März. Ich fühle mich wie ein Eiszapfen."

Ich hätte ihn nicht als den wehleidigen Typ eingeschätzt. „Mach dir warme Gedanken." Ich bemühe mich, ihn aufzumuntern. „Denk an etwas Warmes zu essen oder trinken."

Mit einem Blick auf *Günthers Burger Laden* lacht er verzweifelt. „Nein, danke, ich verzichte."

Sein dunkles Lachen wirkt kalt wie ein überteuerter Eisbrecher. Nachdem wir gestern beide um den WG-Platz gebangt haben, sind wir auf Zehenspitzen umeinander herumgetänzelt. Ich habe mich in Kiras Zimmer verbarrikadiert und er ist heute Morgen anscheinend nach mir aufgestanden. Erst hier haben wir uns getroffen. Ich weiß nicht, wann die Situation komisch geworden ist, aber jetzt fühlt es sich nach dem richtigen Moment an, die Initiative zu ergreifen und alles Komische zwischen uns endgültig aus der Welt zu schaffen. Immerhin leben wir jetzt quasi zusammen.

Ich hole tief Luft. „Wie wäre es, wenn ich dich nach der Arbeit auf eine Tasse heiße Schokolade einlade?"

Er gibt einen weiteren Flyer aus und dreht sich mir vorsichtig zu. „Gerne. Aber kann die Schokolade auch ein Kaffee sein? Ich geh Süßem aus dem Weg."

Schockiert mustere ich ihn. Er macht keinen Scherz. Sein Ausdruck ist weiterhin regungslos. Und mit diesem weichen Gesicht wirkt das wiederum ziemlich attraktiv, was es bei solch einer schockierenden Mitteilung nicht sein sollte.

Schnell zucke ich mit den Schultern. „Ähm, ja, klar. Alles, was du willst." Aber, nein, das lässt mir keine Ruhe. Leute, die einen Bogen um Süßigkeiten machen, sind mir suspekt. „Warum?"

„Was? Warum ich keinen Süßkram esse?"

Ich nicke, strecke einer kleinen Familie einen Werbezettel entgegen. „Ich wünsch Ihnen einen genüsslichen Günthag! Und vergessen Sie Ihr *glückliches Günthers-Burger-Grinsen* nicht." Dann wende ich mich wieder dem Mensch gewordenen Hamburger zu. „Also?"

„Auch wenn man es mir nicht ansieht ..." Er schaut an sich hinab. „... im Moment sowieso unmöglich, nehme ich echt schnell zu."

Nein, das kann ich mir bei ihm beim besten Willen nicht vorstellen. Ich erinnere mich an den hautengen Rollkragenpulli, der seinen durchtrainierten Körper mehr als nur ein wenig betont hat. Nein, absolut nicht. „Ach, selbst wenn, lass dir doch deswegen nicht den Spaß an Zucker nehmen."

„So leicht ist es nicht, wenn tausend Personen wegen jedem Gramm zu viel an einem herumnörgeln."

Ich mache große Augen. War er früher ein Model oder Schauspieler? Bei diesem Körper und der Stimme ... Gerade, als ich den Mund öffne, um weiter nachzuhaken, macht er einen großen Schritt auf mich zu und will mich vermutlich an meinem Hot-Dog-Brötchen packen, vergisst dabei aber wohl das überrunde

Burgerbun, das um ihn hervorsteht. Ich bekomme einen Bodycheck der übelsten Sorte ab und er landet komplett verdreht auf mir.

„Was steht ihr auch so dumm im Weg?!", ruft eine genervte Jungenstimme und ein verurteilendes Fahrradklingeln folgt.

„*Saekki*!", brüllt Moon ihm verärgert hinterher.

Okay, die Vokabel kenne ich aus unzähligen K-Dramen: Mistkerl.

„Wollte der Arsch uns gerade überfahren?", frage ich unnötiger Weise und will noch in Alter-Frau-Manier etwas über die Jugend heutzutage hinterherrufen.

„Hmpf."

Aus dem Augenwinkel erkenne ich, wie Moon sich bemüht aufzustehen. Er rollt allerdings immer wieder in die gleiche verdrehte Position zurück. Wie ein Käfer, der auf dem Rücken gelandet ist.

Damit ist er jedoch nicht allein, denn auch ich komme keinen Zentimeter in die Höhe und verfluche erneut alles.

„Jetzt reicht es mir aber!" Super, das ist die erboste Stimme unseres Kunden.

„Es ist nicht unsere Schuld", jammere ich geradezu, weil ich endlich von diesem dreckigen Gehsteig hoch möchte. Außerdem spüre ich die Blicke des ganzen Marienplatzes auf uns ruhen – auch wenn ich absolut nichts sehe außer der obersten Etagen der hohen Gebäude und den wolkenverhangenen Himmel. Da oben erlaubt sich jemand heute einen schlechten Scherz.

Wenigstens hat der Günther-Typ den Anstand, uns aufzuhelfen. Auch wenn sich das schwerer gestaltet und mehr Anläufe benötigt, als ich mir je ausgemalt hätte. Ab jetzt werde ich eine Menge Respekt vor Maskottchen haben.

„Letzte Chance, oder ich melde euch bei eurem Chef."

Wie grantig kann man eigentlich seine buschigen Augenbrauen zusammenziehen, Mister?

Auf der einen Seite denke ich mir, dass er uns ruhig bei Hannes verpetzen soll. Immerhin ist es nur Hannes, den ich seit Jahren kenne. Aber auf der anderen möchte ich nicht scheitern – nicht schon wieder. Und ich bin auf das Geld angewiesen, was vermutlich der Punkt ist, der am schwersten wiegt.

„Jetzt kneift die Arschbacken zusammen und haltet noch zwei Stunden aus. Und wehe ich sehe, wie ihr noch ein Kaffeekränzchen haltet. Ihr werdet nicht für Schwätzchen bezahlt." Mit den Worten lässt er uns zurück und stiefelt mit geballten Fäusten davon.

„Es tut mir so unglaublich leid", sagt Moon und deutet doch glatt erneut ein Verneigen an.

„Hey, du musst nicht 24/7 überhöflich sein. Viele könnten das komisch finden."

Er knabbert auf seiner untrüglich schönen Lippe herum. „Ent–", er verbessert sich gleich, „Ich brauche wohl etwas Zeit, um mich wieder an Deutschland zu gewöhnen."

„Das erzählst du mir dann bei unserem richtigen Kaffeekränzchen. Wir werden beobachtet." Mit gespielter Freundlichkeit winke ich unserem Kunden zu, der uns weiterhin mit Argusaugen mustert, und Moon macht es mir nach. Zumindest so gut er ein Winken in seinem Kostüm zustande bekommt.

***

„Das ist wirklich viel zu süß“, beklagt sich Moon, den ich vor vollendete Tatsachen gesetzt habe. Die vollendete Tatsache ist ein Chocochino mit Sahnehäubchen und klitzekleinen goldschimmernden Schokostückchen.

„Du musst den vollmundigen Geschmack bitte wertschätzen.“

Demonstrativ nippt er erneut und verzieht wieder das Gesicht. „Nein, ich bleibe bei meiner Meinung.“

Ich seufze, stehe auf, reagiere nicht auf seinen Versuch, mich aufzuhalten, und bestelle an der Theke einen schwarzen Kaffee für ihn. Solange ich auf das Getränk warte, halte ich meinen Blick auf ihn gerichtet. Ich sehe nur seinen Hinterkopf, weil er über seinem Handy hängt. Und wie ich jetzt erkennen muss, bin ich definitiv nicht die Einzige, die von seinem Aussehen fasziniert ist. Er musste sich natürlich heute Früh für einen engen, dunklen Rollkragenpulli entscheiden ...

Zwei Tische weiter tuscheln drei Teenie-Mädchen und zeigen hinter hervorgehaltenen Speisekarten auf ihn. Ich beobachte noch mehr Grüppchen mit Frauen in meinem Alter, die ihm schöne Blicke zuwerfen.

Ja, ja, ich verstehe sie. Aber müssen die es alle so nötig haben?

Als würde er die Augen der Fremden auf sich spüren, kramt er in seinem Tote Bag herum, befördert eine dunkelgrüne Cap ans Tageslicht, setzt sie auf und versteckt sich damit vor den neugierigen Blicken.

Zu spät merke ich, dass ich wie eine Verrückte mit den Zähnen knirsche.

Will ich sie für einen Kampf wetzen, oder was ist los mit mir?

Ich lockere meinen Kiefer und tippe zum Runterkommen auf der Holztheke herum, dabei lenken sich meine Gedanken allerdings in die absolut falsche Richtung. Nämlich auf Zane. Auf ihn sind die Frauen auch geflogen. Oft genug wurde ich Zeuge, wie er ihnen schöne Augen gemacht hat. „Es sind Fans", hat er stets abgewiegelt. „Wir müssen sie bei Laune halten. Sie sind glücklich über ein bisschen Aufmerksamkeit von mir und wir bekommen mehr Klicks." *Würg*. Wie oft habe ich den Mist mitmachen müssen? Alles für die doofen Klicks.

„Bitteschön. Diesmal schwarz", reißt mich die Stimme des Baristas aus den unliebsamen Erinnerungen.

„Danke." Ich schiebe ihm eine Zweieuromünze rüber. „Hier haben Sie extra Trinkg–"

Plötzlich werde ich von einem unüberhörbaren Quietschen eines der Teenies unterbrochen. Im nächsten Moment taucht Moon neben mir auf. „Wir müssen gehen." Seine Tonlage bedeutet mir, dass es Ernst ist.

Ich hebe den Kaffeetopf.

„To go?", fragt der aufmerksame Barista.

„To go." Ich krame weiteres Kleingeld zur Wiedergutmachung aus der Hosentasche meiner Baggyjeans, die mich, wenn ich ehrlich bin, in meiner Bewegung genauso sehr einschränkt wie das dumme Hot-Dog-Kostüm von vorhin.

Den Pappbecher in der Hand wenden Moon und ich uns der Glastür zu, halten aber in derselben Sekunde inne. Draußen hat sich eine ganze Gruppe Teens versammelt. Die Münder entweder ungläubig geöffnet, oder ebenfalls hochfrequent kreischend. Die Mädels von dem Tisch bahnen sich auch langsam den Weg zu uns.

Haben sie mich etwa erkannt?!

„Tausch mit mir!“, fordere ich Moon schnell auf. Dann drücke ich ihm seinen Kaffee in die Hand und rupfe ihm zeitgleich die Cap unsanft vom Kopf, um sie mir selbst aufzusetzen. Ich ziehe mir den Schirm möglichst weit ins Gesicht.

Der Barista hat meiner Meinung nach den Preis für den Mitarbeiter des Monats verdient, denn er fragt uns, ob wir den Hinterausgang benutzen wollen.

Anscheinend ist das nicht sein erster Umgang mit einem B-Promi.

Moon, der mich eben noch verdutzt gemustert hat, huscht als erster durch die hochgeklemmte Thekenklappe. „Na los“, fordert er mit harschem Ton und ich nehme die Beine in die Hand, wäre da nur nicht die Hose, die keine großen Schritte zulässt. Ich kann einen Doku-Sprecher förmlich sagen hören: „Hier beobachten Sie ein dummes Fashion-Opfer, das gleich auf die Schnauze fällt und von einer Herde wildgewordener Teenies überrannt wird.“

Doch der Barista bewahrt mich davor, zertrampelt zu werden. Zusammen werden Moon und ich durch die erstaunlich saubere Küche geführt. Auf dem Weg grüßen wir flüchtig, aber freundlich zwei Frauen, die in einem kleinen Büro am Computer arbeiten, und treten dann über die Schwelle der rettenden Hintertür.

Ich bedanke mich bei dem Typen, der uns geholfen hat, und Moon ... Na klar, er verbeugt sich natürlich.

Darüber muss ich leider etwas zu sehr schmunzeln.

Als wir allein an der frischen und vor allem freien Luft sind, atme ich tief durch und gebe Moon seine Cap zurück, indem ich sie ihm verkehrt herum aufsetze, weil ich für diesen Look eine echte Schwäche habe.

Er scheint die Lage nicht so witzig wie ich zu finden. Seine Augenbrauen sacken etwas tiefer und er spannt die Schultern an. „Das war irgendwie nicht so nett von dir."

Perplex mustere ich ihn. Aber klar, nicht jeder will seine Mütze auf dem Kopf eines anderen haben. Ich schlucke das schlechte Gewissen herunter. „Entschuldige bitte, ich hätte sie mir nicht einfach nehmen dürfen."

Mit aufgeplusterten Wangen sieht er sich um. Sucht er nach etwas? Egal, was es ist, er wird wohl nicht fündig, sondern atmet laut aus. „Mach das einfach nicht noch mal, okay?" Seine verbissenen Gesichtszüge werden etwas glatter. Was gut so ist, denn solch eine Mimik steht seinem eigentlich viel zu netten Gesicht nicht.

„Es ist nur, ich hatte Angst, erkannt zu werden", rechtfertige ich mich, doch er lacht stattdessen belustigt auf.

„*Du*?" Er räuspert sich, als wolle er schnell zurückrudern. „Egal. Es war eigentlich auch ganz witzig ... so ... mit etwas Abstand betrachtet." Er hält sich den Becher an die Lippen. Als er einen Schluck nimmt, wackelt das feine Muttermal an seinem rechten Nasenflügel leicht mit. „Viel besser als die Zuckerbombe", sagt er etwas entspannter und steht auch nicht mehr wie ein Erdmännchen in Habachtstellung da.

„Wollen wir nach Hause gehen?" Mir ist die Lust nach Cafés oder anderen Geschäften gewaltig vergangen.

Der Schock, erkannt worden zu sein, steckt mir gerade zu tief in den Knochen.

Moon nickt. „Gerne."

Gerade will ich nach rechts gehen, da macht er einen Schritt nach links.

„Hey, vertrau auf eine Einheimische, wenn du dich nicht verirren willst."

Ein schiefes, aber aufrichtiges Grinsen erscheint auf seinem Gesicht. „Glaub mir, dieser Weg ist kürzer."

Ich hebe den Finger, um zu monieren. Ganz wie eine deutsche Besserwisserin – fehlen Sandalen und Tennissocken an meinen Füßen, dann wäre das Bild perfekt. „Google Maps hat nicht immer recht."

„Google Maps, was ist das?" Er zwinkert mir doch tatsächlich zu! Damit verfliegt auch der letzte Funke an Wut.

„Na gut. Dann geh du mal deinen Weg und ich meinen. Schauen wir, wer zuerst ankommt." Irgendwie will ich Recht behalten, denn München ist mein Revier.

Ich nehme meine kabellosen Kopfhörer aus der Bauchtasche, die ich mir lässig quer über den dünnen Mantel gehängt habe, und schalte meine Lieblingsplaylist ein. *Run* von *Stray Kids' Han* – Motivation für einen flotten Gang. Sicher ist sicher.

Weiter begleitet mich *Queen* mit *Another One Bites The Dust* an der Peterskirche vorbei. Mit dem nächsten Lied, *Love Story* von *Taylor Swift*, bleibe ich für eine Sekunde bei Julia Capulets Statue am Alten Rathaus stehen. Der Zufallsmodus ist wohl zum Scherzen aufgelegt.

Schade, dass Moon nicht dabei ist. Warum auch immer hätte ich gern gewusst, ob auch er über diesen Zufall sein herrlich tiefes Lachen gelacht hätte.

Heute muss jemand frische rote Rosen in Julias Hand gelegt haben. Sie leuchten kräftig Richtung Frühlingssonne und bilden einen Kontrast zu dem tristen Himmel. Ein schöner Anblick. Ekelhaft süß. Aber auch nur, bis zwei Jungs, die nicht älter als zehn sein können, Julias goldene Brust begrapschen.

Oookaaay, und weiter geht's.

Der Sonnenschein ist mein stetiger Begleiter und die ersten Leute, die draußen vor den Restaurants sitzen, haben lecker riechendes Essen vor der Nase. Die Straßen sind erfüllt von Pizzageruch, oder dem nach frischen Plunderteilchen.

Ich steuere direkt durch das Isar Tor, unter dem es ohne die paar vereinzelten Sonnenstrahlen ziemlich frisch wird. Erneut weiche ich rasenden Fahrradfahrern aus und denke automatisch an Moons Rettung – und dadurch auch daran, dass wir vor knapp zwei Stunden wie Käfer auf dem Marienplatz gelegen haben. Das kann ich definitiv von meiner imaginären To-do-Liste für München streichen. Okay, so eine Liste existiert natürlich nicht, da ich in dieser Stadt schon echt viel Verrücktes erlebt habe.

Eine dieser Erinnerungen hier an dem Platz ist ein spontanes Open-Air-Konzert, das A2Z geben durfte. Unsere Agentur hat alles arrangiert und wir haben erst nach Aufbau gepostet, dass uns die Fans vor dem Tor finden.

Instinktiv verharre ich unter dem Gemäuer, schließe kurz die Augen und spüre für einen Moment meine

Finger die Gitarrensaiten streichen. Eine wunderschöne Harmonie von *Maroons 5's She Will Be Loved.* Meine hohe, klare Stimme spielte unglaublich mit Zanes zusammen. Wie in dem Lied war ich einst das Mädchen mit dem geknickten Lächeln. *Ganz schön epischer Rotz, aber so war es leider.*

Der Umzug nach München und die Veränderung von Kleinstadt zu Großstadt war zu groß für mein damals noch introvertiertes Ich. Zane hatte sich mir in der Uni langsam genähert und Stück für Stück habe ich diesem Fremden vertraut, bis er schließlich alles über mich wusste. Zusammen mit ihm bin ich nicht nur zu *A2Z* gewachsen. Zu einer Band, die mit ihren Liedern und Vibes glückliche Zuschauer gezaubert hat. Nein. Ich habe mein Vertrauen in die Menschheit gefunden und konnte ganz offen Anni sein.

Ob es der frische, im Gesicht brennende Wind oder der Schmerz des Vergangenen ist, weiß ich nicht. Aber eine verräterische Träne bricht sich Bahn und dann rollt auch noch eine zweite hinterher. Schwere keimt in mir auf und ich will mich kleinmachen. Von meinen Gefühlen überwältigt, gehe ich in die Hocke und lehne mich an die eiskalte Mauer, stütze meine Arme auf die Knie und vergrabe mich in ihnen. Die Luft schnürt meine Lungen zusammen und es ist absolut nicht hilfreich, dass meine Playlist auf *Bohemian Rhapsody* von *Queen* switcht.

Ich balle die Fäuste und beschließe, dass es das war mit Selbstmitleid wegen dieses Idioten. Ich sollte die Zeit als etwas Schönes im Gedächtnis behalten und nichts Schlechtes damit verbinden. Dafür hat mir *A2Z* zu viel bedeutet. Ich bin verdammt nochmal stärker als das. Der Neuanfang hat gerade begonnen. Kapitel *A2Z* wird jetzt in *Anni-to-Zukunft* umgewandelt. *Denglisch mag ich.*

Ich raffe mich auf, schlucke ein letztes Mal die Bitterkeit hinunter und wische mir über das tränennasse Gesicht. Dann nehme ich die Beine in die Hand und sprinte mit einer S-Bahn um die Wette, damit ich doch noch eine Chance habe, vor Moon zu Hause anzukommen.

„Verloren", ruft mir Moon entgegen, der übertrieben lässig an der cremefarbenen Hausfassade lehnt – die Cap immer noch falsch herum auf.

„Na toll." Als ich mich ihm etwas verschwitzt nähere, beäugt er mich kritisch.

Besorgnis blitzt mir aus seinen Zartbitter-Schokoladen-Augen entgegen. „Alles okay?"

Ich winke schnell ab. „Kurzer Moment der Schwäche. Alles wieder gut." Bemüht, seinem Blick auszuweichen, husche ich an ihm vorbei und schiebe zittrig den Schlüssel in das Türschloss.

Mein Nacken spürt, dass er weiter angestarrt wird, und ein kalter Schauer jagt mir über die aufgerichteten Härchen. „Es ist wirklich alles gut", versichere ich Moon im Treppenhaus und noch einmal vor der Tür zu unserem Apartment im dritten Stock.

„Wenn du das sagst."

Gerade als ich mich dem Schloss zuwende, wird die Tür aufgestoßen und meine beste Freundin taumelt mir regelrecht in die Arme.

Automatisch halte ich sie fest. „Kira?!"

Sie rückt von mir ab und wedelt mit einem Schuh in der Hand. „Keine Zeit, muss zu meiner Lerngruppe."

„Wie immer zu spät!“, rufe ich ihr hinterher, doch sie ist bereits zwei Stockwerke unter mir.

„Sie ist ein super quirliger Mensch, oder?“, stellt Moon fest, als wir in die warme Wohnung gehen und unsere Mäntel nebeneinander aufhängen.

Ich packe meine Kopfhörer in die Tasche und werfe diese ebenfalls über den Haken.

Hannes schlurft mit einer Tasse Tee zu uns. Irgendeine *Kleine Sünde, Sprung ins Zauberland* oder Mein-Tee-Ist-Pervers-Quatsch. Extrem penetranter, süßer Geruch.

„Hi ihr, na? Wie war euer erster Tag in der Veranstaltungsbranche?“ Er räuspert sich. „Okay, natürlich ist euch das nicht ganz neu, aber hey, wie war's?“

Es ist mir unangenehm, dass er auf meine Zeit im Rampenlicht anspielt. Angespannt tausche ich mit Moon Blicke, er ist vermutlich wegen des unglücklichen Kunden besorgt, denn er wirkt nicht weniger verlegen.

Ich brumme nachdenklich und setze ein schiefes Lächeln auf, dann antworte ich für uns beide: „Wir können den nächsten Auftrag gar nicht abwarten, so viel Spaß hat es gemacht.“

Kapitel 4

Das Kapitel, in dem wir uns gegenseitig Zöpfchen flechten.

„Komm doch mit!", bettelt Kira zum gefühlt hundertsten Mal. Sie will einfach nicht verstehen, wie k.o. ich bin.

Ich freue mich wirklich, dass meine beste Freundin neben ihrem Studium nicht arbeiten muss und ihre Eltern ihr alle Späßchen finanzieren. Sie haben ihr sogar eine schicke Vespa geschenkt, obwohl das Institut für Musikwissenschaften lediglich eine halbe Stunde zu Fuß entfernt ist.

Aber dass sie mich dazu drängen will, mit ihr, Hannes und dessen Freundin Betty feiern zu gehen, wenn ich von einem total anstrengenden Tag – und einer mächtig energieraubenden Woche – gerade erst heimgekommen bin, dann bleibt mir nur das Augenverdrehen. Und wieder und wieder ablehnen.

„Bist du dir also ganz sicher?", hakt sie nach, während sie in unserem Schlafzimmer ein Klamottenchaos hinterlässt und sich gerade seelenruhig riesige Kreolen an die Ohren hängt.

Ich schnaube verächtlich und werfe ihr den pinken Lippenstift zu, den sie bestimmt eh gleich suchen würde. Ich kenne sie.

„Danke! Dann genieß die Ruhe und wir holen morgen Abend unsere Pyjamaparty nach?"

„Geh jetzt endlich", kommandiere ich sie ab und werfe mich auf das Bett, sofern es sich gerade als ein solches beschreiben lässt – ihr Kleiderschrank muss auf jeden Fall jetzt leer sein.

Dramatisch kippe ich Döschen und Probepackungen aus der Papiertüte, die mir Nina, unsere Klientin, in die Hand gedrückt hat, als ich meinen Auftrag für heute erfolgreich abgeschlossen habe. Ich musste als Gesichtsmodel für eine Omi-Gruppe aus Österreich herhalten. Absolut niedliche Frauen. Sie haben mich in nahezu alle Gespräche eingebunden, obwohl ich eigentlich als stumme Leinwand für Nina dienen sollte. Putzig, aber anstrengend.

Ich nehme eine der vier Glitzerpads gegen Augenringe und wende sie zwischen Zeigefinger und Daumen. Für die Marke habe ich noch vor drei Monaten regelmäßig Werbung in den sozialen Medien gemacht. Aber zusammen mit *A2Z* war natürlich der Werbedeal ebenfalls Geschichte. Da die Dinger extrem teuer sind, trauere ich den kostenlosen Exemplaren leider sehr nach.

Wütend auf die Gesamtsituation pfeffere ich meine Fäuste auf die Matratze.

Der Plan zum etwas Herunterkommen mit Kira war simpel: Unsere *BTS* Pyjamas – Model RJ und Cooky – übergeworfen Zöpfchen flechten, Nägel lackieren, die Skincare in unsere Gesichter klatschen und nebenbei ein Konzert laufen lassen. Wir wussten, dass Hannes bei Betty bleiben will und Moon bei irgendeiner Abendveranstaltung als Kellner aushelfen soll – was sturmfrei bedeutet.

Die Tür fällt hinter meiner abtrünnigen Freundin ins Schloss und ich bin wirklich allein.

Na gut, dann bleiben eben me, myself and I.

Zuerst durchforste ich den Kühlschrank nach Essensresten, werde allerdings nicht fündig.

Wer hat den denn geplündert?!

Kurz wäge ich ab, ob mein Abendessen Popcorn sein wird, oder ob ich jetzt, um einundzwanzig Uhr, noch etwas bestellen möchte. Die Idee verwerfe ich schnell, da ich mich just in dem Moment in den weiß-rosa-gestreiften Pyjama mit den kleinen pinken Häschen werfe und so keinem Lieferdienst öffnen will. Ich sehe schon die Schlagzeilen vor mir: Ehemaliger Internetstar bestellt im widerlich-niedlichen Pyjama das billigste Gericht auf der Karte, weil er pleite ist. *Nein, danke.*

Das Popcorn poppt befriedigend in der Mikrowelle und in der offenen Wohnküche riecht es buttrig-süß. Besser als jeder Billig-Burger oder -Burrito.

Als ich geduldig warte, fällt mein Blick auf die Hausschuhe, die vor Moons Zimmer auf seine Rückkehr warten. Rosa Crocs. Ich zeige mit dem Finger drauf und lache sie lautstark aus. *Die armen Dinger, ich weiß.* Aber ich fand die schon immer albern. Vor allem, wenn ich an Moon mit seinen langen Haxen in diesen Gummilatschen denke, muss ich noch lauter lachen. Entweder man liebt oder hasst sie. Irgendwann, wenn ich ihn besser kenne und seinen Humor abschätzen kann, besorge ich ihm witzige Stöpsel, die man in die Löcher steckt, damit er noch lustiger ausschaut.

Das Popcorn piept und ich mache es mir damit auf der wolkengleichen Couch bequem, versinke in den weichen Flauschekissen und entscheide mich auf YouTube für ein mitgeschnittenes *Maniac*-Konzert von *Stray Kids*. Gott, ich liebe diese Band. Ich wette, dass Kira heute entweder *MONSTA X*, *ITZY* oder *ONEUS* hätte laufen lassen wollen. Schön, dass ich diese Band-Mess ganz für mich genießen kann. Genau das brauche ich. Meinen Faulheitslevel steigere ich, indem ich mir einen Kapuzensweater verkehrtherum anziehe und mein Popcorn in der Mütze zum Halten bringe. Nichts, was Kira und ich nicht schon tausend Abende gemacht hätten, und dessen Technik wir von Mal zu Mal perfektioniert haben. Mit ausgestreckten Beinen und dem Snack im Mund hebe ich die Arme und vibe zu *Charmer* mit. Losgelassen singe ich so kräftig und schief, es geht. Das erste Mal, dass ich wieder Lust habe, Musik am ganzen Körper zu fühlen, und ich lasse es bereitwillig zu.

„Wow."

Scheiße. War das Moons tiefe Stimme?

Vor Schreck springe ich auf, verteile überall um mich herum das Popcorn wie Konfetti und verschlucke mich an einem ungepoppten Maiskorn.

Ich halte mir keuchend die Kehle und huste und huste.

Moon ist mit schnellen Schritten hinter mir und klopft mir auf den Rücken – was allerdings überhaupt nicht hilft.

„*Aish*!", stößt er aus. „Ich muss dich leider anfassen, ist das okay?"

Ob das okay ist? Ich verrecke hier gleich. Natürlich ist das okay.

Ich nicke wild und endlich wendet er den Heimlich-Griff an. Er umfasst meinen Oberbauch mit starken Händen und drückt ihn stoßartig zusammen. Wieder und wieder.

Ich spüre regelrecht, wie sich der ungebetene Gast aus meiner Luftröhre löst und dann klirrend in einer Vase fünf Meter von uns entfernt landet.

„Fuck“, hauche ich und schaue über meine Schulter Moon an, der immer noch die Arme um mich hat.

„Du sagst es.“ Mit einem Hops nach hinten lässt er mich los. „Geht's dir gut?“

Ich huste noch zwei oder drei Mal, wische mir die Tränenschleier aus den Augen und wende mich ihm außer Atem zu. „Du hast ... mir gerade ... mein Leben gerettet.“

Die Menge im Fernsehen applaudiert. Und mein Herz auch.

Aber nur solange, bis es stehen bleibt und ich mich umsehe. Vorhin habe ich noch über Kiras Unordnung die Augen verdreht, jetzt stehe ich hier in Konzertlärm, Essensresten und rosa Cooky Pyjama – ohne BH, was er bestimmt gerade trotz Kapuzenpullis gespürt haben dürfte.

„Bist du ein verdammter Samurai, oder warum musst du dich so anschleichen?“, zische ich und will hastig meine Kapuzenjacke richtig anziehen. Was leider alles andere als elegant wirken dürfte, da ich den Reißverschluss, der sich durch mein Faulheitskonstrukt am Rücken befindet, erst zu greifen bekommen muss. Dabei verheddere ich mich in dem Labyrinth aus Ärmeln und verlaufe mich hoffnungslos. Am Ende des Tunnels, oder besser des Kragens, sehe ich Licht und stecke meinen Kopf hindurch. Meine Haare knistern elektrisch und ich ringe erneut nach Luft. Genervt schnappe ich mir die Fernbedienung und mute den Ton von *Stray Kids*.

Moon kniet sich hin und sammelt Popcorn ein. „Das ist aber nicht dein Abendessen oder?“

Das ist alles, was er gerade zu der ganzen Show zu sagen hat?

„Vielleicht“, brumme ich.

„Ich weiß, dass wir nichts im Kühlschrank haben. Hab gerade noch was vom Späti geholt.“

Langsam folge ich seinem Blick Richtung Küchenzeile, wo eine Tüte liegt.

„Soll ich für dich mitkochen? Ich hab da was passend zu deinem Abendprogramm.“

„Abendprogramm?“, stottere ich, weil ich mich bei Girlykram Hoch Tausend ertappt fühle. Dann aber fällt mir ein, dass ich ein Mädchen bin und schlimmere Hobbies haben könnte. Mich an Essen zu verschlucken oder in Jacken zu verlaufen zum Beispiel.

„Ich hätte dich nicht für *so eine* gehalten.“ Höchst amüsiert schmeißt er die gerade von mir zusammengefegten Popcornreste in den Müll.

Die Stirn in Falten gelegt blicke ich verdutzt zwischen ihm und dem Fernseher hin und her.

Er merkt wohl, dass die Leitung bei mir gerade ordentlich lange ist. „Bist du auf die Hallyu-Welle aufgesprungen?“, fragt mich der Asiate.

Oh, oh. Ist ihm das unangenehm? Aber ich könnte mir auch Bollywood-Filme reinziehen und mit einem Inder darüber quatschen. Oder Moon beim Fernsehgarten und Frühstücksfernsehen erwischen.

Ah, was sind das für komische Gedanken?

„Die koreanische Welle?", meint er, erklären zu müssen, weil ich wortlos wie ein Dummerle Löcher in die Luft stiere.

„Ich weiß, was das ist und ... ja? Ich denke?"

Er packt seine Einkäufe aus und setzt einen Topf heißes Wasser auf. Dann greift er nach einer Packung Ramen.

„Kira und ich schauen gerne K-Dramen und verfolgen ein oder zwei Bands", rechtfertige ich mich.

Kurz hält er inne, dreht mir den Rücken zu und schmeißt die Nudeln ins kochende Wasser. „Interessant." Wieder eine kurze Pause. „Welche denn? Also Bands?"

Ich lasse mich auf einen der Barhocker an der Theke nieder. Der perfekte Platz, um ihm beim Kochen über die Schulter zu lunzen. „Meine Playlist ist nicht gerade klein, aber am meisten sind es wohl die großen Klassiker. *BTS, BLACKPINK, Stray Kids, TWICE.* Aber ich hab auch ganz viel Country, Folk und so weiter auf Spotify. Ich mag K-Pop, aber ich bin da nicht verrückt wie andere Freunde von mir." Dabei denke ich an Anita und Toni, die ich auf YouTube verfolge, wie sie in der koreanischen Welt aufgehen. Zusammen mit Zane wollten wir bald eine Collab machen, aber daraus wird jetzt wohl nichts. „Hörst du auch K-Pop?"

Er lacht kurz auf, was fast etwas verklemmt und völlig missraten klingt. „Kann man so sagen." Mit einer Schere öffnet er die Gewürzmischung für die Soße und schüttet sie über die Ramen. „Ich habe eine Weile in Seoul gelebt. Da kommt man nicht daran vorbei."

„Ergo bist du kein großer Fan?"

Moon zuckt lediglich mit den Schultern, schlägt noch zwei Eier über die Nudeln, lässt es kurz in Stille köcheln und serviert dann zwei unglaublich gut riechende Schalen vor mir. Dann hockt er sich neben mich – quasi neben mich, weil er einen Anstandsstuhl frei lässt - und reicht mir Metallstäbchen und Suppenlöffel.

„Danke!", sage ich etwas zu euphorisch, während mir das Wasser im Mund zusammenläuft. Einen Witz über das Ramenessen, was oft als anzügliche Aufforderung in K-Dramen benutzt wird, verkneife ich mir lieber. Irgendwie scheint Moon geknickt. Und das, obwohl er diese leckeren Nudeln schlürft.

Könnte es sein ...? „Vermisst du Seoul?"

Ha! Ich scheine den Nagel auf den Kopf getroffen zu haben, denn seine Mimik wird träumerisch. Große, glänzende Augen, die nicht mehr auf mich gerichtet sind.

„Irgendwie ja und irgendwie nein. Ich vermisse meine Freunde, wir haben lange auf engsten Raum zusammengelebt und jetzt ohne sie zu sein, ist echt mies. Die Arbeit hier lenkt gut ab, aber zu wissen, dass es nie mehr so sein wird ..."

„Ich versteh dich. So blöd es klingt, weil die Sache mit Zane echt unschön geendet hat, vermisse ich doch die Zeit mit ihm." *Und die Musik, die wir zusammen hatten.*

Warum sagt er nichts dazu? Ich hasse Stille inmitten eines Gesprächs. Das Schmatzen und Ausschlürfen der restlichen Soße sind die einzigen Geräusche zwischen uns. Wobei ich laut schlucke, weil die Soße wie Hölle in meinem angegriffenen Hals kribbelt. Ich kann das Sodbrennen von später jetzt schon spüren. Oder ist es die Stille, die mir aufzustoßen droht?

„Moon“, entscheide ich, sie mit einem imaginären Stemmeisen und einer grandiosen Idee zu brechen. „Was hältst du von einem Mädelsabend?“ Als wäre ich Flash höchstpersönlich flitze ich wie der Blitz um die Theke, nehme unsere leeren Schalen und schlichte sie zusammen mit dem Besteck in den Geschirrspüler. Ich bin mir noch unschlüssig, ob ich mir Moon dabei vorstellen kann, wie er bei lustigen Katzenvideos vor Lachen in Tränen ausbricht. „Ihr habt doch bestimmt in eurer WG auch zusammen YouTube geschaut und dumme, witzige Sachen gemacht, oder?“

Das entlockt ihm ein breites Grinsen. „Wenn du wüsstest.“

Wenig später hat er es sich in einem Jogginganzug auf dem Sofa bequem gemacht und ich tipple mit Ninas Kosmetik-Pröbchen und einem verschwörerischen Augenbrauenzucken auf ihn zu. „Wie stehst du zu Haarbändern?“

Habe ich ihm extra eines aus breitem Stoff mit zwei dicken Flauschekugeln gegeben und amüsiere ich mich etwas zu sehr darüber? Vermutlich. Aber er lässt es mit sich machen und scheint sogar Spaß dabei zu haben. Zumindest verraten mir das die tiefen Grübchen neben seinen Mundwinkeln und die scheinenden Augen. Es ist das erste Mal, dass sie nicht unendlich trüb wirken.

„Willst du lieber die langweilige Aloe-Maske oder die, mit der du wie Schneewittchen aussiehst?“, fragt er mich absolut ernst.

„Hmm, die langweilige. Du darfst dich gerne in Schneewittchen verwandeln.“ Ich unterdrücke dabei eine schmutzige Anspielung à la *darf ich dein kleiner Zwerg sein* oder *willst du in meinem Bettchen schlafen*.

Synchron plätten wir die Tuchmasken mit unseren Fingerspitzen und amüsieren uns über die klatschenden Geräusche.

Dann nehme ich entschlossen die Fernbedienung. „Okay, was willst du ansehen?“

Er seufzt, was irrwitzig mit seinem maskierten Gesicht ist. „Alles, bloß kein K-Pop-Konzert, bitte.“

Schade. Aber er hat vorhin angedeutet, dass er K-Pop wohl nicht mag. „Hat dir Stray Kids etwas getan?“ Gespielt entsetzt stemme ich die Arme in die Hüften, immer noch neugierig, woher die Abneigung rührt. Denn sich ab und an in der K-Pop-Bubble zu verlieren, macht einen beschissenen Tag um so einiges besser. Und wie es scheint, könnte er diese Aufmunterung schleunigst gebrauchen.

„Nein, nein“, abwehrend hebt er die Hände, „im Gegenteil. Bang Chan *Sunbaenim* ist großartig und ein unglaublich sympathischer Mensch.“

Geschockt klappt mir der Mund herunter. „Sag bloß, du hast *Stray Kids*‘ Leader live getroffen?“ Ich rücke aufgeregt näher an ihn heran. „War es in einem Restaurant? Oder sogar ein Fanmeet? O mein Gott, du musst mir alles erzählen!“

„Äh, nein.“ Er hüstelt verlegen, öffnet den Mund, schließt ihn, öffnet ihn erneut und schließt ihn wieder. Dann sagt er endlich: „Das hast du falsch verstanden. Also, Freunde haben ihn getroffen und geschwärmt.

Wie wäre es mit einem Film? Wenn du auf was Koreanisches bestehst, wie wäre es mit *Train to Busan*?"

Wow. Was für ein krasser Themenwechsel, aber ich erlaube es ihm, auch wenn ich gern mehr über sein Leben in Seoul wissen möchte. Vermutlich ist wohl gerade einfach nicht der richtige Moment, wenn er so offensichtlich zurückrudert. Irgendwann wird meine Zeit kommen. „Ich lasse dir den Themenwechsel durchgehen, wenn ich dir eine Spange ins Haar machen darf?"

Ich ernte zwar ein Augenrollen, aber fünf Minuten später läuft *Train to Busan* und wir beide tragen in Partnerlook Ninas kleine Haarspangen mit Puscheln am breiten Ende. Es fühlt sich seltsam gut und vertraut an, mit ihm herumzualbern. Vor allem, als ich später merke, dass er eine Heidenangst vor Zombies hat.

„Hey! Du schaust doch gar nicht hin", mache ich mich über ihn lustig.

Tatsächlich hält er sich die Hände vor die Augen und lugt durch die klitzekleinen Schlitze, die ihm seine Finger gewähren.

Ich lache zu lange und meine Bauchmuskeln schmerzen, als hätte mich ein Instructor im Gym in der Mangel gehabt. „Du hast den Film ausgesucht."

„Ja, weil ich den Schauspieler echt mag." Er presst ein Lachen durch die Zähne, die er immer beim Schmunzeln entblößt.

„Ach, haben den auch Freunde von dir getroffen?", necke ich ihn.

„Nein", erwidert er mit Stolz in der Stimme. „Gong Yoo habe ich tatsächlich auf einer Pressekonferenz von *Squid Game* höchstpersönlich getroffen."

Wieder klopft mein Herz aufgeregt. „Hast du nicht!"

„Do-hoch."

Shit. Das ist ein sehr überzeugtes Doch.

„Erzähl mir mehr!" Ich greife nach seinen Händen. „Bitte!"

Moon starrt auf meine Finger, die ich um seine Handgelenke geschlungen halte. „Wenn du mich loslässt, gerne."

Schnell nehme ich meine Hände zurück. „Du bist so ein Klischee, was die koreanischen Manieren angeht, kaum zu glauben."

„Jetzt bin ich also Koreaner?" Seine hochgezogene Augenbraue mustert mich anklagend, da fällt nicht mal das absurd niedliche Haarband ins Gewicht.

„Ich ... ich dachte wegen Seoul. Bist du etwa Chinese oder Japaner?"

„Alles gut", sagt er amüsiert. „Das war ein Scherz. Ja, meine Eltern sind Koreaner und beide in Daegu aufgewachsen. Aber noch vor meiner Geburt sind sie nach München ausgewandert. Ich bin hier geboren."

„Hier-hier?" Jetzt wird mir alles klar. „Du bist in München aufgewachsen, oder? Deswegen kanntest du neulich eine Abkürzung zur WG."

Er spitzt triumphierend die Lippen wie ein Anime-Charakter. „Erwischt. Mein bester Freund, mit dem ich später nach Seoul gezogen bin, hat ganz in der Nähe gewohnt."

Ach, komm schon. So klein kann die Welt nicht sein.

„Ist deine Familie auch mit nach Korea gezogen, oder warum bist du jetzt nicht bei ihnen untergekommen? Ich nehme es dir immer noch krumm, dass du mir das Zimmer streitig gemacht hast."

„Tut mir leid, aber die Fragen sind mir zu persönlich. Ich sage nur so viel: Meine Familie hat München nicht verlassen, aber sie wissen nicht, dass ich zurück bin. Und ehe du weiter fragst, lass uns die Stimmung nicht kaputt machen und ich erzähle dir lieber von meinem Treffen mit Gong Yoo?"

„Na gut", murmele ich, möchte ihn natürlich zu nichts zwingen. Immerhin will ich auch mit niemandem über meine gescheiterte Musikkariere reden. Privatsphäre ist Privatsphäre. Und bei Gott interessiert mich Gong Yoo gerade tausendmal mehr! Ich meine *Goblin*?! Hallo, mein heißer, unsterblicher Fantasy-Freund. Was habe ich sein Drama geliebt.

Moon vermutlich auch, denn er kommt gar nicht mehr aus dem Schwärmen heraus. Er erzählt so lebendig von ihrer Begegnung, dass es sich anfühlt, als wäre ich dabei gewesen. Irgendwann ist das Gemetzel im Film absolut uninteressant und ich hänge regelrecht an seinen Lippen. Er kommt sogar auf Seoul an sich zu sprechen. Was es dort für schöne Ecken gibt, oder welche man besser meiden soll. Er redet über Bars, Tempelanlagen und die traditionellen Viertel. Und so, wie er es schafft, alles bildlich darzustellen, bekomme ich Fernweh. Ich würde gerade alles dafür geben, in Südkoreas Hauptstadt zu sein und mich wie in einer meiner Lieblingsserien zu fühlen.

Der Schwärmerei wird ein jähes Ende gesetzt, als der Abspann des Films schon lange gelaufen ist und nach Mitternacht Kira, Betty und Hannes völlig betrunken in die Wohnung taumeln.

Ich bin unglaublich sauer auf meine beste Freundin. Warum muss sie immer durcheinandertrinken, um dann mit dem Kopf über der Schüssel landen? Kein Auge bekomme ich zu. Freiwillig überlasse ich ihr und dem Kotzeimer unser Zimmer und wandere auf die Couch aus. Als ich gerade eine Decke darüber ausbreiten will, höre ich ein klägliches, wimmerndes Schniefen und bemerke, dass bereits jemand meinen ersehnten Platz eingenommen hat.

Das Weinen ist eindeutig weiblicher Natur, außer Moon weint wie eine Frau. Okay, so jämmerlich, wie es klingt, sollten meine Gedanken Witze lieber hintenanstellen. „Betty? Alles okay mit dir?" Ich mache die kleine Wohnzimmerlampe an und dimme das Licht.

Mit tränennassem Gesicht und verschmierter Mascara blinzelt mich Hannes' Freundin an, während sie sich aufsetzt. Ihre schulterlangen rötlichen Locken sind ein einziges Chaos.

„Hast du dich mit Hannes gestritten?", mutmaße ich, als ich zur Spüle schleiche und ihr ein Glas Wasser bringe.

Stumm nickt sie.

„Willst du darüber reden?"

Sie presst die Lippen zu einem millimeterschwachen Strich zusammen und ein ausgewachsener Heulkrampf überkommt sie. Automatisch schließe ich meine Arme um sie und lasse sie an meine Schulter rotzen.

Ich hasse Alkohol und was er mit Menschen macht.

Obwohl Hannes und Betty schon zwei Jahre zusammen sind, hatten wir nie ein enges Verhältnis. Sie war ab und an mit uns unterwegs, eben sein Anhängsel. Aber dass wir je tiefgründige Gespräche geführt hätten, war nie der Fall. Ihr muss ich allerdings zugutehalten, dass sie Hannes öfter begleitet hat als Zane mich. Ich hatte immer die Vermutung, dass er Kira und Hannes nicht sonderlich leiden kann.

„Schon ironisch", brabbelt sie endlich verständliche Worte, löst sich jedoch nicht aus meiner Umarmung.

„Was ist ironisch?", hake ich nach, weil sie trotz langer Pause nicht weiterspricht.

„Dass ich mich ausgerechnet von *dir* trösten lasse."

Ich runzle, erstaunt über ihren missbilligenden Tonfall, die Stirn und schiebe sie von mir. Tatsächlich sieht sie mich jetzt passend zu ihren Worten grantig an. Ruckartig löst sie sich vom Sofa, torkelt zur Küchenzeile, wo ihre Tasche liegt, nimmt sie und versiert wankend die Wohnungstür an.

Ungläubig, was sie da gerade für einen Film dreht, überhole ich sie und stelle mich zwischen sie und Ausgang. „Ich lasse dich gewiss nicht betrunken um vier Uhr morgens durch München marschieren."

„Was ist hier los?"

Ich drehe mich um und dachte im ersten Moment, es wäre Hannes, doch Moon ist es, der in Jogginghose und oversized Shirt hinter mir steht und sich die Augen reibt.

„Betty will unbedingt nach Hause, ich lasse sie aber nicht betrunken gehen."

„Verdammt, Anni. Ich will weg von hier, verstehst du das nicht? Ich halte es keine Sekunde länger mit dir aus." Erstaunt darüber, dass sie dabei nicht lallt, wirken die Worte erst langsam nach.

Moon tritt neben mich, nimmt seine Jacke vom Kleiderhaken und reicht Betty eine alte Strickjacke von Hannes, die sie kommentarlos anzieht. Dann schlüpft er in seine Vans und wirft mir einen besorgten Blick zu. „Wo wohnt sie?“

„Irgendwo beim Karlsplatz.“ Soweit ich mich erinnern kann, haben wir sie ein einziges Mal zum Feiern abgeholt. Leider kann ich ihm keine genauere Angabe machen.

Er lächelt mich auf eine Weise an, die mir verspricht, dass alles gut wird. „Mach dir keine Sorgen.“ Dann öffnet er Betty die Tür, beide verschwinden und lassen mich ungläubig zurück.

Kapitel 5

Das Kapitel, in dem mich Olaf gehen lässt.

Die darauffolgenden Wochen sind komisch. Und zwar auf die Art *Wir tänzeln alle verlegen um einander herum und schweigen über Bettys Nervenzusammenbruch.* Hannes übergibt mir flüchtig und meist per Textnachrichten meine Aufträge, die aus Flyerausteilen und Kellnern bei Messen bestehen, ansonsten geht er mir aus dem Weg. Er lässt sich kaum in der WG blicken, weil er ständig bei Betty ist. Auch Kira bekomme ich nicht oft zu Gesicht, weil sie jemanden mysteriöses datet, von dem sie mir erst genauer berichten möchte, wenn es sich aus ihrer Sicht lohnt. So bleibt mir wenigstens ihr Zimmer ganz für mich. Und es tut verdammt gut, alle Viere von sich zu strecken, ohne einen Kinnhakten zu verteilen oder einstecken zu müssen.

Gerade genieße ich es, neben Moon durch die von leichtem Frühlingsschnee gepuderten Straßen zu laufen. Er ist aktuell meine einzige Konstante. Na gut, er ist auch der einzige, mit dem ich regelmäßig quatsche. Alle meine anderen sogenannten Freunde sind zu beschäftigt mit ihrem Studium oder den Frühlingsgefühlen, die in ihnen erwachen. Der spontane Mädelsabend hat das Eis zwischen Moon und mir gebrochen und ich würde vorsichtig behaupten, dass sich so etwas wie eine Freundschaft entwickelt.

„Ich weiß nicht, was ich von dem Disney-Thema halten soll.“ Er dreht die Cap auf seinem Kopf, sodass der Schirm seine Augen vor den Schneeflocken schützt.

„Ich halte davon genauso viel wie von Schnee Anfang April. Letzte Woche hab ich noch auf Frühling gehofft und jetzt das.“ Demonstrativ breite ich die Arme aus, um sinnbildlich all das Weiße um uns herum einzufangen.

„Also findest du eine Disneyparty genauso unnötig wie Schnee?“

Bekräftigend nicke ich. „Du hast es erfasst. Obwohl ich zugeben muss, dass ich mir mit sechs Jahren vielleicht auch eine Anna-und-Elsa-Party gewünscht hätte.“ Ich deute auf die Ladentür des Kostümverleihs. „Wir sind da.“

Wie sich herausstellt, wird Moon nicht die Elsa zu meiner Anna sein und auch nicht Kristoff. Natürlich ist er Olaf der marshmallowartige Schneemann. Der einzige Lichtblick: Er trägt ein weißes Langarmshirt und darf auf weitere Armbekleidung oder Handschuhe verzichten. Diesmal hängen ihm die Arme also an seinem gepolsterten Körper herab und er muss sie nicht wie bei dem Burgerkostüm von sich gestreckt halten.

Apropos Arme. Ich habe alle Hände voll zu tun, den verkleideten Moon zwei Querstraßen weiter zu leiten, ohne dass er eine weiche Bruchlandung hinlegt.

„Erinnere mich bitte daran“, dringt seine Stimme gedämpft aus Olafs Kopf heraus, weshalb er ihn lieber abnimmt, „dass ich bei Hannes kündige. Wäre er von Anfang an präziser gewesen, hätte ich nach dem Hot-Dog-

und Burger-Fiasko dankend abgelehnt. Es wäre überhaupt nett, wenn er uns mehr Infos geben würde. Gestern war ich als Barbies Ken in einem Krankenhaus, um ein Kind mit einem gebrochenen Bein aufzumuntern, und die Eltern haben mich rausgeschmissen, weil ich offensichtlich kein Ken-Ken sein konnte und sie keinen Kim-Ken wollten."

Deswegen war er also gestern gleich in seinem Zimmer verschwunden. Ich dachte mir schon, dass er schlechte Laune hat, und habe mich ihm nicht aufgedrängt, auch wenn der Drang groß war, ihm wieder Zöpfchen zu flechten.

„Das ist rassistisch."

„Ist es. Aber hätte Hannes mir vorher gesagt, was der Auftrag ist, dann hätten wir das Ganze gleich abkürzen können. Das ist das letzte Mal, dass ich mich erst von den Kostümbildnern überraschen lasse, als was ich mich verkleiden muss."

Ich atme tief aus, woraufhin Nebel vor mir in der arschkalten Luft aufsteigt. „Da bin ich ganz bei dir. Wir überleben das hier irgendwie und knüpfen ihn uns dann vor. Auch wenn wir ihn aus Bettys Wohnung schleifen müssen. Das ist einfach kein dauerhafter Zustand."

Ich glaube, etwas wie ein Seufzen von ihm zu hören. Bevor er etwas erwidert, wird uns das große Tor zu einer pompösen Stadtvilla geöffnet.

„Gehen Sie bitte zu dem Eingang geradeaus", erklärt uns eine blecherne Stimme aus der Sprechanlage.

Wir leisten dem Folge und ich bin erleichtert, als wir in das wohlig warme Innere der Villa treten dürfen. Ich klopfe mir und anschließend Moon, so gut es geht, den

Schnee von unseren Kostümen, dann verdrehe ich innerlich die Augen. Denn ich bin kein großer Fan von Kindern und was ich aus dem Nebenraum höre, klingt nach großem Kleinkindchaos à la Disneyland.

„Gut, dass Sie endlich hier sind“, meint eine überaus gestresste Frau mit streng zurückgebundenem Haar, Bleistiftrock und Louboutins. Mutter oder Nanny kann ich nicht sagen, weil sie sich uns gar nicht erst vorstellt, sondern gleich durch eine große Flügeltür quetscht. „Herr Winter hat gemeint, sie stimmen die Gitarren selbst. Mikrofone und Lichttechnik sind bereits vorbereitet.“

Ihre Worte hallen in meinem Kopf nach, als ich gleichzeitig versuche, das Bild vor mir zu ordnen.

Dort ist eine kleine Bühne aufgebaut. An ihr sind Scheinwerfer justiert, vor denen ein Vorhang uns von dem anscheinend ungeduldig wartenden Kinderpublikum trennt. Zwei Stühle, zwei Mikroständer und zwei Gitarren. Eine aufkeimende Panikattacke.

Ich bin geradeso in der Lage, sie herunterzuschlucken.

Dabei scheine ich aber nicht die Einzige zu sein, die plötzlich nervös ist.

Moon neben mir knetet sich die Fingerknöchel und räuspert sich. „Das ist ein Missverständnis. Ich kann nicht singen.“

Die Frau rümpft die Nase und verschränkt die Arme vor der Brust. „Dann spielen Sie eben Gitarre und das Mädchen singt.“

Ich hole Luft, um auch mich herauszureden, aber der Blick der rothaarigen Schreckschraube mahnt mich, bloß nichts Dummes von mir zu geben.

Ganz selbstverständlich reißt sie Moon Olafs Kopf aus den Armen und stülpt ihn ihm über. „Sie haben zehn Minuten." Das war's. Damit dackelt sie aus dem Zimmer und lässt uns mit der allergrößten Verwirrung zurück.

Aus der Tasche meines Rocks hole ich mein Handy. „Das muss ein Missverständnis sein." Mit unruhigem Daumen scrolle ich durch die Kontakte und wähle Hannes' Nummer. „Ich kläre das", sage ich zu Moon, der von einem auf den anderen Fuß wippt.

„Ja?", fragt es am anderen Ende der Leitung.

„Hannes, was zur Hölle denkst du dir?", klage ich ihn scharf an.

„Was ...? Oh." Stille.

„Du weißt, dass ich nicht mehr auftrete."

Er schluckt, was deutlich zu hören ist. „Das hast du nie gesagt", versucht er, sich aus der Affäre zu ziehen, sein Tonfall jedoch strotzt klar vor Unsicherheit.

Moon wackelt mit dem Zeigefinger und schüttelt den Kopf.

„Und Moon kann gar nicht singen." Kritisch beäuge ich mein Gegenüber. „Was ist mit Gitarre spielen?"

Er nickt zaghaft.

„Der liebe Moon *kann* singen", behauptet Hannes.

„Egal, was du meinst. Wir sind ohnehin nicht vorbereitet."

Hannes schnauft genervt. „Es ist ein Kindergeburtstag. Irgendetwas werdet ihr schon finden. Bitte gebt euch Mühe."

„Ist *sie* das?", höre ich Bettys Stimme im Hintergrund.

„Hör zu, Anni. Ihr schafft das. Es tut mir leid, dass ich vorher nichts gesagt hab. Ich wollte heute Früh noch persönlich mit dir darüber reden, aber …“

„Hannes!“, keift Betty ihn regelrecht an, was ich absolut nicht nachvollziehen kann.

Wenn einer berechtigt ist, so genervt mit ihm zu sprechen, dann bin wohl ich das.

„Spielt ein paar Lieder und gut ist.“ Dann legt er auf.

Enttäuschung breitet sich in mir aus, während das leere Tuten aus meinem Handy schrillt. Es stimmt, ich habe es nie laut ausgesprochen, aber Hannes sollte mich besser kennen.

Moon nimmt Olafs Kopf wieder ab und lockert seine plattgedrückten Haare auf, dann schleicht er zum Vorhang, schiebt ihn ein kleines Stück zur Seite, linst nach draußen und tappt wieder zu mir zurück. „Es sind nur eine Handvoll Kinder. Hast du Lampenfieber?“

Seine Frage ist sanft gestellt, ohne Vorwurf. Er erkundigt sich lediglich ehrlich und das rechne ich ihm hoch an.

Ich geh zu einem Wandspiegel und blicke in das Gesicht von Anna. *Das bin nicht ich. Das ist nicht Anni Benner. Moon und ich sind nicht* A2Z.

Nun komme ich mir ganz schön dämlich vor. Eine Horde Kinder sollte mich nicht aus dem Konzept bringen.

Entschlossen setze ich Moon den Schneemannskopf wieder auf und reiche ihm eine der beiden Gitarren. „Kannst du mit dem Kostüm spielen?“

„Diesmal sind meine Arme frei. Ich muss einfach dem Drang widerstehen, auf das Griffbrett zu schauen.

Weißt du, wann ich das letzte Mal Gitarre gespielt habe? Es ist gefühlte Ewigkeiten her."

Ich reibe mir die Nasenwurzel, denn das alles kann nichts werden und uns bleiben nur noch fünf Minuten.

Wie gerufen höre ich das Getrappel von Stöckelschuhen. Die Bleistiftrock-Lady kommt genervt zu uns. „Ich höre nichts."

Ich reiße mich zusammen und sammele alle Nettigkeit, die ich in mir besitze. „Kleines Problem. In der Agentur haben sie etwas durcheinandergebracht und wir sind nicht vorbereitet." Auf der Suche nach einer schnellen Lösung sehe ich mich in dem pompösen Raum um. „Sie besitzen nicht zufällig eine Karaokemaschine?"

Natürlich gibt es in dieser Villa eine tragbare Karaokemaschine – verwöhnte Kinder. Nun sitze ich vor den Kids, die in kostspielige Kostüme gekleidet sind, und zittere. Ich zittere am ganzen blöden Leib. Mein Blick fällt auf Moon, der sich in der Mitte der Meute niedergelassen hat, um so die Vier- bis Sechsjährigen abzulenken, damit nicht die ganze Aufmerksamkeit auf mir liegt. Er albert mit ihnen herum, bis ich die Maschine richtig eingestellt habe und die ersten Klänge zu Aladdins *In meiner Welt* abgespielt werden.

Meine Hände sind unglaublich schwitzig und Panik keimt in mir auf. Zane sollte neben mir sitzen. Er sollte da sein und mit mir singen. Allein kann ich das nicht. Ich starre auf den leeren Stuhl neben mir und bekomme keinen Ton heraus. Ich verpasse den Einsatz, stammele etwas Unverständliches ins Mikro, das ich selbst nicht verstehe und definitiv kein Deutsch ist. Mein Herz klopft so laut, dass ich dessen Beat anstelle der Musik in meinen Ohren höre. Das war's. Das Mikro entgleitet meinen ekelhaft feuchten, kribbelnden Händen und fällt auf den Boden. Die Rückkopplung quietscht in den Lautsprechern und alle Kinder halten sich die Ohren zu. Fangen sogar zu Flennen an.

Moon springt auf, nimmt den riesigen Kopf ab, woraufhin sich die kleinen Partygäste viel lauter beschweren. Aber er eilt zu mir und ignoriert alles um uns herum. Ich wünschte, ich könnte mich auch auf ihn konzentrieren, aber es gelingt mir nicht.

„Ich kann das nicht", wiederhole ich mehrmals.

Er presst die Lippen aufeinander und drückt kurz meine abstoßend feuchten Hände. „Ich übernehme." Dann führt er mich nach draußen vor die Tür und bittet einen Bediensteten, der unseren Weg kreuzt, um ein Wasser für mich. „Kommst du alleine klar? Wir können auch zusammen gehen –"

„Nein", unterbreche ich ihn. „Wenn du das hinbekommst, dann tu es." Er soll nicht wegen mir Anschiss kriegen. „Hauptsache die Kinder bekommen ihre Partyeinlage."

Moon nickt, sein Gesicht zeigt aber deutlich, dass er lieber mit mir auf Nimmerwiedersehen verschwinden würde. „Okay. Dann setz dich aber, du bist viel zu blass."

Als er mich verlässt und ich ganz allein auf der pompösen Wendeltreppe warte, löst sich der Knoten um meine Brust. Der Bedienstete bringt mir ein kühles Wasser, das ich dankbar annehme, und ich kann mich langsam abregen.

Durch die Tür höre ich leise Moon und bin sofort von seiner dunklen Stimme gebannt. Er hat das Lied von vorn begonnen und ich bin hin und weg, vergesse sogar meine Panikattacke. Es heißt immer, man soll sich zum Beruhigen auf das Umfeld konzentrieren, auf das, was man hört. Und was ich da höre, ist einfach unbeschreiblich. Wollte er mich verarschen, als er meinte, er könnte nicht singen? Ich erkenne eine trainierte Stimme. Und diese ist von Profis geformt worden. Zane und ich haben durch unsere Agentur oft mit Vocal-Coaches zusammengearbeitet. Sie haben uns gezeigt, wie wir unsere Stimmfarbe perfekt in Szene setzen können. Und, großer Gott, das tut Moon gerade hinter dieser Tür. Disney hat noch nie so sexy verrucht geklungen. Auf wackeligen Beinen bewege ich mich magisch angezogen Richtung Gesang und lausche. Das ist absolut nicht kinderfrei, was Moon da gerade mit meinem Gehör anstellt.

***

„Dank euch habe ich einen wichtigen Kunden verloren. Der Vater des Geburtstagskinds hatte uns für viele Messen und Büroveranstaltungen gebucht." Hannes rauft sich theatralisch das Haar. „Dabei war das wichtig für ... egal."

Moon will sich vor ihm verbeugen, doch ich hindere ihn mit ausgestrecktem Arm daran. „Tu das bloß nicht", murmele ich zur Seite und gehe einen Schritt auf Hannes zu. „Du kannst nicht leugnen, dass du uns in eine sehr beschissene Situation gebracht hast. Verdammt noch mal, ich wollte nie wieder vor Publikum singen. Und du hast mich quasi aus dem Nichts dazu gedrängt!"

„Können wir das nicht ruhig regeln?“, bittet Moon betreten aus dem Hintergrund.

Nicht, wenn Hannes meint, wutentbrannt in die WG zu stürzen und uns die Hölle heiß zu machen, während wir nach dem Abschminken und Entkostümieren einfach nur durchschnaufen wollen. Moon und ich haben noch keinen Schlachtplan geschmiedet, wie wir unseren Misserfolg unserem Vermieter und Arbeitgeber beichten. Auf dem Rückweg hatte sich emotional erschöpftes Schweigen breit gemacht, was für mich total fein war. Vielleicht aus dem Grund, dass ich seine Gesangsstimme nicht aus dem Kopf loswerden wollte.

„Er hat drei Veranstaltungen abgesagt. Das wären für uns über zweitausend Euro gewesen, die ich nicht so schnell wieder reinbringen werde.“ Hannes tigert immer noch auf und ab. Dann lässt er sich gegen die Küchenzeile fallen.

Ich habe absolut kein Mitleid mit ihm. Er allein trägt Schuld an seinem finanziellen Verlust.

Moon schleicht vorsichtig auf ihn zu. „Wir wollten dich nicht verärgern, aber das Ganze wird langfristig nicht mehr auf diese Art funktionieren“, meint er ruhig. „Es wäre schön, wenn wir in Zukunft mehr Infos zu unseren Aufträgen erhalten. Wir wissen gar nicht, was uns erwartet. Gib uns eine Chance, das wiedergutzumachen.“

Ich schüttele den Kopf und lache sarkastisch auf. *Wir* sollen diejenigen sein, die das wiedergutmachen? Moon ist zu nett für diese Welt und es gefällt mir nicht, dass er mich mit reinzieht. Die Welt war in letzter Zeit nämlich nicht auf meiner Seite, ich schulde ihr rein gar nichts.

„Hannes, ich glaube, du solltest wieder zu deiner Betty abhauen“, fauche ich und würde ihn am liebsten anfallen wie eine Raubkatze, die kurz davor ist, sich auf ihre Beute zu stürzen, wenn diese eine Sekunde länger in ihrem Blickfeld bleibt.

Überraschenderweise brüllt er nicht dagegen. Er greift wortlos nach seiner Jacke. „Ich war eh auf dem Sprung.“

Perplex gaffen wir ihm hinterher, als er die WG tatsächlich verlässt.

Da frage ich mich doch, ob seine Standpauke überhaupt einen Sinn haben sollte, wenn ihm anscheinend bewusst ist, dass er Scheiße gebaut hat.

„Und jetzt?“, hakt Moon nach.

Ich zucke mit den Schultern. „Will ich mich mit irgendetwas ablenken und nicht mehr an den miesen Nachmittag denken, okay?“

Er hebt einen Finger und ich könnte schwören, darüber eine grellleuchtende Glühlampe schweben zu sehen. „Du willst Ablenkung, ich gebe dir Ablenkung.“ Dann macht er auf dem Absatz kehrt.

Würde es sich nicht um Moon handeln, sondern um irgendeinen dahergelaufenen 08/15-Typen, würde ich meine Hand dafür ins Feuer legen, dass es eine Anmache war. Dass er darauf wartet, dass ich ihm in sein Zimmer folge und wir uns gegenseitig ablenken – wieder und wieder.

Aber da es sich um Moon, den Saubermann, handelt, dürfte ich nicht überrascht sein, als er mit Besen, Eimer und Gummihandschuhen zurückkehrt. „Putzen bringt mich immer auf andere Gedanken.“

Ich verdrehe die Augen, schmunzle aber tief in mich rein, weil das typisch Moon ist. Außerdem will ich mich nicht beschweren, da ich diese Woche mit Putzdienst an der Reihe bin und absolut nichts dagegen einzuwenden habe, wenn er mir hilft.

Weil ich schneller als er beim Umziehen in etwas Bequemeres bin, verlinke ich mein Handy mit der Stereoanlage.

Wer zuerst kommt, mahlt zuerst, mein Lieber.

Ich glaube, ich habe Lust, ihn aufzuziehen, also stelle ich meine K-Pop-Playlist ein.

Sobald *SHINees* urkomisches *Ring Ding Dong* aus den Boxen dröhnt, öffnet Moon mit Schwung seine Zimmertür.

„Oh, bitte nicht", fleht er, was absolut ulkig ist, weil er ernsthaft eine Schürze über seinem Jogginganzug trägt. Und diese hat den Körper einer fast nackten Frau aufgedruckt. Die schrecklichen Crocs tun den Rest.

„Was zur Hölle hast du da an?" Ich kringle mich beinahe vor Lachen auf dem Boden.

Er schaut an sich hinab und legt hastig einen Arm vor die Brüste und die andere Hand auf das Bikinihöschen. Dabei läuft er knallrot an. Nicht leicht rosa – knallrot.

„*Aish.*" Er will in sein Zimmer zurück, doch ich bin schneller und halte ihn an den Bändern der Schürze fest.

„Nicht so schnell, Freundchen. Das nenne ich ausgleichende Gerechtigkeit."

Ich dachte, ihm könnte nicht noch mehr Farbe ins Gesicht laufen, werde aber eines Besseren belehrt. Sogar seine Ohren glühen.

„Hey, jetzt denk nicht an unsere erste Begegnung zurück!“, mahne ich ihn, halte der Strenge aber nicht lange Stand und breche erneut in schallendes Gelächter aus. „Wo hast du das überhaupt her?“

Er weicht meinem Blick aus und deutet in sein Zimmer. „Vom Späti um die Ecke. Da sollte eigentlich ein Teddy drauf sein.“ Seine Schultern hängen zehn Stockwerke tiefer, als er durchatmet.

Ich linse um ihn herum und erspähe die Verpackung. Zu seiner Verteidigung ist dort tatsächlich ein Teddy abgebildet.

„Tja, das nenne ich Karma.“

„Das ist gemein. Du weißt, wie unangenehm mir der Tag war.“

Ich knuffe ihm ermutigend gegen die Schultern. „Wir wollten doch vergessen, was passiert ist, kleiner Schmollbraten.“

Das entlockt ihm ein ungeschicktes Grunzen und seine Gesichtszüge entspannen sich. „Schmollbraten?“

„Mach dich nicht über meine Wortwahl lustig.“

„Sorry.“ Wieder will er in seinem Zimmer abtauchen.

Erneut ziehe ich ihn an seinem Schürzenknoten zurück. „Das behältst du schön an.“

„Das ist aber vulgär.“

Ich beäuge ihn kritisch. „Sag mal, wie alt bist du eigentlich? Manchmal scheinst du unschuldig wie ein Achtjähriger oder verkniffen wie eine siebzigjährige Nonne.“

Er legt den Kopf schief und starrt mich an. „Ich bin sechsundzwanzig.“

Habe ich ihn verletzt?

„Entschuldige, ich wollte dir nicht zu nahetreten“, rudere ich zurück und schnappe mir einen Staubmagneten aus dem Putzeimer.

„Jetzt lauf du nicht vor mir weg.“ Er taucht neben mir auf und schlüpft in die neonpinken Gummihandschuhe, dann dreht er mir den Rücken zu, um den Eimer mit Wasser an der Spüle zu füllen. „Benehme ich mich wirklich so komisch?“

Die Frage verwandelt meinen Magen in einen Knoten. Ich wollte ihn nicht vor den Kopf stoßen und vor allem war es nicht negativ gemeint.

Während die Playlist auf *ENHYPENs Sweet Venom* switcht, überlege ich mir gut, wie ich mein großes Plappermaul rechtfertige. „Es ist nur ... du bist unglaublich höflich und hast fantastische Manieren. Das ist neu für mich.“ Bisher hatte ich nicht häufig das Vergnügen mit solch empathischen Kerlen. Zane war anders, ist aber niemals auf dieselbe Ebene wie Moon zu stellen. „Du wirkst wie aus einem K-Drama.“

Daraufhin lacht er sein tiefes, durch und durch gehendes Lachen und ich glaube, die Situation gerettet zu haben. Mit dem hallenden, wohltuenden Geräusch von ihm löst sich auch der Knoten in meinem Bauch.

Puh. Ich hätte es nicht ertragen, wenn er böse mit mir wäre.

„Und?“, fragt er ein paar Minuten später und wartet auf eine Reaktion von mir.

„Was, und?“ Ich hebe den Staublappen, dessen gesammelter Dreck im Licht nach unten tanzt. Ich bin mir nicht sicher, ob die Dinger das bringen, was sie sollen.

Moon hält den Blick beim Wischen eisern auf die Küchentheke gerichtet. „Magst du das K-Drama?“

Ich verschlucke mich und wäge ab, ob ich mich verhört habe. Fragt er indirekt, ob ich ihn mag?

„Na ja, also ... Eigentlich bin ich kein großer Fan von klischeebehafteten Liebesquatsch. Dieses ganze *Jane-gehört-zu-Tarzan*-Gedöns. Aber warum auch immer macht mein Kopf eine Ausnahme bei di-“

„Anni.“ Er schmunzelt schief, so dass es ihm tiefe Grübchen in die Wange bohrt. „Ich meinte das Drama zu diesem Lied.“

Mit weitaufgerissenen Augen lausche ich. *Sweet Night* von *BTS‘ V*, der OST zu *Itaewon Class.*

Fuck.

Ertappt stottere ich: „Klar ... Sag ich doch. Ganz schönes Liebes-Klischee in diesem Drama ... Das ich ausnahmsweise mag.“ Ich ziehe die Schultern bis zu meinen Ohren hoch und hoffe, mich verstecken zu können. Dabei drehe ich mich fix um und widme mich konzentriert dem Abstauben des großen Regals.

Leider ist mir völlig klar, dass meine Erklärung nach hinten losgeht. Denn die Lovestory in *Itaewon Class* ist definitiv keine typische und vor allem keine klischeebehaftete. Musste ausgerechnet dieses Lied laufen?

„So so“, ist alles, was Moon dazu beiträgt, ehe er vorschlägt, sich um das Badezimmer zu kümmern.

Ich bleibe zurück und werde mich weiter in meiner Peinlichkeit baden. Vielleicht sollte ich lieber mit ihm tauschen und mich unter der Dusche ertränken.

Oh, Anni. Wo hast du dich da bloß hineinmanövriert?

Kapitel 6

Das Kapitel, in dem ich mit meinem Hintern auf BTS lande.

Kira ist endlich bereit, mir ihr neues Date vorzustellen. Nun weiß ich auch, warum sie wochenlang ein Geheimnis daraus gemacht hat – meiner Meinung nach absolut unnötig. Doch sie wollte sichergehen, dass sie wirklich etwas für diese Person empfindet. Und das tut sie. So verliebt, wie sie Mara die ganze Zeit über den Tisch des kleinen Cafés, in dem wir es uns gemütlich gemacht haben, anschaut, vermag sie ihre Gefühle nicht länger zu leugnen. Sie strahlt über das ganze Gesicht, sogar heller als ihr Septum, das von den Deckenleuchten angeschienen wird. Die beiden bilden einen wunderschönen Kontrast zueinander. Kiras sonnengeküsster Teint konkurriert dabei nicht mit Maras asiatischer Porzellanhaut, sondern fügt sich zu einem runden Gesamtbild. Kiras bunt angemalte Lippen sind das genaue Gegenteil von Maras. Der Goth-Look steht ihr und ich bin etwas neidisch auf ihre Snakebites-Piercings. Ich würde mich das nie trauen.

Mara ist Kiras erste feste Freundin. Ich bewundere sie dafür, dass sie eine neue Seite an sich entdeckt hat und hoffentlich erstmal Abstand zu Arschlochtypen hält. Ich will mir gar nicht vorstellen, wie es ausgegangen wäre, hätte sie mit einem Rapper von *PowWow* etwas angefangen.

„Danke, Anni, dass du dir extra Zeit für uns an deinem freien Tag genommen hast.“ Mara schenkt mir ein aufrichtiges Lächeln. „Es ist super nett, dich endlich kennenzulernen. Kira redet viel von dir und deinen aufregenden Jobs, da ist unser Studium echt langweilig gegen.“

Ich hüstele in meinen Kaffee. „Wenn du unter aufregenden Jobs verstehst, dass ich zwei Tage vorher nicht weiß, in was für eine Party ich als nächstes stolpere, dann ja. Total aufregend.“ Gefrustet verdrehe ich die Augen und lasse mich von der zuckersüßen Eisschokolade vor meiner Nase aufmuntern.

„Hey!“, meckert Kira. „Hannes ist in der letzten Woche kommunikativer geworden.“

„Nett, dass du deinen Bruder verteidigen willst, aber vor der Betty-Aktion lief es trotzdem besser.“

Mara hebt eine dunkel nachgezeichnete Augenbraue in Kiras Richtung. „Was für eine Betty-Aktion? Ist Betty nicht die Freundin von deinem Bruder?“

Knatschig spielt Kira mit ihrer Kaffeetasse. „Ist sie. Und warum auch immer ist sie aktuell nicht gut auf Anni zu sprechen. Und irgendwie herrscht jetzt dicke Luft zwischen allen.“

„Und wenn du sie direkt drauf ansprichst?“, hakt ihre Freundin nach.

„Guter Punkt“, stimme ich ihr zu. „Du hattest bisher keinen schlechten Draht zu ihr, oder?“

Kira fährt sich durch ihre Lockenpracht und dehnt sich gähnend. Da war heute Nacht jemand wohl mit was anderem als Schlaf beschäftigt. „Naaa jaaa“, sie zieht die Worte extra lang, „ich *hatte* bisher keinen schlechten Draht zu ihr. Vergangenheitsform. Irgendwie bin auch ich bei ihr abgemeldet. Ich hab sie mehrfach angetextet und war vor ihrer Tür gestanden, aber da wird wohl nur noch meinem werten Bruder Einlass gewährt. Und der spielt ihr komisches Spiel mit." Sie schlürft an ihrem Latte Macchiato. „Bin ich ein schlechter Mensch, weil ich hoffe, dass Hannes sich bald besinnt und sie absägt?"

Innerlich wäge ich ab. Die beiden sind seit Ewigkeiten zusammen, aber so verändert habe ich ihn noch nie erlebt. Mir tut es vor allem für Kira leid, weil sie vorher sehr eng waren. Wenn Betty Hannes auch noch von seiner kleinen Schwester fernhält, ist das echt mies von ihr und ich muss sie vielleicht doch bald boxen. Auf der anderen Seite verbringt Kira aber gerade die meiste Zeit bei Mara und in der Uni. Also möchte ich Betty nicht die ganze Schuld geben. Oder zieht sich Kira extra vor der WG zurück? Ich habe definitiv zu lange nicht mehr ordentlich mit meiner besten Freundin quatschen können. Es ist schade, dass ich mittlerweile öfter mit Moon rede als mit ihr. Ich vermisse sie, auch wenn ich mich über meinen neu gefundenen Freund nicht beschweren will. Überhaupt und ganz und gar nicht.

„Themenwechsel", schlägt Mara vor und trinkt ihren schwarzen Kaffee auf ex aus. „Kira hat mir von eurem Mittbewohner erzählt." Sie wippt vielsagend mit ihren Augenbrauen. „Und sie hat mir ein Bild von ihm gezeigt. Da bin ich glatt neidisch auf eure WG, ich sitze nämlich noch bei meinen Eltern fest."

Kann sie etwa Gedanken lesen? Hat ihr irgendetwas an mir verraten, dass er mir 24/7 durch das Hirn spukt? Casper der Geist möchte bitte von den Winchesters gefangen und eliminiert werden ...

„Oho! Sollst du so dümmlich grinsen, Anni?“, fragt mich meine beste Freundin mit einer honigsüßen Satzmelodie.

Wo sie jedoch recht hat ... Ich habe es nicht gemerkt, aber anscheinend sind meine Mundwinkel gerade extrem weit nach oben gewandert. „Wollen wir nicht nochmal das Thema wechseln?“, starte ich einen kläglichen Versuch, höre aber selbst, dass ich mindestens eine Oktave höher fasele.

Kira rutscht quietschend mit ihrem Stuhl näher, so dass für eine Sekunde die gesamte Aufmerksamkeit aller Gäste auf uns liegt. „Sag bloß, da läuft schon was!“

Abwehrend hebe ich die Hände, um ihren Gedanken einen Riegel vorzuschieben. „So ist das gar nicht. Also, klar, ich will nicht leugnen, dass er einen tollen Charakter hat und gut aussieht. Aber, nein, nach Zane habe ich gerade keine Lust, mich auf etwas Neues einzulassen. Außerdem mag er mich sicher nicht auf *diese* Art.“

„Aber ihr arbeitet und lebt quasi zusammen, oder?“, bohrt Mara nach und ich erzähle ihr, wie ich ihn in meiner Badewanne gefunden habe, er meine ganze Unterwäsche gesehen hat und wir schließlich zusammen bei den Winters eingezogen sind. Das Hot-dog-Debakel lasse ich natürlich nicht aus und dann berichte ich von neulich, als Moon mich vor der Bühne und dem Singen gerettet hat.

„Ich fasse es nicht, dass Hannes wollte, dass du singst“, meint Kira empört. „Wieso hast du mir das nicht gleich erzählt?!“

Mara greift nach der Hand ihrer Freundin und fährt mit dem Daumen langsam über Kiras Finger. „Klingt, als wäre das richtig blöd gelaufen, aber es ist ziemlich süß von Moon, für sie einzuspringen.“

Ja, das war es. Es hat uns enger zusammengeschweißt.

Gerade, als ich noch etwas dazu sagen möchte, unterbricht mich ein Bellen.

Ein Bellen?

Mara schreckt auf und beugt sich unter den Tisch, um ihrer Tasche das Wort zu verbieten. „Aus!“, meckert sie scharf. „Böse.“

Verwundert mustere ich Kira. Die steht auf und bezahlt an der Theke, während mehr knurrende Geräusche von unten nach oben dringen.

„Schnell“, sagt Kira, als sie uns zu sich winkt.

Wir gehen ihr eilig zur Tür nach.

Draußen angekommen, wende ich mich den beiden zu und finde die Geräuschquelle. „Hattest du den die ganze Zeit da drin?“ Ungläubig deute ich auf den karamellfarbenen Zwergspitz in ihrer nietenbesetzten Handtasche.

Wie konnte mir das Kerlchen entgehen?

Mara hält mir die Tasche entgegen, woraus mir der Hund mit explodierter Mähne freudig entgegen hechelt. „Sag Hallo zu Suga.“

„Das ist die Hündin von Maras kleiner Schwester“, spielt Kira den Erklärbar.

Mara stöhnt gelangweilt, als hätte sie mittlerweile tausend Mal die gleiche Erklärung abgegeben. „Ja, sie ist nach dem Typen von *BTS* benannt. Sie ist ein großer Fan. Also, meine Schwester, nicht der Hund."

Soll ich überhaupt fragen, weshalb sie gerade den Hund ihrer Schwester in ihrer Tasche herumkutschiert? Ich glaube, das lasse ich lieber.

„Ach, Mist", entfährt es Mara. „Ich habe ihr Futter vergessen. Können wir kurz zu mir nach Hause und es holen? Ich wohne gleich um die Ecke."

„Klar." Warum auch immer erwarte ich, dass sie das Tier an die Leine nimmt. Aber nein, es wird weiter herumgetragen.

Zugegebenermaßen ist der Anblick ein bisschen sehr drollig – dieser kleine Prinzessinnenhund und Maras Gothic-Kluft.

Kira stupst mich unauffällig an. „Maras Schwester feiert heute groß Geburtstag und das ist zu viel Stress für den Hund."

Alles klar. „Nett von ihr, Suga zu nehmen. Durch die Weltgeschichte zu tragen. Oder was auch immer."

„Meine Freundin ist cool, oder?", flüstert sie hibbelig.

Ich schenke ihr ein breites Lächeln. „Ist sie." Definitiv etwas anders, aber doch ziemlich in Ordnung.

So wie es den Anschein macht, ist Mara nicht nur cool, sondern auch stinkreich – beziehungsweise ihre Familie ist stinkreich. Wir betreten eine Stadtvilla, in der sich allein im Eingangsbereich fünf Ming Vasen befinden – echte.

„Ihr Vater arbeitet in der Chinesischen Botschaft und ihre Mama hat ihr eigenes –", erklärt mir Kira leise, als wäre es ein Geheimnis, den Rest verstehe ich leider nicht, weil der Hund total aufgedreht kläfft.

Mara verschwindet samt Hund durch eine hohe Tür lässt uns wie bestellt und nicht abgeholt stehen. Personal hastet mit Party-Deko um uns herum und ich bemerke ein eindeutiges Farbschema: Lila.

„*BTS*-Party", flüstert Kira.

Hätte ich mir ja denken können.

Hinter einer Tür rechts von uns höre ich es laut diskutieren und die Stimme kommt mir verdammt bekannt vor.

Auch Kira runzelt konzentriert die Stirn. „Ist das ...?"

Die Tür wird geöffnet und eine chinesische Schönheit gefolgt von Moon tritt ans Tageslicht, beziehungsweise in die Eingangshalle.

„Moon?!", entfährt es Kira und mir gleichzeitig.

Ich muss zweimal hinschauen, um ihn zu erkennen, aber er ist es. Er trägt stechendblaue Kontaktlinsen, das feine Muttermal an seinem Nasenflügel ist mit Makeup abgedeckt, dafür hat er sich zwei auf der Wange aufgemalt. Seine Augen und Lippen sind schmaler geschminkt. Er ist kaum wiederzuerkennen.

Ich überlege, was er heute Früh erzählt hat. Hannes hat ihm einen Auftrag zugewiesen, der ihm das Geld von dem verlorenen Kunden wieder einbringen sollte. Dummerweise war Moon in Eile und hatte keine Zeit, mir zwischen Tür und Angel mehr zu erzählen. Vermutlich weil er für das neue Aussehen Ewigkeiten bei einem Stylisten verbracht hat.

„Du sollst den Asiaten auf einer K-Pop-Party mimen?", frage ich ihn direkt, ohne mich um die Anwesenheit der Chinesin zu scheren.

Er öffnet die Lippen, doch die Dame fällt ihm ins Wort: „Und Sie sind?“ Natürlich ist sie hübsch und spricht akzentfreies Deutsch, ein kurzer Anflug von unbegründeter Eifersucht überkommt mich.

„Hi Mum, das ist Anni. Kiras beste Freundin“. Mara eilt zu uns. Zur Begrüßung knurrt der Hund auf ihrem Arm.

Das ist Maras Mutter? Ich hätte sie auf nicht älter als fünfunddreißig geschätzt.

Ihre Gesichtszüge werden wohlwollender und sie reicht mir die Hand. „Kira hat bereits viel von dir erzählt. Du bist die YouTube-Sängerin, nicht wahr?“

Ich denke gar nicht darüber nach, was sie gesagt hat, und reiche ihr mechanisch die Hand.

„Sängerin?“, wiederholt Moon.

Ups.

„Herr Park, ich bitte Sie, sich vorzubereiten“, kommandiert sie mit höflicherer Stimme, als sie vorher ihm gegenüber verwendet hat.

„Ich bitte Sie, Frau Chén. Die Sonnenbrille war mit Herrn Benner ausgemacht.“

„Sie haben hübsche, wie hat meine Tochter gesagt? So hübsche *shiny eyes*. Tun Sie der Kleinen den Gefallen. Ihre Freundinnen werden Sie lieben und ich lege ordentlich Trinkgeld on top.“ Ohne eine Reaktion von ihm abzuwarten, wendet sie sich uns zu. „Kira, Anni, ihr seid beide eingeladen, hier zu bleiben, wenn ihr möchtet. Es gibt ein koreanisches Büffet.“

„Und was ist mit Suga?“ Mara deutet auf das Hündchen. Und zwinkert ihrer Mutter zu? Vermutlich will Gothic-Mara es nicht zeigen, aber sie möchte bestimmt gern an der Party teilnehmen.

Wortlos nimmt sie ihrer Tochter den Hund ab, drückt ihn einem Bediensteten in die Hand und wendet sich dann an Moon. „Jetzt aber husch-husch. Die ersten Gäste sind bereits da. Mischen Sie sich unter die Kinder und sehen Sie gut dabei aus. Das ist Ihr einziger Job."

Das Spektakel ist amüsant zu beobachten. Die Feier findet in einem riesigen Innenhofgarten statt, umringt von pompöseren Häusern. Nachdem Kira und ich das Büffet bis in die Eingangshalle riechen konnten, haben wir darauf bestanden, die Einladung anzunehmen. Nicht, dass ich nicht in Panik verfallen bin, dass mich einer der Teens erkennen könnte. Ich wette, dass mindestens einer unter den zwanzig sein wird, der meine Cover auf YouTube gesehen hat. Auf meine beste Freundin ist allerdings Verlass. Sie hat von einem Kleiderständer einen Bucket Hat geklaut und mir aufgesetzt. Den trage ich weit ins Gesicht gezogen.

Nachdem die Soundbox mit *BTS*-Liedern eingeschaltet wurde, Moon das Büffet feierlich in koreanischer Sprache eröffnet hat und sich die Kinder ihre Bäuche vollgestopft haben, dürfen auch wir uns bedienen. Von *Tteokbokki* über *Japchae* und knuspriges *Dakgangjeong* bis *Gimbap* ist hier allerhand aufgetischt. Mir fällt auf, dass sich keiner an das *Kimchi* traut und auch ausschließlich *hübsch* aussehende Speisen aufgereiht sind. Gut, ich glaube, dass eher weniger Kids auf *Bulgogi* oder schleimig braune *Jjajang Myeon* abfahren. Maras Mutter hat gut mitgedacht, das muss man ihr lassen.

Ich hole mir eine Schüssel mit einem Berg *Tteokbokki* und nehme mir fest vor, jeden einzelnen dieser Reiskuchen aufzuessen, sie schmecken einfach zu köstlich und sind ganz und gar nicht scharf, so wie es in einem normalen koreanischen Restaurant der Fall wäre. Ich bette meinen Hintern auf einen Stuhl, auf dessen Lehne Vs Gesicht abgedruckt ist. „Sorry, Taehyung", murmele ich, als ich hin und her wackele, um es mir bequem zu machen.

Mara und Kira gesellen sich zu mir, beide haufenweise Kimchi auf ihren Glasnudeln.

„Super peinlich." Mara beäugt mich abschätzend.

Auf was für eine Reaktion ist sie aus?

Ich zucke mit den Schultern. „Ist es blöd, wenn ich sage, dass ich als Kind auch gerne eine Monsterparty gehabt hätte?" Hätte ich wirklich. Nicht, dass mir *Blinde Kuh* und *Topfschlagen* nicht gereicht haben. Aber eine Themenparty zu etwas, das mir richtig am Herzen gelegen hätte, wäre auch schön gewesen.

Kira lächelt gezwungen, ihr Mundwinkel zuckt dabei ganz komisch. „Ist nicht blöd, aber mir ist es super unangenehm, dass unser Kumpel das Idol spielen muss."

Ich suche die Menge nach Moon ab, der gerade einigen Mädels Tanzschritte beibringt, die eins zu eins aus einem Musikvideo hätten stammen können. Ich wusste nicht, dass er so ein guter Tänzer ist. Bei ihm sieht es unglaublich einfach aus. Wie atmen. Ganz anders bei den Mädchen. Die verknoten sich ihre Beine, stolpern und erwischen mit ihren Armen die ihrer Freunde. Totales Kuddelmuddel.

Ja, in ihnen sehe ich definitiv Kira und mich.

„Sabber ihn nicht so offensichtlich an", flüstert mir diese zu. Sie und Mara tauschen wissende Blicke aus.

Hitze steigt in mir auf, aber ich überspiele die Schmetterlinge in meinem Bauch. „Tue ich nicht. Ich wollte mich lediglich vergewissern, dass er Spaß hat. Und mir scheint es so. Also mach dir keine Gedanken, Mara. Das braucht niemandem unangenehm sein.“ Eilig fixiere ich meine Schüssel und fische mit meinen Stäbchen gekonnt einen Reiskuchen aus der roten Soße, triumphierend hebe ich ihn in die Höhe. „Ich werde immer besser.“

„Wird sie“, bestätigt Kira grinsend und berichtet Mara höchst amüsiert von meinen ersten kläglichen Stäbchen-Ess-Versuchen.

Circa eine Stunde später gelangen Maras Schwester und ihre Freunde an dem Punkt an, an welchem der Zucker des Nachspeisenbüffets anschlägt und alle überschwänglich zu *BTS*‘ größten Hits mitsingen. Schräg und vermutlich komplett falsch.

Moon überfliegt die Menge und findet meinen Blick, der ihn länger gefangen hält. Er winkt mir zu, verzieht aber plötzlich geschockt das Gesicht.

Unsicherheit breitet sich in mir aus, weil ich denke, dass mir diese Miene gilt.

Eilig bahnt er sich einen Weg zu mir. „Sorry“, sagt er und lacht. Das ...“ Er deutet auf sein Gesicht. „... galt nicht dir. Ich finde es toll, dass sie alle inbrünstig mitsingen. Aber du hast ja keine Ahnung, wie viele Beleidigungen sie mit ihrer falschen Aussprache rufen. Das tut echt weh.“

Jetzt muss auch ich lachen. „Das klingt leider lustiger, als es sein sollte.“

Kira tippt mir von hinten auf die Schulter. „Wir lassen euch mal kurz alleine, ja?“ Danach greift sie nach Maras Hand. Sie deutet mit Blicken auf ein Fenster im ersten Stock, vor dem schwarze Vorhänge zugezogen sind.

„Alles klar, viel Spaß und seid nicht zu laut“, mahne ich sie gespielt ernst.

„Meine Wände sind gut gedämmt.“

Mit der schlagfertigen Antwort von Mara habe ich nicht gerechnet. *Touché.*

Als sie uns den Rücken zukehren, zuckt Moon ebenfalls wissend mit den Augenbrauen. „Sind sie zusammen?“

„O ja. Sie sind so sehr zusammen, wie es nur geht.“

„Optisch ein echt ungleiches Paar. Aber irgendwie finde ich das cool.“

Zustimmend nicke ich und werde für einen kurzen, super winzig kleinen Augenblick eifersüchtig. Ich vermisse das Gefühl, jemanden an meiner Seite zu haben. Und ich hasse es, dass Moon in letzter Zeit öfter dieses Verlangen in mir wachsen lässt.

„Herr Park, Sie werden nicht fürs Herumstehen bezahlt“, reißt mich die fordernde Stimme von Maras Mutter aus den Gedanken. Prompt drückt sie ihm ein Mikrofon in die Hand und zeigt auf zwei Lautsprecherboxen, die gerade vom Personal richtig positioniert werden. „Die Lieder stimmen Sie mit dem DJ ab.“ Damit ist wohl der Typ mit Cap gemeint, der um die Boxen herumwuselt und sie mit einem DJ-Pult verkabelt.

Moons Haltung bleibt steif, auch als Frau Chén weiterstöckelt.

„Du wirst singen?“

Er nickt.

„Aber wohl ist dir damit nicht, oder?“

„Definitiv nein.“

„Tust du das extra für Hannes?“

Er schnalzt mit der Zunge.

„Und jetzt sollst du bestimmt etwas von *BTS* singen?“, hake ich nach, woraufhin er wieder steif nickt. Zugegeben sieht selbst dieses wiederholte Nicken jedes Mal gut bei ihm aus. „Mach dir keine Sorgen, neulich hat es gut geklappt. Und, hey, deine Stimme ist echt fantastisch. Du brauchst dich echt nicht scheuen. Lampenfieber hast du absolut nicht nötig.“

Zögerlich hält er den Blick auf den Boden gerichtet, ehe er antwortet: „Das ist es nicht. Ich habe dir da was nicht erzählt. Also –“

„Herr Park, jetzt!“, ruft Maras Mutter vom DJ-Pult aus. Dann nimmt sie ein weiteres Mikrofon in die Hand. „Ich bitte um einen tosenden Applaus für euer Idol. Ruft mit mir. Moon! Moon! Moon!“

Die Menge macht mit und alle quietschen seinen Namen.

Ich scheuche ihn mit einer Handbewegung fort. „Du rockst das!“

Moon tappt wie ein geprügelter Hund nach vorn zu den Lautsprechern. Hätte jemand traurige Hintergrundmusik eingefügt und das alles in Zeitlupe abgespielt, hätte ich vermutlich Rotz und Wasser geheult.

Ein Junge deutet wiederholt auf ihn und diskutiert wild mit dem Mädchen neben ihm. Ich stehe zu weit entfernt, weshalb ich näher zu ihnen gehe. Irgendwas gefällt mir daran nicht, auch wenn ich noch nicht weiß, was es ist.

Mir gefällt auch ganz und gar nicht, dass ich von meiner neuen Position aus Schweißtropfen auf Moons Stirn erkenne. Er atmet viel zu schnell ein und aus, seine Iriden scheinen leer und er knetet sich mit der freien Hand die Fingerknöchel. Ich bin mir hundert

Prozent sicher, dass er es diesmal ist, der sich kurz vor einer Panikattacke befindet.

Der Drang, ihm schnellstens zu helfen, keimt in mir auf. Schließlich hat er auch mich vor einer megamäßigen Blamage gerettet.

Einen Sekundenbruchteil wäge ich ab, ob ich gleich eine unkluge Entscheidung treffe. Doch der Hut auf meinem Kopf gibt mir etwas Sicherheit und ich hoffe auf den Hannah-Montana-Effekt. Er ist zwar keine Perücke, aber es wird keiner mit Anni von *A2Z* auf dieser Party rechnen. Ich bin lediglich eine Bekannte der Schwester des Geburtstagskinds, die Frau Chén das Mikro wegnimmt und sich zu Moon gesellt.

„Was ...?" Er hält sein eigenes Mikrofon von sich weg, ehe er weiterspricht. „Was hast du vor?"

„Das, was ich auch vor Wochen hätte tun sollen. Ich werde mit dir singen." Immerhin hat er sich auf diesen blöden Deal mit Hannes nur eingelassen, weil ich Mist gebaut habe.

„Kannst du koreanische Texte?" Ich glaube, die Anspannung in ihm abfallen zu sehen. Ablenkung wirkt also erneut Wunder.

„Nicht die koreanischen. Aber die englischen von BTS sind in mein Hirn eingebrannt." Die hatte ich nämlich für eine Kooperation mit den K-Pop-YouTubern Anita und Toni vorbereitet, die leider wegen Zanes Weggang nie zustande kam.

„Und du bist dir sicher, dass du dir das antun willst? Denk an das letzte –"

„Ich werde es bereuen, aber ich bin mir sicher. Ich lass dich nicht noch einmal hängen", sage ich mehr entschlossen denn je.

Moon betrachtet mich ganz genau und geht dann zum DJ. Er kehrt wieder zu mir zurück und die ersten Töne von *Permission to Dance* erklingen.

Unschlüssig, wer beginnt, verpassen wir beide den Anfang, Moon steigt jedoch bei RMs Part ein. Seine dunkle Stimme macht das Lied zu seinem eigenen. Nachdem er die erste Strophe hinter sich bringt, zwinkert er mir zu.

Dann gehört der Refrain also mir.

Ich umklammere das Mikro fest mit beiden Händen, als wäre es mein Anker. Dabei schaue ich stur Moon an und singe drauflos. Ein Profi würde hören, wie sehr meine Stimme eingerostet ist. Weder habe ich sie ordentlich aufgewärmt, noch in letzter Zeit geschont. Aber es ist mir egal. Der Beat und Moons erstaunt-ungläubiges Lächeln ermutigen mich, weiter zu trällern.

Nach dem Refrain fühlt sich das Singen mit ihm verrückterweise vertraut an. Wir verstehen plötzlich blind, wem welcher Part gehört, und sind komplett außer Atem, als das Lied endet. Ich liebe es, wenn man sich in der Musik verliert, und noch mehr, wenn man sich in dem Menschen verliert, mit dem man sie macht. Manchmal fühlt es sich sogar besser an als Sex. Und das gerade war so ein Manchmal.

Die Gäste applaudieren und sind richtig aufgeregt. Schwer löse ich meinen Blick von Moon und lasse ihn über die Menge schweifen. Da entdecke ich den Jungen und das Mädchen von vorhin, die wild getuschelt haben. Sie tun es erneut. Wieder folgt ein Fingerzeig auf Moon.

„Ich sag's dir, das ist er", meint der Junge lautstark und zückt sein Handy. Er zeigt dem Mädchen etwas darauf, woraufhin sie geschockt die Hände vor den Mund hält.

Ich stoße Moon in die Seite und mache ihn auf die beiden aufmerksam.

„*Aish*", zischt er. „Das alles war ein Fehler." Panische Verzweiflung überschattet seine gerade noch glückliche Miene. Er fährt sich hektisch durch das Haar und Schweißperlen sammeln sich auf seiner Stirn.

Irgendwas in mir wird traurig, dass uns dieser schöne Augenblick kaputt gemacht wurde.

„Moon?" Ich fasse ihn beruhigend an den Armen. „Was ist los?"

„Ich ...", stottert er, bekommt kein weiteres Wort heraus.

„Dann geh. Lass mich das zu Ende bringen." Ich kann kaum glauben, dass ich ohne ihn weiter hier vorn stehen will. Die ganze Aufmerksamkeit wird auf mir liegen. Aber er ist allein wegen mir in dieser Situation, weil er diesen doofen Job überhaupt erst angenommen hat.

Eines steht für mich fest. Ich bringe das hinter mich und werde dann bei Hannes kündigen, keine Lust mehr auf solche Situationen.

„Du hattest selbst Angst", flüstert er.

„Hatte ich, ja. Die ist jetzt verflogen." Ich bemühe mich um eine selbstbewusste Haltung und Ausstrahlung. *Gelingt es mir?* Vielleicht, denn er presst entschuldigend die Lippen aufeinander und verschwindet dann.

Der Junge und das Mädchen wollen ihm hinterher, da puste ich in das Mikro und erzeuge damit eine ohrenbetäubende Rückkopplung. Die beiden halten inne und ich habe ihre volle Aufmerksamkeit.

„Na? Wie hat euch der Song gerade gefallen?“, frage ich mit meiner überschwänglichen Bühnenstimme, die ganz und gar nicht eingerostet ist.

Applaus und Wuhu-Rufe antworten mir. Das bestärkt mich und gibt mir die alte Anni zurück, die nie ein Problem hatte, mit dem Publikum zu flirten.

„Das freut mich zu hören. Danke, danke. Als nächstes will ich mit euch zusammen singen. Seid ihr“, ich lege eine dramatische Pause ein, ehe ich ins Mikro hauche, „smooth like butter?“

Aufgeregte Schreie dröhnen zu mir und ich nehme das als mein Go, auch der DJ reagiert und legt den Song auf.

Ich könnte mich selbst dafür ohrfeigen, dass der Anfang wieder holpert. Über zwei Jahre habe ich jeden Tag gesungen, wie schnell kann man eine dämliche Unsicherheit aufbauen?

Die Kids grölen gleich ab den ersten Worten mit und ich verliere meine eigene Stimme in der Masse, was nicht schlecht ist. Ich versuche, die Perfektion beiseitezuschieben und das Hier und Jetzt zu genießen. Dazu stelle ich mir Moon an meiner Seite vor. Dieser Gedanke treibt mich an und ich fühle das Lied, die Melodie und den poppigen Beat. Dann gehe ich ganz darin auf.

Bereits eine Millisekunde später geht alles schief.

Ein – in einem Innenhof eigentlich unmöglich – starker Windhauch bläst mir den blöden Hut vom Kopf und lässt mich mit dem verklungenen Lied allein. Kollektive Stille tritt ein.

Und wie in einem dummen Film beginnt ein plötzliches, wildes Durcheinander. Ich höre *Anni*, *A2Z*, *YouTube* und *untergetaucht* heraus. Mein aufgeregtes Herz setzt aus. Mein Puls pocht unangenehm in meinen Ohren und ich lasse das Mikro fallen. Einfach so. Einfach so lasse ich das blöde Mikro los und es knallt auf den Boden.

Und um die ganze Sache dramatischer zu machen, stürmen Kira und Mara auf den Innenhof. Sie betrachten das Durcheinander und mich. Mara wirft einen hektischen Blick zu ihrer Mutter, die mit verschränkten Armen das Schauspiel und meine Reaktion darauf ... abwartet?

Ich schaue von ihnen zu den Mädchen, die sich ganz plötzlich direkt vor mir befinden – ihre Handys hoch erhoben und zu Selfies ausgerichtet.

Sie drängen mich vom Fleck und auf einmal bin ich zwischen kreischenden Teenies eingekesselt und weiß nicht, wo mein eigener Körper anfängt und aufhört. Sie sind viel zu dicht bei mir. Als wäre eine Ameisenfarm vor meinen Füßen zerbrochen und die Millionen Viecher würden an mir heraufkrabbeln. Meine Hände fühlen sich zumindest genauso kribbelig vor Panik an.

„Anni hier! Schau hier her!"

„Nein hier!"

„Sag cheese!"

Ich halte mir die Arme schützend vor das Gesicht. Der Worst Case wäre es, wenn auch noch ein Bild von diesem Spektakel auf Instagram auftaucht und Zane sieht, was aus mir geworden ist. Wie dumm von mir, genau jetzt an ihn zu denken. Ich werde geschubst und sehe ihn vor mir, ich werde zur Seite geschoben und schaue in seine Augen, die mich verhöhnen. Er greift nach mir. Zane streckt seine Hand zu mir aus und –

Das Bild verschwimmt und plötzlich ist es Moon, der meine Hand packt und mich aus der Menge manövriert.

„Es tut mir unendlich leid", beteuert er und wiederholt seine Worte, während ich ihn geschockt mustere. Ist er nur ein Streich meiner Panik? „Lasst sie doch mal atmen!", fährt er die Menge an, was rein gar nichts bringt.

Als nächstes taucht Kira neben mir auf und führt mich nach drinnen. Mara schnauzt die Teens an, ruft ihrer Schwester etwas zu und schließt dann die Tür hinter uns. „Das war eine echt blöde Idee."

„Aber, Schatz, da kann doch keiner was dafür. Mann, wie groß war die Wahrscheinlichkeit, dass dich eine von denen erkennt", wettert Kira los und hämmert gegen ein Fenster, hinter dem die Kinder wie gebannt reinglotzen.

„Es ist meine Schuld. Ich habe sie in diese Lage gebracht", höre ich Moon aufgebracht faseln. Ich drehe mich um und er wischt sich vor einem Spiegel die falschen Muttermale aus dem Gesicht. Er nimmt sogar die Kontaktlinsen heraus. „Ich wusste nicht, dass sie bekannt ist. Wirklich. Mara, hast du zufällig eine Baseball Cap?"

„Ich meine das nicht böse, aber schau ich so aus?" Zur Veranschaulichung breitet sie die Arme aus. Dann hebt sie einen Finger. „Ah, warte." Sie macht auf dem Absatz kehrt, wir hören Türenknallen, dann ist sie wieder bei uns. Mit einer schwarzen Cap, die Ringe in ihrem Schirm hat.

„Echt jetzt? Marke K-Pop?“ Kira lächelt in ihre Faust.

Sie händigt Moon die Cap aus. „Meine Schwester ist ein Stan. Natürlich besitzt sie sowas.“

Er setzt sie verkehrt herum auf und geht dann zur Tür hinaus, an der die Kids mit ihren Handys kleben. Er stolziert an ihnen vorbei, ehe er sich vom DJ ein Mikro holt.

Alle blicken gespannt zu ihm. Dann höre ich, wie der Junge von vorhin sagt: „Das ist er. Ich hab’s doch gesagt! Das ist Voice von *L8D8*!“

Ein Raunen geht durch die Menge und mindestens die Hälfte weiß, von wem der Junge spricht.

Bei mir klingelt allerdings nichts. Das da draußen ist doch nur Moon?

Kapitel 7

Das Kapitel, in dem ich zu spät zu einem Date komme.

In Sicherheit hinter dem Fenster beobachte ich Moons Auftritt wie einen Film vor mir. Dabei spüre ich … nichts. Meine Augen blinzeln automatisch und meine Lunge atmet von selbst. Würde man mich in einem Cartoon darstellen, würde mein Geist wohl auf der Stelle neben mir schweben. *The soul has officially left my body.*

Alle Kids umringen Moon und heben ihre Telefone erneut kampflustig, als wären es Waffen.

Im Gegensatz zu vorhin singt er nicht, sondern rappt. Mit seiner dunklen Stimme klingt das verboten gut.

Huch? Kehren da etwa Emotionen zurück? Hallo, ihr verräterischen Kerlchen.

Ich merke, wie sich seine dunklen Töne langsam in mein Innerstes fressen und mir direkt in den Bauch fahren, als würde ich mitten in der Achterbahn in einem Looping stecken. Ob es an der Melodie oder an der Tatsache liegt, dass er da rausmarschiert ist, um alle von mir abzulenken? Ich weiß es nicht.

Ein dumpfes Geräusch zieht das letzte Stück Seele wieder in meinen Körper zurück. Ich schrecke zusammen und löse meinen Blick von dem Spektakel.

Kira schließt ein Fenster und schottet Moons Stimme von mir ab. „Ich glaube es ja nicht. Er hat uns angelogen." Sie kommt zu mir. „Er hat dich angelogen."

Mara legt ihr einen Arm um die Schulter und zieht sie zu sich heran und somit weg von mir. „Anni hat ihm ja auch nicht wirklich die Wahrheit gesagt."

Kira bläst die Wangen auf, als wäre sie in der Lage, ein Gegenargument aufzuführen, scheitert jedoch kläglich und prustet letztlich die angehaltene Luft aus.

Touché, Mara.

Bevor ich schuldbewusst und sabbernd gleichzeitig erneut nach draußen gaffe, haste ich an den beiden vorbei, will fort von den leisen Tönen, die mich verwirren, und lande irgendwie im Zimmer von Maras Schwester. Woran ich das festmache? Ich fühle mich von tausend gutaussehenden Asiaten verfolgt. Die Wände sind mit Postern von mindestens fünfzig Bands tapeziert. Vielleicht sind es auch die selben zehn, aber durch die verschiedenen Haarfarben, Frisuren und Outfits kann eine Band plötzlich wie fünf verschiedene wirken. Für das ungeübte Auge sind Unterschiede manchmal sehr schlecht auf den ersten Blick auszumachen.

Ich merke, wie meine Augen bereits alle Gesichter abscannen, als halte ich nach einem Schatz inmitten eines Wimmelbildes Ausschau. Mein Unterbewusstsein ist schlau. Noch ehe ich merke, was ich da tue, habe ich das gefunden, was mein Innerstes gesucht hat: Moon.

„Ist er das?"

Ich hüpfe vor Schreck zur Seite, weil ich nicht mit meiner besten Freundin gerechnet habe. Ich habe nicht einmal gehört, wie sie zu mir gekommen ist.

Sie lächelt entschuldigend. „Sorry."

Natürlich ist auch Mara hier und beäugt ebenso wie ich gerade das Poster.

Vier Typen wurden in kritisch abgestimmter Streetwear nebeneinander platziert und lächeln direkt in die Kamera. Zwei blonde mit etwas längeren Haaren und filigranen Figuren lehnen Rücken an Rücken. Ein Kerl mit lila Farbe auf dem Kopf stützt seinen Ellbogen auf Moons Schulter ab. Moon, der eine umgedrehte Cap trägt und verführerisch den Daumen an seiner Lippe hat.

„Lacht dacht", liest Mara laut die Zahlen- und Buchstabenkombi *L8D8* vor, die am unteren linken Rand aufgedruckt ist.

„Late Date", korrigiert Kira sie, ihr Handy in der Hand. „Hier wird die Aussprache beschrieben." Sie deutet artig auf die Lautschrift in dem Wikipedia-Eintrag, den sie geöffnet hat.

Mara schnappt sich ihr Handy. „*L8D8* war eine südkoreanische Boyband, die 2017 gegründet wurde und 2019 unter OKK Entertainment debütierte. Die Band wurde im Januar 2024 –"

„Disbanded", fällt ihr eine ruhige, dunkle Stimme ins Wort.

Es ist Moon. Er lehnt mit sichtlich angespannten Schultern im Türrahmen und bemüht sich um ein Lächeln, scheitert jedoch kläglich. „Ihr würdet wahrscheinlich aufgelöst dazu sagen." Er nähert sich und mustert das Poster. „Das war Werbung zu unserem letzten Album, deine Schwester hat einen guten Geschmack."

„Apropos“, sagt Mara, „wenn du hier bist, wo sind die Kids?“

„Die ersten werden abgeholt und deine Mutter beendet allmählich die Party. Sie hat mich entlassen und sich für das Chaos entschuldigt.“

„Ja, Manieren hat meine Mum.“

Moon nimmt die Cap ab und fährt sich durch das Haar. „Dürfte ich vielleicht alleine mit Anni reden?“

„Wenn Anni das will?“ Kira hebt fragend eine Augenbraue in meine Richtung. Ich liebe sie. Sie würde mich vor allem Bösen auf dieser Welt verteidigen, wenn es vonnöten wäre.

„Ist schon okay“, sage ich ehrlich, woraufhin Mara Kira an der Hand hinausführt und die Tür leise hinter sich schließt.

„Also ...“, beginnt Moon. „Wollen wir uns vielleicht setzen?“

Ich folge seinem Blick zum Bett, auf dem ein Dutzend Kuscheltiere liegen – *BTS* Kuscheltiere, natürlich. Abwägend nicke ich, setze mich und nehme mir ein pinkes Häschen, um meinen zitternden Fingern eine Beschäftigung zu geben.

Anders als erwartet, kniet sich Moon mit genügend Abstand vor mich auf den Boden und würdigt die freie Fläche auf dem Bett neben mir keines Blickes.

Er spielt mit der Cap in seinen Händen. „Also ...“

„Also ...“, sage ich gleichzeitig.

In jeder anderen Situation hätten wir bestimmt zusammen gelacht, aber gerade scheint es uns beiden unpassend.

„Möchtest du, oder soll ich anfangen?“ Ein kaum merkliches Beben liegt in seiner Stimme. Doch ich höre ganz klar die Unsicherheit heraus. Und wieder wünsche ich mir die Haarbänder und Gesichtsmasken zurück.

Ich sammle allen Mut in mir. „Dann würde ich gerne den Anfang machen."

Er nickt und presst die Lippen aufeinander. Wieder ein gescheitertes Lächeln. So vergeudet, denn ich mag sein echtes Grinsen unglaublich gern.

„Also ..." Ich seufze. Wie oft wollen wir das Wort noch wiederholen? Bemüht ruhig atme ich tief ein und aus. „Du weißt ja, dass ich eigentlich aus München wegwollte." Irgendwie warte ich auf eine Reaktion von ihm, doch er sieht mich unverändert erwartungsvoll an.

Na gut, dann weiter, Anni. Du schaffst das.

„Wie weit soll ich ausholen?"

Ein Mundwinkel in seinem schönen Gesicht hebt sich jetzt doch endlich. „So weit, wie du willst."

„Okay. Ich war zwei Jahre lang ziemlich ... erfolgreich?"

Er kneift die Lider zusammen. „Ist das eine Frage? So, wie die da draußen getan haben, warst du mal *ziemlich* erfolgreich, oder?"

Wehmütig stöhne ich. „Ja, irgendwie schon. Es war eine schöne Zeit. Ich bin eigentlich für mein Musikstudium nach München gezogen." Dann erzähle ich ihm, wie ich Zane kennengelernt habe und auch, wie wir uns ineinander und in unsere gemeinsame Musik verliebt haben. Wie ein Musiklabel unsere YouTube-Videos entdeckt hat und wir das Ganze schlussendlich professionell mit geplantem Content, Vocalcoaching und hochwertigem Equipment aufgenommen und online gestellt haben. „Unglaublicher Funfact? Wir haben auch deutsche Songs für Filmübersetzungen gesungen und Figuren in eher unbekannten Zeichentricks synchronisiert. Galas, Premieren, egal, ob Film oder Musical, wir wurden deutschlandweit als B-Promis auf kleinere rote Teppiche eingeladen." Die Erinnerung schmerzt, weil es eine schöne und einzigartige Zeit war, die ich nicht mehr zurückbekomme.

Moon richtet sich etwas auf. Ganz, als wolle er mir näherkommen. Jedoch unterbricht er seine Bewegung und fällt zurück auf die Knie. „Ich traue mich fast nicht zu fragen, wie das alles zu Ende ging."

Galle steigt in mir auf, die das bittersüße Gefühl der schönen Erinnerung niederwalzt. „Zane hat sich in eine andere Sängerin verknallt. Das hat er mir ganz trocken verkündet. Auch, dass er das Label um einen Aufhebungsvertrag gebeten hat, weil es Interesse an einer Zusammenarbeit mit der anderen Tusse hat. Mehr Geld, hübschere Freundin. Tja, das war‘s dann." Selbstironisch zische ich. „Das Witzige daran? Unser Bandname war *A to Z*. *A2Z*. Das neue Label hat es geschafft, den Namen beizubehalten. Es hat einfach unseren Namen aufgekauft, weil Zanes neue Freundin praktischerweise Andrea heißt. Sie haben alles so dargestellt, als ob ich die Band verlassen hätte und Andrea selbstlos meinen Platz eingenommen hat."

Moons Gesichtszüge versteifen sich und Schatten treten unter seine Augen. „Dafür hasse ich die Branche. Im Endeffekt wirst du einfach hängengelassen und andere bereichern sich an deinem Elend. Und lass mich raten.

Das ganze Theater hat dir den Mut zu singen genommen?"

Zaghaft schüttele ich den Kopf und drücke das Häschen fest in meinen Händen. „Ja ... nein. Ich mag das Gefühl nicht, weil ich jedes Mal an Zane und unsere gemeinsame Zeit denken muss. Und ich hasse mich dafür, dass ich die Musik mit ihm auf eine Ebene stelle. Sie hat auch vor ihm eine große Rolle in meinem Leben gespielt. Aber irgendwie durfte ich wegen ihm viel erleben und ..."

„Du musst dich nicht rechtfertigen", rudert er zurück. „Ich wollte dir nicht zu nahetreten. Wir müssen nicht über –"

„Ich will aber mit dir über alles reden können. Dieses ganze Geheimnisding ist doch dumm. Wir sind Mitbewohner, Freunde, und meine Vergangenheit sollte mir nicht peinlich sein. Es reicht schon, dass ich meinen Eltern noch nichts von meinem Scheitern gebeichtet habe."

Moon fixiert die Decke und atmet tief ein. Er wirkt unsagbar traurig. „Scheitern ... da sagst du was."

Mich beschleicht das Gefühl, dass er sich ebenso dringend etwas von der Seele reden möchte. Also reiche ich ihm den Cooky Hasen.

„Danke." Vorsichtig kneift er in die runden Ärmchen des Stofftiers. „Wie du siehst ..." Er blickt über seine Schulter Richtung *L8D8*-Poster. „... war ich ein K-Pop-Idol. Überraschung."

„Jetzt fehlt das Konfetti für den dramatischen Effekt", witzle ich, obwohl ich selbst den Tränen nahe bin, weil ich ganz aufgewühlt bin. Das Gewicht der Lügen löst sich zwar langsam von mir, aber über all das Vergangene zu sprechen, hat mich ausgelaugt.

Moons steife Haltung lässt ein wenig nach, zumindest ein klitzekleines Bisschen. „Konfetti ... Andere kippen fast um, wenn sie mit einem Idol im gleichen Raum sind und du willst mit Papierschnipseln um dich werfen.“ Er geht also auf meinen Auflockerungsversuch ein.

Gespielt entrüstet stemme ich die Hände in die Seiten. „Denk dran, dass du nicht die einzige fame Person in dieser K-Pop-Höhle von Zimmer bist. Diese Fame-Mate-Beziehung beruht schließlich auf Gegenseitigkeit.“

Er runzelt skeptisch die Stirn. „Fame-Mate?“

„Roommates, also Mitbewohner, die berühmte Persönlichkeiten sind?“ Manchmal bin ich erstaunt, was für eine Grütze ich in den unpassendsten Situationen von mir gebe. Leider bin ich aber auch stolz auf meine Wortkreation und klopfe mir mal ordentlich auf die Schulter.

„Natürlich, ich bitte um Verzeihung, dass ich auf der Leitung stand, *Fräulein YouTube*.“

„Immer so höflich *Mr. Korea*, tststs.“

Er atmet tief ein und aus. „Das wurde mir in vier Jahren Trainee-Zeit eingebläut. Versteh mich nicht falsch, meine Eltern waren sehr auf Manieren bedacht, haben aber nicht alles so streng gesehen, als hätten wir wirklich in Korea gelebt. Sie sind extra nach Deutschland ausgewandert, um ein entspannteres Leben ohne den ganzen Druck zu leben. Ironisch, dass ich mich freiwillig dafür entschieden habe, in ihr Heimatland zurückzukehren.“

„Um dann in das Business einzusteigen, das wahrscheinlich den größten Druck überhaupt ausübt."

Er wiegt den Kopf hin und her. „Ich habe Freunde, die in großen Firmen arbeiten. Glaube mir, da geht es teilweise nicht weniger stressig zu." Er senkt den Blick auf das Häschen in seinem Schoß. „Wie dem auch sei. Ich hatte das Glück, mit drei fantastischen Menschen zu debütieren und das zu machen, was mir alles auf der Welt bedeutet hat. Zu performen. Rappen, tanzen, regelrechte Shows zu inszenieren. *Aish*, wir waren kurz davor, richtig, richtig groß zu werden." Bittere Wut stiehlt sich in seine Augen, als er zu mir aufsieht. „Aber ein Fehltritt und alles ist aus. Alles, wofür wir jahrelang Tag und Nacht gearbeitet haben, weg."

Auch ich traue mich jetzt nicht zu fragen, was dieser eine Fehler war. Was konnte solch eine große Karriere zerstören?

„Liebe ..." Seine Mundwinkel heben sich träumerisch. „Es ist falsch, das, was passiert ist, als Fehler zu bezeichnen." Mit dem Daumen deutet er auf das Poster. „Du siehst die zwei blonden?"

Ich nicke und bin gespannt, was jetzt kommt.

„Das sind In-su und Aiden. Sie sind wunderbare Menschen und das falsche Denken der angeblich richtigen Leute hat alles kaputt gemacht."

Verdutzt mustere ich ihn, weil ich aus seinem kryptischen Gerede nicht ganz schlau werde. Der Zorn, der in seiner Stimme mitschwingt, ist ungewohnt. Vielleicht habe ich da aber eine Vermutung, was passiert ist ...

Nachdem er wieder verbissen das Häschen anstarrt und Stille einkehrt, mutmaße ich: „Sie waren ineinander verliebt, oder?"

Er schluckt. „Sie sind es immer noch. Sie waren es als Trainees und ihre Beziehung hat dem ganzen Versteckspiel und öffentlichen Outing standgehalten. Dafür bewundere ich sie. Sie sind Seelenverwandte, wenn man an sowas glauben will. Und Zeuge zu werden, wie andere sie durch den Dreck ziehen ... Das tut verdammt weh." Seine Augen werden ganz glasig und Tränen sammeln sich in den Winkeln.

Ich habe von vertraglich festgehaltenen Datingverboten in der Branche gehört. Eine ganze Band deswegen aufzulösen, erscheint mir im Jahr 2024 doch sehr überzogen. Wurden sie gezwungen, sich zu trennen? „Habt ihr die Band von euch aus –?"

Ein verächtliches Kratzen dringt aus Moons Kehle. „*Dispatch* hat über In-su und Aiden berichtet. Unser Entertainment hat nicht einmal einen Tag überlegt, was sie mit uns machen. Sie unterstützen die queere Szene nicht und wollten nicht in Verruf gebracht werden. Sie haben die Verträge sofort aufgelöst und uns in der gleichen Nacht unser Dorm räumen lassen. Das Schlimmste für uns war, dass Aidans Onkel unser Manager war. Und er hat nichts für seinen eigenen Neffen unternommen. Im Gegenteil. Er hat Aidans Eltern gegen ihren Sohn aufgebracht. Ich hasse dieses Tunneldenken."

Mein Mund wird trocken und ich suche nach den richtigen Worten. Es scheint, als wäre Moon weniger über seine gescheiterte Karriere aufgebracht, sondern hauptsächlich wegen der Homophobie, der sie machtlos ausgeliefert waren, und wie unmenschlich seine Freunde behandelt wurden. Ich weiß, das ist nicht der richtige Moment, aber ich kann meine Gefühle nicht unterdrücken. Die Gefühle, die ich ihm gegenüber entwickle. Er ist unglaublich warmherzig und ich bewundere ihn für seine Einstellung. „Was ist aus deinen Bandkollegen geworden? Sind sie auch nach Hause zurückkehrt? Na ja, bis auf Aiden? Also, wenn ich fragen darf?“

„Teddy.“ Er schließt die Augen und schüttelt den Kopf. „Ich meine Han Tae, Teddy ist sein Stage Name, ist in Seoul bei Freunden untergekommen, die nichts mit unserer Branche zu tun haben. Aiden und In-su haben sich eine schöne Wohnung in Busan gemietet, glaube ich.“

„Steht ihr nicht mehr in Kontakt?“ Irgendwie befürchte ich, dass es so ist. Sein Handy ist immer erstaunlich ruhig.

„Ich ... ich wollte erst mal hier Fuß fassen. Gott, ich bin ja noch nicht mal bereit dazu, meinen Eltern unter die Augen zu treten. Jeder macht gerade sein Ding. Es hat zu sehr wehgetan, nicht mehr gemeinsam für unseren Traum zu kämpfen.“ Verbissen quetscht er das Plüschtier eine Spur zu heftig.

Ich beuge mich nach vorn und lege meine Hand auf seine. „Der hat dir nichts getan.“ Vorsichtig nehme ich Cooky zu mir, damit ich Mara kein kaputtes Häschen erklären muss. „Wollte euch denn kein anderes Label? Vielleicht in einem anderen Land? Die USA ist doch nicht so engstirnig.“

„Wir haben erstmal genug vom Rampenlicht.“ Er schenkt mir ein trauriges Lächeln. Ganz, als würde er eigentlich das Gegenteil fühlen. Ich kann es mir gut vorstellen, weil ich heute auch gemerkt habe, dass ich nicht für immer ohne die Musik leben will. Und vor allem möchte ich sie mit den Menschen teilen. Bei ihm ist es bestimmt nicht anders, das sagt mir mein Instinkt.

Ruhe macht sich zwischen uns breit. Sie hält allerdings nicht lange an. Die Tür wird mit einem Schwung aufgerissen und ich erschrecke mich so sehr, dass mir Cooky aus der Hand fliegt und im hohen Bogen durch die Luft wirbelt. Im gleichen Moment springt Moon auf, bringt mehr Abstand zwischen uns und ... fängt das Tier.

Diese Reflexe! Gerade realisiere ich, dass sie nicht von einer geheimen Samurai-Vergangenheit herrühren, sondern vom Idol-Training.

Peinlich berührt hält er sich das Plüschding vor die Brust, als hätten wir hier etwas Verbotenes getan.

Maras kleine Schwester schielt zwischen uns hin und her. Dann kreischt sie – fiepend und absolut nervenbetäubend. „Ihr seid ja wirklich noch da! Oh. Mein. Gott. Ich will Fotos mit euch! Und Autogramme! Voice, du musst mein Poster signieren! Bitte, bitte, bitte!"

Voice? So hat ihn vorhin schon der Junge genannt.

Bestimmt sein Stage Name.

Ich kann regelrecht beobachten, wie Moon einen Schalter umlegt. Er blinzelt die eben noch ehrlich glänzenden Anfänge von Tränen aus den Augen und smalltalkt sofort mit der Kleinen – professionell.

Artig malt er geschwungene Linien auf das Poster, setzt seine Cap auf und knipst Selfies mit ihr. Ich lasse mich von seinem Launenumschwung anstecken. Auch wenn mir Maras Schwester und ihre Freunde heute einen Fast-Nervenzusammenbruch beschert haben, will ich ihr ihren Geburtstag nicht vermiesen. Als Teenie wäre ich vermutlich auch so ausgeflippt, hätte ich unerwartet zwei Berühmtheiten in meinem Garten gehabt.

***

Ich kann nicht schlafen. Unruhig drehe ich mich erst nach rechts, dann nach links, lege das Bein auf die Bettdecke, denke an das Monster unter meinem Bett und verstecke es wieder.

Mir ist mehr als bewusst, was mich wachhält.

Ich muss dem Drang widerstehen, in Moons Zimmer zu stürmen. So gern würde ich mehr über sein Idol-Dasein wissen, aber wenn ich daran denke, wie vorsichtig umeinander tänzelnd wir nach Hause gelaufen sind, möchte ich ihn nicht nerven. Er schläft bestimmt. Ich wünschte, ich hätte Kira doch gebeten, mit herzukommen.

Wieso habe ich es für die beste Idee gehalten, mit ihm allein in die WG zurückzukehren? Wäre Kira jetzt da, würden wir bestimmt YouTube nach seiner Band durchforsten.

Tut er das auch mit mir? Googelt er nach A2Z?

Zum Verrücktwerden.

Ich rolle einmal quer über das Bett und stöpsele mein Handy vom Ladekabel ab. Vielleicht, wenn ich einen kleinen Blick wage ...

Über eine Stunde später kenne ich den Fandom-Namen von *L8D8: D8ers.* Habe drei Auftritte ihres Debutsongs – *Endless Stars Above,* tolle Rap und Vocal-Kombination – gesehen und bin meistens dazu in der Lage, Aiden von In-su zu unterscheiden. Anscheinend war es immer das Konzept, dass sie die gleiche Haarfarbe und -länge tragen. Super verwirrend. In-su hat jedoch femininere Züge und ist etwas größer als sein Freund. Die beiden gehen sehr vertraut miteinander um, aber auch nicht mehr als mit dem Rest der Band. Würde man mich anhand der wenigen Videos, die ich gesehen habe, fragen, hätte ich schwören können, dass eher zwischen Moon und Tae etwas läuft, beziehungsweise *Voice* und *Teddy*, wie ihre Stage Names lauten. Sie hängen ständig zusammen, wirken unzertrennlich. Durch andere Bands kenne ich es, dass die Member untereinander sehr touchy sind, aber es ist super interessant, diese andere Seite an Moon zu entdecken. Hält er hier doch zu jedem Abstand und zuckt bei jeder Berührung zusammen, die auch nur annähernd falsch interpretiert werden könnte, fasst er Teddy ganz schön oft an den Hintern. Obwohl – hier poppt gerade ein Videovorschlag auf, in dem wohl Teddy der berüchtigte Hinterngrabscher der Band ist.

Langsam werden meine Augen müde, was bestimmt vom schlechten Handylicht rührt, und ich entscheide, zu Spotify zu wechseln. Ich suche eine Best-of-Playlist von *L8D8* heraus und lasse mich von ihnen in den Schlaf singen.

Ich habe noch keine Stunde vor mich hingeträumt, da werde ich von einem lauten Scheppern geweckt. Ohne zu wissen, wo hinten oder vorn ist, schwinge ich mich aus dem Bett, verheddere mich in meiner Bettdecke und stolpere zur Zimmertür heraus.

„Moon?“, frage ich blinzelnd, als ich ihn an der dürftig beleuchteten Küchenzeile ausmache.

Er dreht sich zu mir und schlägt die Hände über dem Kopf zusammen. „Es tut mir so leid, ich wollte dich nicht wecken."

„Ich würde dir gerne sagen, dass ich nicht endlich geschlafen habe, aber ..." An dieser Stelle lasse ich die Bettdecke, in die ich immer noch halb gehüllt dastehe, und meine zerzausten Haare für sich sprechen.

„Heute ist nicht mein Tag, sorry."

„Ja, na ja, meiner auch nicht." Ich schnaube müde, aber halbwegs belustigt. „Was treibst du da eigentlich?"

„Late-Night-Snack? Ich wollte mich nicht mehr im Zimmer verstecken."

„Ich weiß nicht, ob ..." Ich schiele zur Digitaluhr am Fernseher. „... vier Uhr morgens dafür die beste Zeit ist." Ich lege meine Decke auf die Couch und schiebe mich auf einen Barhocker an der Theke. „Du konntest also nicht schlafen?"

„Du auch nicht?" Er schüttelt den Kopf. „Natürlich nicht. Dumme Frage." Dann macht er einen Schritt zur Seite, etwas knackt und er reißt die Augen weit auf.

„*Aish*!" Er zuckt seinen Fuß nach oben und humpelt zurück. „So eine verf... Scheiße! Gott verdammter ... *Saekki*! Aaaah!"

„Was ist?" Ich husche um die Ecke und sehe Scherben auf dem Boden liegen. „Hast du vergessen, dass dir vorhin etwas runtergefallen ist?"

Statt einer Antwort flucht er weiter in fremder Sprache vor sich hin.

Ich mache einen großen Schritt über die zerbrochene Schüssel und fordere einen Blick auf seinen Fuß.

Moon atmet tief ein und aus und streckt ihn mir hin. „Wie schlimm sieht es aus?" Da er ausgerechnet gerade seine rosa Crocs nicht trägt, weicht ein roter Striemen durch die weißen Tennissocken.

„Warum hast du deine Masturbations-Schuhe nicht an?"

Er hüstelt geschockt. „Meine ... was? Was bitte denkst du von mir?!"

Ich scanne ihn abschätzend ab. Junge, ihm ist das M-Wort ja richtig unangenehm, Schamesröte zeichnet sich umgehend auf seinem panischen Gesicht ab.

„Deadpool? Marvel?" Nope, keine Regung. „Das ist was Witziges aus einem Film. Da bezeichnet der die Dinger als seine –"

Moon springt humpelnd einen Satz nach vorn und legt mir seine Hand auf den Mund. „Okay, okay, verstanden. Haha, witzig." Selbstverständlich wird ihm sofort bewusst, wie nah er mir ist, und das bei diesem Thema. Eine Millisekunde später hopst er zurück und stöhnt vor Schmerz auf.

Mein armer, kleiner Koreaner mit den niedlichen Manieren.

„Vergiss es. Wir sollten die Wunde säubern." Eher weniger elegant stütze ich ihn, als er zögerlich einen Arm über meine Schulter legt. Zusammen watscheln wir ins Bad, wo ich ihn auf der Kante der Badewanne absetze. „Tut es arg weh?"

Moon winkt ab. „Nein, alles gut. Es war eher der Schreck. Ich weiß selbst nicht, wo die ganzen Flüche herkommen. Bitte ent-"

„Moon! Wenn du dich noch einmal entschuldigst, entschuldige ich mich mal, aber so richtig."

Jetzt kickt mein Schlafmangel und mit dem will er sich besser nicht anlegen.

Ob er wegen meiner dummen Worte oder der Tatsache lacht, dass mir der Verbandskasten aus unserem Badschrank entgegenfällt, kann ich nicht ausmachen.

„Verletz du dich bitte nicht auch noch“, mahnt er mich und ist allen Ernstes aufgestanden, um mich im Fall der Fälle vor einem Fall zu retten.

Ich sollte dringend wieder schlafen gehen.

„Hinsetzen“, beordere ich ihn auf seinen Platz zurück, woraufhin er artig Folge leistet. Ich nehme Verbände, Pflaster und Desinfektionsmittel aus dem Kasten.

„Witze über Doktorspiele angebracht?“ Schalk spricht aus seinen müden Augen.

„Wer bist du und was hast du aus dem überhöflichen Moon gemacht?“

Er fährt sich mit den Händen über das Gesicht und stützt sich danach wieder ab, als ich seinen Fuß auf meinen Schoß lege. „Ich hätte einfach in meinem Zimmer bleiben und weiter die Decke anstarren sollen.“

„Ach, wie kommst du nur darauf?“ Überraschend schnell habe ich die Wunde versorgt und räume das Chaos an übrigen Mull und Pflastertapes auf.

Ein komischer Geruch dringt an meine Nase. „Riecht es hier verbrannt?“ Mir ist es nicht möglich einzuordnen, was das ist.

„Die Ramen!“ In einem Affentempo humpelt er einbeinig an mir vorbei. Und flucht kurz darauf erneut.

Nach einigen Minuten und weiteren hundert Beschimpfungen habe ich auch seinen anderen Fuß verbunden, zum Glück war es diesmal nur eine Minischerbe. Der Verband ist eigentlich ziemlich übertrieben, aber allein für seine Dummheit, erneut reinzutreten, wollte ich ihn bestrafen.

„Erzähl mir nochmal, wie du es geschafft hast, ein Idol zu werden." Vielleicht liegt etwas zu viel Ernst in meiner Stimme, als ich endlich die Scherben auffege und er sich um das verbrannte Essen kümmert.

„Am liebsten würde ich diesen ganzen Tag vergessen." Seufzend lässt er den Topf in die Spüle fallen. „Besser, ich kaufe Hannes am Montag einen neuen. Der hier ist hoffnungslos verloren."

Nachdem ich ihm seine Sicherheitsschuhe gebracht habe und er gefahrlos über den Boden humpeln konnte, machen wir es uns mit einer Tüte Chips auf der Couch gemütlich. Moon unterdrückt sogar die Abscheu gegen das fettige Zeug. Jetzt weiß ich auch, warum er eine Abneigung gegen Schokolade hat. Idols müssen akribisch auf ihr Fliegengewicht achten. Aber die Tüte ist das ungefährlichste Essen, was ich Moon gerade zutraue. Kritisch achte ich jedoch auch darauf, dass er nicht an einem Chip erstickt.

„Und das bringt jetzt was?" Er deutet fragend auf die Packung, die ich in der Kapuze meines verkehrtherum angezogenen Hoodies parke. „Ich frage, weil ich mich noch gut an das Popcorn-Fiasko erinnere."

Wie ein Professor rücke ich mir die imaginäre Brille zurecht. „Kürzester Weg zum Mund." Demonstrativ führe ich ein Chip an meine Lippen und crunche es genüsslich. „Ergo, verlierst du auch weniger Krümel."

Das entlockt ihm ein tiefes Grunzen, dem er aber sofort ein Seufzen hinterherschickt.

„Hey, verurteile mich nicht, Mr. Korea. Bei Kira und mir gehört das zum Abendprogramm."

„Wirklich? Kann ich mir bei ihr echt schwer vorstellen."

„Das liegt daran, weil du sie zu wenig kennst. Sie ist ja kaum hier, seit wir eingezogen sind."

„Was mir für dich irgendwie leidtut. Hat man nicht gewisse Vorstellungen, wenn man mit seiner besten Freundin zusammenzieht?"

„Viel Zeit war da nicht für Vorstellungen. Denk dran, dass ich mich von jetzt auf gleich dafür entschieden habe."

Ein Mundwinkel zuckt verräterisch. Ist das Freude, was da in seinen Augen schimmert?

„Was?"

Er grinst noch breiter mit diesen lächerlich hübschen, vollen Lippen. „Nichts. Ich stelle mir nur gerade vor, was gewesen wäre, wenn wir hier nicht zusammen untergekommen wären."

Ich ziehe die Stirn kraus. *Wie meint er das?*

Statt dem etwas hinzuzufügen, stopft er sich eine Hand voll Chips in den Mund, was ihn wie ein Eichhörnchen mit gefüllten Backen aussehen lässt. Dann hält er im Kauen inne, wartet kurz und schluckt dann alles herunter. „Hörst du das?"

Ich strenge mein Gehör an, bereit, die nächste Katastrophe für den heutigen Tag abzuwenden.

Oh, shit. Jetzt weiß ich, was er meint. Mein Handy dudelt in Kiras Zimmer noch immer die Songs von *L8D8.*

„Also ich ... ich habe dich nicht gestalkt", meine ich, mich sofort rechtfertigen zu müssen.

„Dann hast du wohl eine Zufallswiedergabe eingestellt und gerade jetzt läuft was von mir?" Er zwinkert mir schelmisch zu.

Testet er mich, wie sehr ich mich in die Sache verstricke?

„Und wenn ich deinen YouTube-Verlauf durchschaue, dann würde ich da bestimmt keine Videos von meiner Band finden, oder?“

Nicht mit mir, Freundchen. „Ja, ich gebe es zu. Ich wollte wissen, was ihr genretechnisch gemacht habt.“ Ich lehne mich ein bisschen mehr in seine Richtung. Die Müdigkeit bringt mich sogar dazu, ihm ins Ohr zu flüstern: „Und was ist, wenn ich mir deinen Verlauf anschaue?“

Ihm fällt der Chip, den er gerade zum Mund führen wollte, theatralisch in den Schoß.

Bevor er jedoch etwas erwidern kann, klappern Schlüssel am Türschloss.

Warum auch immer, habe ich sofort Maras Schwester im Kopf, wie sie vorhin in ihr Zimmer geplatzt ist.

Wir drehen uns über die Lehne und verfolgen gespannt, wer da zur Tür hereinkommt.

Es ist Hannes.

„Wow, den habe ich ja seit Ewigkeiten nicht mehr gesehen“, murmele ich abfällig.

Moon nickt zustimmend und rutscht doch tatsächlich in dem Moment weiter von mir weg, als uns unser verschollener Mitbewohner den Rücken zuwendet, um die Tür so leise wie nur möglich zu schließen.

„Wir sind wach, Hannes“, verkünde ich und er fährt zu uns herum. Vielleicht schreckt er im Dunklen sogar ein paar Zentimeter in die Höhe. Schwer zu beurteilen.

„Erschreckt mich doch nicht so!“ Eine Hand liegt schneller auf seiner Brust, als ich blinzeln kann. Ganz schön dramatisch.

„Warum schleichst du dich um diese unchristliche Uhrzeit in die WG?“ Ich beäuge ihn und warte eine Reaktion ab.

Außer einem Stammeln bringt er nichts zustande.

Mutig gehe ich auf ihn zu und verschränke die Arme vor der Brust – total seriös unter der Chipstüte in meiner Kapuze unter dem Kinn. „Du wolltest dich wirklich reinschleichen. Wochen warst du kaum hier.“ *Ha, der Groschen fällt.* „Und wenn doch, dann immer nur, wenn ich nicht da war. Du hast, wetten, auch jetzt gedacht, dass ich schlafe. Meine Güte, Hannes. Das hier ist *deine* Wohnung.“

Er senkt betreten den Blick und ist plötzlich kleiner als ich. So viel kleiner.

Ich vermisse meinen Freund, das da ist mittlerweile fast ein Fremder. „Es ist wegen Betty, oder?“

„Hör zu“, sagt er endlich und, ja, ich bin Ohr.

Ich bin verdammt nochmal Ohr.

„Können wir das zu einer normalen Uhrzeit klären? Du bist bestimmt müde.“

Ich bin sauer, dass er mich behandelt, als wäre ich gerade nicht in der Lage, ein vernünftiges Gespräch zu führen. Ja, ich bin wütend auf ihn. Aber vor allem wegen dem, was er Moon mit dem letzten Job zugemutet hat. „Klar, wir können das in aller Frische klären, Hannes.“ Ich trage ein falsches Lächeln zur Schau. „Und dann klären wir auch, dass Moon und ich bei dir kündigen.“

Kapitel 8

Das Kapitel, in dem ich Blut lecke.

Punkt zehn Uhr schmeißt mich Kira aus dem Bett. Wortwörtlich. Ich winde mich und will nicht unter meiner Decke hervorkriechen, da rollt sie mich kurzerhand von der Matratze.

Autsch.

„Ich wusste, du verkriechst dich!", klagt sie mich an und hält es nicht für nötig, mir aus dem Deckengewirr zu helfen.

„Meine Güte, ich habe geschlafen", brumme ich, als ich endlich wackelig auf zwei Beinen stehe und mir den Schlaf aus den Augen reibe. „Wir waren bis sechs Uhr wach oder so."

„Oooh, *wir* also." Sie hebt ihre Augenbrauen bis fast zur Lampe nach oben. „Hat euch das Chaos gestern etwa zusammengeschweißt?"

„Interpretier nicht zu viel rein. Was zur Hölle willst du eigentlich hier und warum muss ich jetzt aufstehen? Wir haben Sonntag, Kira."

Sie knabbert auf der Innenseite ihrer Lippen herum und weicht meinem Blick aus.

Ich kenne sie, irgendwas ist im Busch. „Was ist los?"

„Also.“ Meine beste Freundin zieht mich zu sich auf das Bett und drückt mir ihr Handy in die Hand. „Ihr geht viral.“

„Wie, wir gehen *viral*?“

Ohne ein weiteres Wort tippt sie ein Video an.

Fuck.

Klar musste es so kommen. Immerhin hatten die Bälger alle ihre Handys in die Höhe gehoben und mit den Kameras auf uns gezielt. Es war eine Frage der Zeit, bis jemand das Material auch hochlädt. Auf dem Video singen Moon und ich *Permission to Dance* und mein erster dummer Gedanke ist, dass ich froh darüber bin, dass unser holpriger Start weggeschnitten wurde.

Mein zweiter Gedanke gilt der stimmlichen Analyse. Wir harmonieren unglaublich gut. Ich hatte gestern nicht wahrgenommen, wie fantastisch seine dunkle Stimme zu meiner hellen, klaren passt. Hätten wir uns aufgewärmt und das Ding zwei- oder dreimal geprobt, dann wäre es eine perfekte Leistung gewesen.

Der dritte Gedanke geht an die Performance. Die intensiven Blicke, die wir austauschen. Wie wir offensichtlich überrascht wirken, aber dennoch versuchen, die Menge anzusingen, mit einzubinden.

Ich ohrfeige mich mental.

Und klatsche mir zusätzlich wirklich die Hand auf die Wange.

Was tue ich hier gerade?

Wie kann ich in den Modus verfallen, den ich früher eingeschaltet habe, sobald ich Zanes und meine Videos analysiert habe, bevor wir sie auf YouTube hochgeladen haben?

„Ja, du siehst richtig", sagt Kira, wohl völlig überzeugt, dass meine Reaktion an dem Video selbst liegt.

Allerdings überkommt mich jetzt erst die Erkenntnis. „Du hast gemeint, das geht viral."

Eifrig nickt sie, nimmt ihr Handy und zeigt mir die Klicks zu dem Video. Über zwanzigtausend, obwohl das Video keine zehn Stunden alt ist.

„Ein paar Fans von dir lieben deine neue Frisur und freuen sich, wieder was von dir zu hören. Die meisten haben es aber wahrscheinlich wegen Moon angeklickt. Ich denke, dass viele *D8ters* es angeschaut haben. Das heißt ... ich bin mir ziemlich sicher." Auch Kira hat anscheinend ihre Hausaufgaben in Punkto *L8D8* gemacht, wenn sie bereits ihren Fandomnamen weiß. Sie scrollt so schnell durch die Kommentare, dass ich nicht wirklich einen lesen kann. „Sie feiern Moons Rückkehr und sind begeistert von dir. Das ist zumindest aus den englisch- und deutschsprachigen Kommentaren rauszulesen. Ich hab sogar ein paar der koreanischen in den Übersetzer kopiert." Sie verzieht das Gesicht. „Es sind ein paar wenige dabei, die gegen ihn und seine Bandkollegen hetzen, aber ich glaube, der Großteil von denen ist trotzdem positiv gestimmt."

Bei der Anzahl an Meinungen wird mir ganz schön schlecht. Auch wenn sie mich nicht in der Luft zerreißen, kann das später noch folgen.

„Auf Instagram und TikTok gibt es super witzige Zusammenschnitte, als dir der Hut vom Kopf fliegt. Ich habe ein schönes gefunden, in dem sie deine Enttarnung und Moons Auftritt danach hübsch editiert haben und –"

„Stopp." Ich stehe auf und Schwindel überkommt mich. „Ich denke, das reicht." Kira hat tolle Eigenschaften, aber Feingefühl ist keine davon.

Panik keimt immer mehr in mir auf und will sich mit meinem Mageninhalt einen Weg nach draußen bahnen. Ich schlucke und bemühe mich, die Chips von heute früh drin zu behalten. Ich flüchte ins Badezimmer und kralle mich am eiskalten Waschbecken fest. Nichts kommt.

Puh.

Ich schiele in den Spiegel und mustere mich. Nehme mir den Moment, die Anni darin zu finden, die mir bekannt sein sollte.

Es liegt nicht an meinem vom Schlaf zerzausten rosa Bob, dass ich keinen Erfolg habe. Ich weiß einfach nicht mehr, wer ich bin. Gerade fühle ich mich so hilflos wie nach der Trennung von Zane. Die Videos im Internet stellen mich vor genauso vollendete Tatsachen wie er damals. Das Schlimmste dabei ist der Zwiespalt. Ungeplant im Internet zu landen, ist eine Gefahr, wenn man eine Person des öffentlichen Lebens ist. Es ist ein scheiß Gefühl. Davor bin ich ja schließlich weggerannt und wollte zu meinen Eltern flüchten. Keiner sollte das gefallene Sternchen sehen oder gar darüber urteilen. Aber das ganze Was-Könnte-Passieren-Ding, das ich die vergangenen Wochen über getrieben habe, das bin nicht ich.

Gefallenes Sternchen ... Gefallenes. Sternchen.

Bin ich wirklich gefallen? Nein.

Ich grinse mein Spiegelbild an und ich fühle ... mich gut. Eine Woge an Glücksgefühlen überkommt mich, ganz so, als hätte ich gerade mein erstes Songcover auf

YouTube hochgeladen. Wenn ich es mir eingestehe, dann hat es mir gefallen, mich singen zu sehen. Und ich soll verdammt sein, wenn ich nicht endlich ehrlich zu mir bin. Ich habe das Singen vor Leuten vermisst.

Erfolgsdurstig leuchten meine grünen Iriden auf.

Schluss mit dem Versteckspiel. Ich will wieder das tun, was ich geliebt habe und wofür ich geboren wurde – sofern man nicht meine Erzeuger fragt, die das jede Sekunde meines Lebens abstreiten.

Es klopft an der Tür und ich brauche einen Moment, mich von meinem so plötzlich glücklichen Spiegelbild loszureißen.

„Anni, alles okay?" Kira kommt, ohne eine Antwort abzuwarten, zu mir herein. „Okay, was soll dieses gruselige Lächeln? Du machst mir Angst. Ist das ein Nervenzusammenbruch?"

Hannes taucht neben seiner Schwester auf. „Ich glaube, das ist kein Nervenzusammenbruch. Du hast die Videos gesehen, oder?" Er lächelt breit. Ein Lächeln, das ich viel zu lange nicht mehr von ihm gesehen habe. „Sie hat Blut geleckt."

Ich schüttele den Kopf, bekomme aber das Grinsen tatsächlich nicht aus dem Gesicht. „Du redest von mir, als wäre ich ein wildes Tier. Außerdem hast du nichts zu sagen, du glaubst gar nicht, wie sauer ich auf dich bin."

Jetzt stolpert auch noch Moon zappelnd ins Badezimmer. „Leute, ich will eure Versammlung nicht stören, aber ich müsste mal ganz dringend."

***

Verrichteter Dinge humpelt Moon zu uns an die Küchentheke. Hannes gibt ihm so wie auch uns ungefragt einen Kaffee.

„Läufst du komisch?“, fragt Kira.

„Ich konnte nicht schlafen und wollte mir Essen machen. Sagen wir es so, ich schulde euch Pflaster, eine Schüssel und einen Topf.“ Mit gesenktem Kopf dreht er sich zu dem angekokelten Topf in der Spüle.

„Ich wusste, es riecht verbrannt“, meint Hannes, woraufhin Kira die Nase in die Luft hebt.

„Jetzt, wo du es sagst, Bruderherz.“ Sie knufft ihm mit dem Ellbogen in die Seite. „Übrigens schön, dich hier mal wieder zu Gesicht zu bekommen.“

„Ja. Schön, dich mal wieder zu sehen“, wiederhole ich bewusst mit jeder Menge Spott in meinem Ton. „Wolltest du dir nicht ein paar Sachen greifen und dann wortlos verschwinden? Betty ist bestimmt krank vor Sorge.“

Moon scannt mich ab und kneift die Lider fragend zusammen.

„Hey“, versuche ich, mich zu verteidigen. „Du siehst das doch wie ich. Er hat uns echt wie den letzten Rotz behandelt.“ Ich fühle, wie sich meine gute Laune langsam und winkend verabschiedet.

„Du oder besser ihr ...“ Hannes schaut zwischen uns hin und her. „... habt allen Grund, sauer auf mich zu sein. Ich weiß, die letzten Wochen war ich mit dem Kopf woanders und dafür entschuldige ich mich. Und wenn ihr schon wütend auf mich seid, dann gebe ich euch noch einen weiteren Grund.“

„Du ziehst zu Betty“, rate ich.

Kira warnt mich mit verengten Augen. „Das wäre zwar schade, aber wir wären nicht wütend."

Hannes hebt abwiegelnd die Hände in die Luft. „Nein, nein. Es hat nichts mit Betty zu tun. Das ist ein Thema für später. Irgendwie bekommen wir das bestimmt wieder hin. Ich will, dass wir uns alle wie früher verstehen, aber es geht gerade um etwas ganz anderes."

Moon stellt seine Tasse ab. „Wenn das ein Ding zwischen euch ist, dann geh ich besser." Er schiebt sich halb vom Hocker, da hält Hannes ihn auf.

„Es geht hauptsächlich um dich. Um dich und um Anni."

Kira legt vollkommen ahnungslos den Kopf schief. „Ich bleibe aber. Wer weiß, wie das hier ausgeht. Was hast du ausgefressen, Brüderchen?" Gespannt versucht sie, in ihren Bruder hineinzuschauen - erfolglos. Seinem Pokerface ist nichts zu entnehmen.

Hannes zieht scharf die Luft ein. „Sagen wir es so, es war kein Zufall, dass ich euch zweimal zu Aufträgen geschickt habe, bei denen ihr plötzlich singen solltet."

Mein Herz gerät ins Stolpern. „Wie meinst du das?" Ich rutsche näher an ihn heran, damit die Distanz für eine eventuelle Schelle kürzer ist.

„Ich habe nicht vergessen, euch mitzuteilen, dass ihr bei der Disneyparty auf die Bühne müsst. Auch nicht gestern."

„Aber ich war gestern nur aus Zufall bei der Geburtstagsparty."

Er räuspert sich. „Das ... das war ... vielleicht kein Zufall."

Alles infrage stellend, mustere ich meine beste Freundin.

Sie runzelt die Stirn. „Schau mich nicht so an, ich weiß wirklich von nichts."

„Kannst du aufhören, kryptisch zu reden, und einfach mit der Sprache rausrücken?", bittet Moon ihn höflich.

Wie kann er nur so ruhig bleiben?

Hannes schiebt die Kaffeetasse zwischen seinen Händen hin und her. „Maras Mutter ist Produzentin. Musikproduzentin."

„Das weiß ich. Was läuft hier?", hakt Kira nach. „Hast du Mara auf mich angesetzt, damit ... ja, was?"

„Fahr runter, Kira. Als du sie mir vorgestellt hast und für uns Essen geholt hast, sind wir ins Gespräch gekommen. Sie wusste ja, dass Anni deine beste Freundin ist, und ich habe ihr von Moons Vergangenheit erzählt, sorry, Kumpel."

Moon verzieht keine Miene, hört abwartend zu.

Beneidenswert. In mir wird der Drang immer größer, Hannes eine zu knallen.

„Mara hat angeboten, das Studio ihrer Mutter zu nutzen, sollten wir mal was zusammen aufnehmen wollen. Also, mit *wir* meinte sie dich und Moon." Er schätzt meine Reaktion ab, ich beiße mir aber auf die Zunge, noch keine voreilige zu zeigen. Ich passe mich lieber Moon an. „Es war erst eine Schnapsidee, aber ich kenne zumindest dich, Anni. Ich wollte für dich die Chance offenhalten, was zu produzieren, wenn du soweit bist."

„Hat Mara dir gegenüber mal was erwähnt?", frage ich Kira.

„Nein. Und das verspreche ich dir."

Ich vertraue ihr. „Rede weiter", fordere ich Hannes auf.

„Mara und ich haben Möglichkeiten gesucht, euch unauffällig ihrer Mutter zu präsentieren. Dass sie euch quasi selbst *entdeckt*." Er zeichnet Gänsefüßchen in die Luft. „Ihr wisst, wie es in dieser Branche läuft. Und ich wollte euch einfach etwas Gutes tun. Auch dir, Moon."

Der verschränkt die Arme vor der Brust, bleibt aber in der Haltung weiter erstaunlich locker. „Aber du wusstest gar nicht, ob ich das Singen vermisse."

Hannes nickt zerknirscht. Seine Lippen bilden eine viel zu schmale Linie. „Da hast du absolut recht. Aber wie groß ist die Chance, gleich zwei solch talentierte Menschen unter einem Dach zu haben?"

„Hast du nur Geld gerochen?", fragt Kira entrüstet.

Schnell steht Hannes auf, stolpert fast vom Hocker und rudert zurück. „Niemals. Ich war mir nur sicher, wie es Anni mit all dem geht. Und ich dachte, dass ich auch Moon etwas Gutes tun kann. Kira, du darfst es auch Mara nicht übelnehmen. Wir wollten lediglich eure unsichtbaren Stützräder sein." Er tastet an seiner Hosentasche herum, befördert sein Handy ans Tageslicht und legt es in die Mitte von uns. „Und es hat geklappt. Ihr könnt wieder *fahren*, wenn ihr wollt. Ohne Stützräder, denen tut die Heimlichtuerei leid. Guckt selbst."

Ich lese, was er meint. Mara hat ihm eine Nachricht geschrieben, dass ihre Mutter uns zu einem Besprechungstermin einlädt. *Moon und mich* einlädt.

Ist mein Herz vorhin gestolpert, hält es jetzt eine dramatische Pause lang an und rast dann viel zu schnell weiter. Hannes kann uns nicht ernsthaft schon wieder so überrumpeln. Außerdem war es eine richtig miese Nummer von ihm, Moon und mich ins kalte Wasser zu schmeißen. Ich bin auch nicht begeistert, was Mara da hinter Kiras Rücken gemacht hat. Doch muss ich zugeben, dass Hannes vorhin im Bad recht hatte – ich habe Blut geleckt.

***

„Bist du dir sicher?", hake ich bei Moon nach, als wir im Vorzimmer des Studios beide aufgeregt auf und ab gehen, wobei sein Gehen weiterhin einem Hinken gleicht.

Er hält inne und wischt sich kleine Schweißperlen von der Stirn. „Soll ich ehrlich sein?"

„Ich bitte drum." Ich muss einfach wissen, ob er mich da drinnen nicht gleich hängenlässt.

„Wir hören uns ja nur mal an, was Frau Chén zu sagen hat. Und, versteh mich nicht falsch, ich wünsche Hannes, dass er sich den kleinen Zeh stößt oder ihm die Hemdsärmel beim Händewaschen dauernd ins Wasser hängen. Aber die Möglichkeit, wieder Musik zu machen und damit vielleicht meinen Eltern endlich unter die Augen treten zu können, ist ... verlockend."

„Und du kannst dir das Solo vorstellen? Ganz ohne deine Bandkollegen?"

Er schüttelt den Kopf. „Ganz und gar nicht."

„Das muss er auch nicht", mischt sich eine Stimme aus dem Hintergrund ein. Es ist Maras Mutter. „Folgt mir bitte. Ich hoffe, ihr musstet nicht lange warten?" Sie geht eleganten Schrittes an uns vorbei und wirkt wie eine anmutige Fee, aber gleichzeitig auch wie eine strenge Hexe.

Mir ist es nicht möglich, sie abzuschätzen. Dank ihrer autoritären Ausstrahlung zusammen mit dem stramm gebundenen Pferdeschwanz und dem engen Kostüm fühle ich mich klein und hässlich neben ihr.

Sie führt uns in ein modern eingerichtetes Büro, das mich an die Eingangshalle ihres Zuhauses erinnert. Hohe Türen und Fenster, weiß und super cleanes Ambiente. Auch hier thront eine kostbare Mingvase.

Wir sind nicht unvorbereitet hergekommen und haben die Künstler gecheckt, die bereits bei Maras Mutter unter Vertrag stehen. Bis auf Volksmusik und tiefster Hip Hop ist gefühlt alles vertreten, darunter auch einige Künstler, von denen ich ein oder zwei Lieder in meinen Playlists habe.

„Nehmt doch bitte Platz." In einer gleitenden Bewegung deutet Frau Chén auf die beiden schmalen Ohrensessel vor ihrem Schreibtisch. „Ich komme gleich zum Punkt. Wir wissen alle, dass Zeit Geld ist, oder?"

Moon und ich tauschen einen stummen Blick aus. Ich vermute, auch er weiß nicht, ob das eine Frage war, auf die eine Antwort folgen soll. Wir lassen es einfach.

„Meine Tochter und euer Agent haben die Sache geschickt eingefädelt. Normalerweise bin ich kein Fan davon, an der Nase herumgeführt zu werden, aber bei eurem Talent und eurer Backstory bin ich neugierig geworden."

Hannes habe ich bisher nicht als meinen Agenten gesehen, aber gut, wieder ein Grund mehr, ihm den Arsch aufzureißen.

„Entschuldigen Sie, Frau Chén. Sie meinten eben, dass wir über kein Solo sprechen", fragt Moon das, was ich auch als erstes ansprechen wollte. Würde sie vielleicht ganz *L8D8* unter ihr Label bringen?

Sie schließt für einen kurzen Augenblick die mit feiner roter Farbe umrandeten Lider. Ein hungriger Ausdruck tritt danach zum Vorschein. „Sie beide. Ich möchte Sie beide in einem Duett hören. Ich bin ehrlich mit Ihnen. Zuerst haben Sie nach der perfekten Notlösung ausgesehen, da mir eine Band mit zwei Sängern abgesprungen ist. Eine Fügung des Schicksals, wenn man so sagen will. Aber Sie scheinen mir zu interessant, um Sie lediglich als Notnagel zu betrachten." Nun erhebt sie sich, stöckelt halb um ihren Schreibtisch und lehnt sich dann mit verschränkten Armen vor der Brust an ihn an. Sie ist jetzt zwischen uns und einschüchternd nah. „Na? Was halten Sie davon? Sie beide als kleine Band? Und diesmal ganz ohne das K-Pop-Gehüpfe und YouTube-Getue."

Ich bin ... sprachlos. Warum auch immer bin ich davon ausgegangen, dass wir als Einzelkünstler gefragt sind.

Ich warte auf eine Regung von Moon, aber auch er starrt Frau Chén dümmlich mit halbgeöffnetem Mund an.

Sie klatscht einmal in die Hände und ruft nach ihrer Assistentin Lisa. Besagte Lisa stürmt prompt mit zwei Papierstapeln herein, händigt sie uns mit einem Lächeln aus und verschwindet wieder wie der Wind.

„Lesen Sie sich das in Ruhe durch. Ich verspreche Ihnen, dass die Konditionen mehr als zufriedenstellend sein werden. Leider haben wir es eilig, also bitte ich Sie, mir spätestens Ende der Woche Bescheid zu geben, wie Sie sich entscheiden." Mit einer Handbewegung fordert

Sie uns auf aufzustehen. Auch diesmal leisten wir ihr artig Folge. „Ihre Stimmen harmonieren außerordentlich. Lassen Sie die Welt teilhaben. Ich hoffe, wir hören bald voneinander." Und damit komplementiert sie uns nach draußen. Bevor wir jedoch ganz aus ihrem Büro verschwunden sind, fügt sie hinzu: „Wenn Sie dieses Stück meistern, dann garantiere ich Ihnen einen Jahresvertrag. Seien Sie stärker als ihre Vergangenheit."

„Danke", sagen Moon und ich synchron, wobei er ganz in seiner Manier eine Verbeugung andeutet, während ich wie ein Dummerle winke. Dann lassen wir an der frühlingshaften Aprilluft alles wortlos sacken.

***

„Hast du dich auch nicht getraut, irgendwas zu sagen?" Ich deute auf einen freien Platz bei meinem Lieblingseiscafé. Warum es mein Lieblingseiscafé ist? Weil es eine Hinterhofklitsche ist, in die sich kaum einer verläuft außer ein paar Rentner. Hier können wir also in Ruhe unsere Mützen und Sonnenbrillen absetzen, mit denen wir uns vorsorglich vermummt halten.

„Das Ding ist, ich kenne Leute wie sie. Du hast dich gar nicht erst zu trauen, überhaupt etwas sagen zu wollen." Ein klägliches Lächeln bildet sich um seine Mundwinkel, erreicht aber die Augen nicht.

„Erinnert dich Frau Chén an deinen alten Manager?"

„Ein bisschen. Wobei wir mit Aidens Onkel eigentlich echt Glück hatten. Er war eher der liebevoll-strenge Typ. Gut, bis auf das Ende der ganzen Sache."

Ich denke an Frau Chéns letzten Satz. Seien Sie stärker als ihre Vergangenheit. „Ich glaube, auch sie kann nett sein."

Er nickt. Bevor wir uns weiterunterhalten, bestellt er einen Americano und für mich ein Croissant und einen Eiskaffee mit extra Sahnehäubchen, Schokoraspeln und Kirsche. Beeindruckend, wie gut er mich mittlerweile kennt.

Ich lege die Papiere auf den Tisch, drücke das Croissant freudestrahlend zusammen und bestreiche die Unterseite ganz gemütlich mit Marmelade.

„Irgendwie dachte ich, ich hätte mittlerweile alles gesehen."

„Hey, mach dich nicht über mich und mein Croissant lustig." Drohend richte ich ihm das Streichmesser entgegen.

„Du könntest es auch wie normale Menschen seitlich aufschneiden und –"

Dazu fallen mir nicht einmal Worte ein. Er bekommt lediglich einen tödlichen Blick zugeworfen, das sollte reichen.

„Schon gut, schon gut. Ich sag nie wieder was."

„So ist's fein." Ich beiße hinein und genieße die knisternde Süße. „Und? Was sagen wir zu dem Angebot?"

„*Wir* sollten uns das ..." Er greift sich eins der drei getackerten Heftchen. „... erstmal durchlesen."

Abwägend mustere ich ihn über den Tisch hinweg. Seine Mimik ist professionell, lässt nicht durchscheinen, was er denkt. Seine schmalen Augen sausen über das Papier und er leckt sich den Zeigefinger, um umzublättern. Er ist voll und ganz auf das Geschriebene fixiert. Heißt das, er zieht zumindest in Erwägung, mit mir den Song aufzunehmen? Ja, oder? Wäre er abgeneigt, dann würde er das ganze Kleingedruckte gar nicht lesen wollen. *Oder?*

Oder. Oder. Oder.

Bevor ich mir Gedanken um ihn mache, sollte ich in mich hören, ob eine Band für mich erneut infrage kommt. Und wieder mit jemandem, für den ich etwas empfinde? Denn dass ich mich von ihm angezogen fühle, ist lange kein Geheimnis mehr. Und nachdem er für mich in die Bresche gesprungen ist, war ich mir auf der Disney-Party sicher, dass er auch mich mag – mögen könnte, irgendwann.

„Anni?"

Ertappt blinzle ich. *Habe ich ihn die ganze Zeit über angestarrt?*

„Lesen." Auffordernd reicht er mir einen Vertrag.

Eilig vergrabe ich die Nase darin. „Ja, klar. Sorry." Aber keine Chance. Meine Gedanken übertönen das Paragrafen-Chinesisch, auf das ich mich gleich null konzentrieren kann.

Also, Anni. Was willst du?

Was will ich?

Ich will wieder Musik machen. Es ist auch nicht scheiße, jemanden dabei an meiner Seite zu haben. Vielleicht ist es besser, das Kribbeln herunterzuschlucken, das er in mir auslöst. Ja, ja so mache ich das. Erstmal ist es ein Song, danach schauen wir weiter. Sofern er überhaupt interessiert ist. Also an dem gemeinsamen Lied. Nicht an mir. Oder vielleicht doch beides? *Ah, zum Mäusemelken!*

Ich spähe über den Rand des Vertrags und treffe auf seinen Blick. Jetzt starrt er mich an.

Ich mag seine tiefbraunen Iriden und diesen blöden dunkelblauen Two-Block-Haarschnitt. Vor allem, wenn er die Haare wie heute nur halb aus der Stirn stylt.

„Den Vertrag?“ Er deutet auf die Blätter in meiner Hand. „Ich würde den auch gerne lesen. Das hier sind die Anlagen.“

„Ja, ja klar.“ Wir tauschen die Unterlagen. „Sorry, dass ich so neben mir stehe.“

Er schenkt mir sein aufrichtigstes Lächeln. Mir gefällt es, wie weich seine Wangen jedes verfluchte Mal dabei aussehen.

Gott, reiß dich zusammen, Anni!

„Mir geht es genauso. Die letzten Tage waren echt ... viel.“

Wo er recht hat. Kein Wunder, dass meine Gefühle Achterbahn fahren. Und das in einer Situation, in der ich einen kühlen Kopf bewahren sollte. Es geht schließlich um meine Zukunft. Um mein Projekt *Anni to Zukunft*, um genau zu sein. Aber wie soll ich mich konzentrieren, wenn Moon mich so anschaut?

„Es ist klar, dass du viel an Hannes denkst.“

„Hannes?!“ Meine Stimme ist quietschend hoch und hört sich fälschlicherweise ertappt an. Ich stoße beinahe meinen Eiskaffee um.

„Irgendwie sind wir ja nur so weit gekommen, weil er uns angelogen hat. Und du und er, ihr seid ewig befreundet. Ich bin mir auch sicher, wenn Betty nicht wäre, dann wärt ihr beide bestimmt ein süßes –“

„Halt.“ Ich lege die Vertragsanlage etwas zu hektisch auf den Tisch zurück, wobei ich erneut an mein Glas stoße.

In einer präzisen Bewegung schnellt Moons Hand nach vorn und hält meinen Eisbecher aufrecht. Ein bisschen Kaffee schwappt dennoch über und ergießt sich über seine Finger, aber wenigstens ist der Tisch keine Sauerei und die Papiere wurden nicht beschädig.

Sicherheitshalber behält er seine Hand um das Glas, als ich die Verträge weiter wegschiebe. „Das war knapp. Sorry, ich wollte mir nichts anmaßen. Aber er sieht dich immer auf eine gewisse Art an. Kein Wunder, dass Betty reagiert ... wie sie eben reagiert. Ich kann sie gut verstehen, weil ...“ Er hält mich mit seinem Blick gefesselt, als würde er seine nächsten Worte genau abwägen. Und gerade in dem Moment, als er seine Finger von meinem Eiskaffee löst und ich gespannt darauf warte, wie der Satz enden wird, verschluckt er sich und schafft es, gleichzeitig unsere beiden Getränke umzuschmeißen.

„*Aish*“, flucht er. „Es tut mir so leid.“

Ich muss lachen. „Was tut dir leid? *Du* hast alles abbekommen.“

Er folgt der Kaffeespur, die melodramatisch in seinen Schoß tropft. Die Kirsche hat auf halben Weg stopp gemacht und verspottet ihn regelrecht.

„Die hier ...“ Ich hebe unsere Verträge. „... sind in Sicherheit.“

Die Kellnerin eilt herbei und ich helfe ihr, Tisch, Stuhl und Boden zu säubern, während Moon auf die Toilette verschwindet.

Eine ältere Frau vom Nachbartisch legt unsere eingesaute Tischdecke zusammen. „Sie haben dem jungen Mann aber gewaltig den Kopf verdreht.“

Die Kellnerin grinst breit. „Das hat sie wohl.“

Ich merke, wie ich rot anlaufe. Hitze steigt mir auf.

„Na, na, keine falsche Scheu.“ Die Dame holt doch tatsächlich eine Blumenvase von ihrem Tisch, um sie auf unserem hübsch zu platzieren. „Für das Flair“, erklärt sie mit einem bedeutungsschweren Zwinkern.

Der Mann an ihrem Platz schenkt ihr ein wunderschönes Grinsen. „Meine Traudel ist ein Herzensmensch.“

Ich drücke der Kellnerin die letzten dreckigen Lappen in die Hand und bedanke mich für ihre Hilfe. Dann wende ich mich der Dame, Traudel, zu. „Ich danke Ihnen. Aber er ist bloß mein Fame-Mate.“ Also ob sie wüsste, was ich damit meine. *Dummes, viel zu schnelles Mundwerk.* „Mitbewohner.“

„Blicke lügen nicht, Liebes“, mischt sich ihr Mann erneut ein und auch er zwinkert schelmisch.

Ich würde ihnen gern glauben.

Wie aufs Wort kehrt das Objekt meiner Begierde zurück. Bevor er sich setzt, deutet er eine entschuldigende Verbeugung an, hält aber in der Bewegung inne, als er meine mahnenden Augenbrauen sieht. „Keine Entschuldigungen mehr, klar.“

„So ist fein“, lobe ich ihn wie einen kleinen Welpen, der sein erstes Kommando endlich verstanden hat.

„Danke.“ Er fährt sich mit der Hand über den Nacken. „Sollen wir nochmal bestellen?“

„Ich glaube, wir sparen uns die Kalorien und essen was ordentliches zu Hause. Was hältst du davon, wenn wir uns eine Pizza mitnehmen?“, schlage ich vor. Ich möchte der Kellnerin keine weiteren Unannehmlichkeiten bereiten. Außerdem ist mein Magen erstmal mit dem Croissant beschäftigt.

„Ist vielleicht besser.“ Er nimmt die Dokumente. „Lass es uns tun.“

„Hm?“ Ich bin nicht wirklich sicher, was er meint.

„Den Song. Ich will den Song mit dir aufnehmen. Die Konditionen sind echt gut.“ Er greift nach meiner Hand und ich kann es kaum glauben, als seine Finger auf meinen verweilen.

Er geht doch sonst jeder Berührung aus dem Weg …

„Auch wenn die Konditionen Mist wären, hätte ich ein gutes Gefühl bei der Sache. Du und ich, wir sind ein gutes Team.“

Ich drehe meine Hand um und umschließe seine, zögere nicht länger. „Okay. Lass uns ein Lied aufnehmen.“

Aus dem Augenwinkel bemerke ich, dass Traudel und ihr Mann je einen Daumen nach oben zeigen. *Süß.*

Moon drückt meine Hand fester. „Lass uns ein Lied aufnehmen.“

Kapitel 9

Das Kapitel, in dem ich beschließe, fake zu sein.

„Und nochmal von vorne“, weist Tommy, unser Produzent, Moon an.

Er ist mittlerweile seit zwei geschlagenen Stunden in der Aufnahmebox und es funktioniert einfach nichts. Egal, wie er die Passagen singt, es klingt tot. Null emotional. Als wäre eine riesige Wand um ihn herum aufgebaut, die keine Gefühle durchlässt. Und, nein, damit meine ich nicht die Lärmschutzwand des Studios.

Es war eine spontane Idee von Tommy, nach Aushändigung des Textes und dem Anhören des Guidesongs direkt mit der Aufnahme zu starten. Vielleicht war Moon genauso überrumpelt wie ich, aber ich habe meinen Frieden nach dem Aufwärmen mit dem Vocalcoach geschlossen. Ich habe auch leicht Reden, weil ich nicht anfangen musste.

Moon seufzt, nimmt die Kopfhörer von den Ohren und legt sie sich um den Nacken. „Wir sollten switchen. Das wird heute nichts. Ich will nicht weiter eure Zeit verschwenden.“

Tommy reibt sich die Schläfen, guckt erst auf das Mischpult, dann durch die Scheibe zu Moon. „Wie du willst. Es war zumindest einen Versuch wert.“ Er wendet sich mir zu. „Mach du es bitte besser.“

Na, toll, das setzt mich ja zum Glück überhaupt nicht unter Druck.

Mutig trete ich auf den Flur hinaus und treffe Moon vor der Tür zum Aufnahmeraum. „Das war nicht schlecht."

„Es war schrecklich und das weißt du." Er lässt den Kopf hängen.

„Sie haben uns regelrecht überfahren. Ich bin mir aber sicher, dass sie nicht damit gerechnet haben, heute alles im Kasten zu haben." Es gab Songs, an denen habe ich mit Zane schonmal über eine Woche lang gearbeitet. Und für Moon dürfte das auch nichts Neues sein.

„Es ist nur ..." Er ringt ganz offensichtlich mit sich. Spannt die Schultern plötzlich an und weicht meinem Blick aus. „Wir, also *L8D8* hat nie Lovesongs gesungen. Ja, als Trainees haben wir natürlich welche gecovert. Aber das ist unglaublich lange her."

Verdutzt überlege ich, was ihn jetzt daran hindert. „Dann ist es eben das erste Mal."

Moon lässt sich an der Wand hinuntergleiten.

Ich geselle mich neben ihn. „Das kann doch nicht der Grund sein, weshalb du jetzt down bist."

„Wir haben immer darauf geachtet, Lieder zu singen, die wir fühlen. Es waren Songs über den Kampf mit sich selbst, über Hoffnung und dem Zusammenhalt von Freunden. Alles, was uns der K-Pop vermittelt hat. Ich habe immer gespürt, was ich gesungen habe."

Ich denke an Aiden und In-su, das Pärchen. „Aber Liebe war euch doch nicht ganz fremd."

Moon gluckst unglücklich. „Aiden und In-su mussten sich immer verstecken und durften ihre Gefühle nicht öffentlich zeigen. Was aber Teddy und mich angeht …" Er atmet tief durch. „Wir haben nie jemanden gedatet. Wir haben uns an das Datingverbot gehalten."

„Du willst mir gerade weismachen, dass du mit deinen fünfundzwanzig Jahren noch nie ein Date hattest?"

„Sechsundzwanzig", korrigiert er mich, fixiert die gegenüberliegende Wand. „Ich bin mit fünfzehn nach Seoul gezogen. Teddy auch. Und dann haben wir uns völlig auf das Traineedasein konzentriert und uns an die Regeln gehalten."

„Aber auch in der Traineezeit seid ihr doch sicher anderen Leuten begegnet."

„Klar, aber ich habe mich nie auf etwas eingelassen. Ich habe viele weibliche Freunde, aber hast du zu viel Kontakt mit ihnen, findet es gleich die Presse heraus und du fliegst."

Eine Frage brennt mir regelrecht auf der Zunge. „Das bedeutet, du bist auch noch –"

„Jungfrau in Nöten, hey!", unterbricht uns Tommy. „Anni kommt schon zu deiner Rettung und übernimmt jetzt. Wenn ich dich also bitten dürfte." Unser Produzent deutet ungeduldig auf die Tür zum Aufnahmeraum. „Husch, husch. Zeit ist Geld."

In der kleinen gedämmten Kammer – sogar Harry Potter hatte zu Hause mehr Platz – fühle ich mich plötzlich unwohl. Ich hänge an Moons und meinem Gespräch, muss mich aber auf den Text konzentrieren.

In den Lyrics geht es um das erste Date. Es geht darum, wie aus besten Freunden *Lover* werden. Wie sie in dem komischen Limbus gefangen sind, dass sich die Zeit, die sie miteinander verbringen, gezwungen anfühlt. Obwohl sie vorher bereits was für einander empfunden haben, wird das Date komisch. Es fühlt sich gestellt an, weil sie über ihre Emotionen geredet haben. Sich eingestanden haben, sich zu mögen. Und prompt wird alles kompliziert. Ein einfaches Date fühlt sich wie der Todesstoß ihrer Freundschaft an, sie sind beide nicht sie selbst.

Die letzte Strophe endet damit, dass sie beschließen, nie wieder gemeinsam auf eine klischeehafte Verabredung zu gehen. Dass sie die Freundschaft in eine feste Beziehung übergehen lassen und Alltägliches zusammen meistern als verliebtes Pärchen.

Ich mag die Geschichte, die das Lied erzählt. Es ist nicht so, als hätte ich mir nie die Frage gestellt, ob Zane sich so leicht in eine andere verliebt hätte, wären wir erst Freunde gewesen. Wir waren Fremde, sind miteinander ausgegangen und nach Date Nummer Acht haben wir beschlossen, es mit einer Beziehung zu versuchen.

„Kann‘s losgehen?“, holt mich Tommys Stimme aus den Lautsprechern zurück in die Aufnahmebox.

Ich hebe meinen Daumen, mache ein, zwei kurze Stimmübungen und dann setzt die Melodie ein. Der Sänger des Guidesongs hat eine wunderschöne sanfte Art zu singen und ich frage mich, wie lange es dauern wird, bis Moon die gleichen Emotionen wie er aufbaut. Sobald er es aber schafft, und davon bin ich überzeugt, wird das Lied einschlagen. Auf die Spitze der Charts klettern. Es ist eine rockige Pop-Ballade, die zu einhundert Prozent radiotauglich ist.

Tommy gibt mir durch die Scheibe ein Signal, dass mein Einsatz so weit ist.

Drei, zwei, –

Fuck.

Verpasst. Es kommt einfach nichts aus meinem Mund.

„Gott, sorry, Leute. Nochmal?“ Ich vermeide den Blick zu Tommy und so auch automatisch den zu Moon.

„Wenn du das tust, damit dein Kumpel hier nicht schlecht dasteht, dann überdenke das nochmal, Kleine.“

Autsch. Aber ich kann Tommys Wut verstehen, wir wollen wahrscheinlich alle endlich nach Hause.

Wieder spielt die Melodie. Diesmal erwische ich den richtigen Punkt und gebe ... nicht einmal fünfzig Prozent. Ich verunsichere mich selbst, weil ich merke, dass ich den Song entgegen meiner Erwartung doch nicht spüre. In Gedanken hat es besser geklungen. Aber woran liegt das?

„Cut, cut, cut!“ Tommy rauft sich das Haar. Zu recht. Das war echt keine Glanzleistung.

„Wie lange seid ihr aus dem Biz draußen?“ Er schiebt sich die Hornbrille auf der Nase zurück.

Abgelenkt folge ich seiner genervten Bewegung. Wie alt ist er eigentlich? Er könnte fünfunddreißig oder zweiundfünfzig sein. Verrückt.

„Erde an Anni Benner!“ Er rückt mit seinem Stuhl zurück und stützt sich auf seinem Mischpult ab. „Du bist mit deinen Gedanken auch woanders. Stimmt‘s?“ Er nimmt die Brille ab und reibt sich über das Gesicht. „Tut mir beide einen Gefallen. Geht nach Hause, wir verlegen die Session. Ich gebe euch bis Anfang nächster Woche Zeit, euch mit dem Text auseinander zu setzen. Ich will keine stumpfen Holzklötze, die zwar die Noten perfekt treffen, die Lyrics aber nicht fühlen. Dumme Idee, heute mit der Aufnahme zu starten. Das geht auf mein Konto." Den letzten Satz fügt er kleinlaut hinzu und verlässt daraufhin das Studio, ohne uns eines weiteren Blickes zu würdigen.

Ich hebe fragend die Hand, hoffe, er hat noch was zu Moon gesagt, der aber schüttelt den Kopf und zuckt die Schultern. „Schätze, wir können dann nach Hause."

***

„Seit wann wird ein Song auch am gleichen Tag aufgenommen? Ihr seid neu", sagt Kira, während sie Moon und mir Spaghetti serviert. Seit die Sache mit Mara herauskam, übernachtet sie wieder in der WG und ich habe meinen schnarchenden Bettnachbarn zurück. Als ich ihr von unserer miesen Session getextet habe, hat sie darauf bestanden, etwas Leckeres für uns zu kochen. Obwohl ich bestimmt gleich bereue, nicht länger im Studio geblieben zu sein.

„Danke fürs Kochen." Moon nimmt eine große Menge Nudeln auf die Gabel und pustet sie an.

„Bedank dich nicht zu früh", flüstere ich ihm hinter hervorgehaltener Hand zu, als Kira uns den Rücken zudreht, um ihren Teller zu holen.

Verunsichert, aber anscheinend viel zu hungrig, schiebt er sich die Gabel in den Mund. Schluckt. Und verzieht das Gesicht.

Wusste ich es doch. Kiras Kochkünste sind leider nicht vorhanden. Nicht in ihrem vorherigen Leben, nicht in diesem und im nächsten wohl auch nicht.

Ich schiebe das dampfende Essen unauffällig von mir weg und greife unser Gespräch wieder auf. „Sie wollen Zeit sparen und haben es für eine gute Idee gehalten, heute mit dem Recording anzufangen. Was nicht dumm ist. Jetzt wissen wir wenigstens, woran wir arbeiten müssen."

Sie hebt eine Augenbraue, während sie das Essen herunterschluckt und nicht wie Moon den Würgereiz unterdrücken muss. „Und das wäre?"

„Gefühle", sagt er völlig nüchtern.

„Ist das schwer?" Sie beäugt mich kritisch. „Du hattest doch nie Probleme damit."

„Ich bekomme den Kopf einfach nicht frei. Dummerweise musste ich dabei an Zane denken."

Sie schnaubt mitfühlend und richtet sich dann an Moon: „Was ist deine Ausrede, Mr. K-Drama-Material? Dir wurde schließlich Liebe in die Wiege gelegt."

„Weil ich Koreaner bin?" Nun schiebt auch er das Essen diskret beiseite und ich muss mir ein Lachen verkneifen.

„Na ja, ja? Anni und ich haben unzählige K-Dramen angeschaut. Deine Volksleute haben einen ganz anderen Sinn für Liebe. So unschuldig und aufrichtig." Sie schwärmt regelrecht. Fehlt nur noch, dass ihre Augen Herzchenform annehmen. „Gentlemen wie aus einem Märchen, klassische Manieren, Romantik statt völlig übertriebener Sexszenen. Anstand. Ja, Dramen sind überaus anständig." Okay, und da sind die Herzchenaugen.

Moon schluckt. Bei dem Wort *Sex* hat er fast schon panisch zu mir gesehen. Liegt das an dem Thema, das wir im Studioflur angeschnitten hatten?

Er räuspert sich ungeschickt. „Ich muss zugeben, so viele Dramen habe ich selbst nicht gesehen. In-su und Aiden waren da eher Fans davon. Ich steh mehr auf Anime.“

„Und ich nehme an, da eher nicht das romantische Genre?“

Er schüttelt den Kopf.

Kira tippt sich überlegend ans Kinn. „Dann denk doch an ein früheres –“ Sie unterbricht sich selbst, als käme ihr gerade eine Erkenntnis. „Datingverbot, stimmt's?“

Wow, meine beste Freundin ist echt gut.

„Wie ironisch, dass euer Name *L8D8* war.“ Sie steht von ihrem Hocker auf und applaudiert sich selbst. „Da haben wir doch schon die Lösung für euer Problem!“

Verdutzt tausche ich einen Blick mit Moon aus. Er scheint auch in der bedauerlichen Lage zu sein, ihre Gedanken nicht lesen zu können.

Gerade, als sie ansetzt, ihren Plan mit uns zu teilen, klingelt ihr Handy. Sie schielt drauf und murmelt abfällig: „Hannes.“

Ich reiche Kira das Handy. „Du musst nicht sauer auf ihn sein, nur weil wir es sind.“

„Der soll ruhig etwas in seinem schlechten Gewissen baden. Aber gerade geht es um etwas anderes.“ Sie sieht erst zu Moon, dann zu mir. Dann wieder zu ihm und zurück zu mir.

„Rück raus mit deinem tollen Plan.“

Sie grinst breit und verschwörerische Schatten schleichen um sie.

Hier bitte dramatische Hintergrundmusik einfügen. Danke.

„Du denkst an deine Dates mit Herbert. Und ihm ..." Sie deutet auf Moon. „... mangelt es überhaupt an Erfahrung. Ihr sollt das Lied schließlich zusammen singen."

„Du meinst doch nicht ...?" Mein Magen blubbert unangenehm und das kann nicht an Kiras Essen liegen, da ich es nicht angerührt habe. Es ist die ungute Vorahnung, die mich da beschleicht.

„Ihr zwei geht auf ein Date", platzt sie heraus und wartet wie ein kleiner Welpe auf sein Leckerchen. Hätte sie einen Schwanz, würde sie aufgeregt damit wackeln.

„Bestimmt nicht. Das ist eine schreckliche Idee."

Zeitgleich fragt Moon: „Wer ist Herbert?"

„Zane, ihr Ex."

„Herbert?"

„Anni. Du hast unserem Kumpel verschwiegen, dass Zane nicht sein richtiger Name ist?"

„Weil das absolut niemanden interessiert."

Moon zieht einen Flunsch. „Irgendwie jetzt doch."

„Hast du nicht gehört, was Kira gerade gesagt hat?"

„Ja, klar. Die Idee ist nicht dumm."

„Warte." Ich wende mich ihm ganz zu. „Du bist also auch der Meinung ..."

„... wir sollten zusammen auf ein Date gehen." Moon sagt das so trocken, dass ich nur blinzeln kann. „Also? Was ist die Geschichte hinter *Herbert*?"

Ich kneife die Augen zusammen. Sonst ist er doch auch nicht neugierig. „Das ist so ein Familiending", wiegele ich ab, weil ich keine Lust habe, gerade an Zane zu denken. „Sein Urgroßvater, Großvater und Vater hießen Herbert. Sein Zweitname war Zane, nach einem australischen Patenonkel, und für seine Karriere fand er den Namen passender. Ende."

Moon verdreht doch tatsächlich die Augen. „So, wie es Kira gerade verkauft hat, habe ich mit etwas gerechnet, das mehr sensationell ist."

„Tja, Kira vermag es, einiges besser verkaufen, als es zum Schluss tatsächlich ist. Genauso wie die hirnrissige Idee, wir sollten miteinander ausgehen."

„Hey, ich bin anwesend", faucht Kira, duckt sich aber unter dem mörderischen Blick hinweg, den ich ihr zuwerfe. „Ich bin ja schon weg, klärt das mal alleine." Sie schnappt sich ihre Spaghetti und lässt uns zurück.

„Also, was jetzt?" Moon wartet gespannt ab.

„Ich bin dafür, wir bestellen uns erstmal eine Pizza."

Er lacht sein tiefes, unwiderstehliches Lachen. „Warum bist du von der Idee so abgeneigt?"

„Du darfst auch Kiras Fraß essen, wenn du willst."

„Das meine ich nicht. Und das weißt du."

Ich drehe mich von ihm weg und räume die Schalen auf. „Wenn das dein erstes Date wird, solltest du es nicht an mich verschwenden", sage ich mit ihm zugewendetem Rücken. „Nicht, wenn es nur um ein blödes Lied geht."

„Vielleicht geht es nicht nur um ein *blödes Lied*", äfft er meinen Ton nach. Auf einmal taucht er neben mir auf und ich zucke zusammen, lasse beinahe den Teller fallen. „Was, wenn ich mir meinen ersten Datingversuch mit niemand besserem als dir vorstellen kann?" Er stützt sich neben mir an der Küchenzeile ab und ist mir so nah, wie er mir noch nie freiwillig war.

Unwillkürlich starre ich seine angespannten Adern an den durchtrainierten Armen an, die bestimmt von seinem harten Tanztraining herrühren. Dass ich nicht eher erkannt habe, dass er solche Talente versteckt ...

Zimtgeruch steigt mir in die Nase. *Schnupper ich jetzt auch noch an ihm?*

Reiß dich zusammen, Anni.

„So, so. Wer flirtet denn da?“, bemühe ich mich zu feixen und es klingt wie ein Autounfall. Meine Stimme ist wackelig, schrill und scheppernd.

Moon geht schnell einen Schritt zurück. „Oh, entschuldige. Ich meinte das nicht romantisch. Nicht, dass ich dich nicht anziehend finde, also ...“

Na, wer wird denn da rot? Hinweis: Ich bin es diesmal nicht. Zumindest nicht allein.

„Schon gut. Also ein platonisches Date nach Song-Vorlage?“ Ich will uns beide aus der unangenehmen Situation retten, in die uns meine beste Freundin hineinmanövriert hat.

„Rein platonisch“, wiederholt er und hält mir den kleinen Finger hin.

Keine Ahnung, was er mit seinem kleinen Finger will, also stupse ich ihn mit meinem Zeigefinger an.

Er prustet ein Lachen heraus und macht mir vor, dass ich meinen Finger bei seinem einhaken soll. „Versprochen.“ Während unsere Finger miteinander verschränkt sind, drückt er seinen Daumen gegen meinen. „Und besiegelt.“

„Wuhuu!“ Kira stürmt aus ihrem Schrägstrich unserem Zimmer. „Ich habe da auch schon einen genauen Plan für euch.“ Sie breitet vor uns ein Stück Papier aus. „Es ist ziemlich eng getaktet, ihr seid lange mit dem Bus unterwegs, aber das könnte ziemlich *abgefahren* werden." Sie wackelt schief grinsend mit ihren Augenbrauen und als ich den Flyer lese, verstehe ich ihren Wortwitz.

„Nachtrodeln?" Ich suche den Ort, an den sie uns verfrachten will. Gefunden. „Bad Tölz? Das dauert mit dem Auto schon eine Stunde, wie lange dann mit dem Bus?"

„Zwei", schießt es aus Kiras Mund wie aus einer Pistole.

Ich warte eine Reaktion von Moon ab.

Er schmunzelt. „Die perfekte Gelegenheit, über dies und das zu quatschen. Und in Seoul bin ich gerne Bus gefahren. Tausendmal angenehmer als mit der U-Bahn."

„Stimmt es, dass es in der U-Bahn richtig schlimm nach Kimchi riecht?", erkundigt sich Kira und verfällt in eine rege Unterhaltung mit Moon, in der ich keinen Platz mehr finde.

Ich nehme den Flyer und verschwinde mit ihm in meinem Zimmer, um einen Plan zu schmieden, wie ich mich auf dem Fake Date nicht weiter in Moon verknalle.

***

„Wir hätten besser ein Auto mieten sollen." Angewidert halte mir ich die Nase zu. Zwei Reihen hinter uns im Fernbus sitzen zwei ältere Damen, die ein Eierbrot ausgepackt haben und sich viel zu laut über die fehlenden Zukunftsperspektiven ihrer Enkel unterhalten.

Moon kämpft auch sichtlich mit dem Geruch, so wie er die Nase rümpft. „Ich gebe zu, ich habe vergessen, dass es in deutschen Bussen immer laut ist. In Seoul ist es ein ungeschriebenes Gesetz, dass man sich eher ruhig verhalten sollte."

Ich erinnere mich an ein Drama, in dem die Protagonistin sogar ihren Loveinterest am Telefon abgewürgt hat, weil sie im Bus nicht auffallen wollte. Ja, davon könnte sich die Rentnergruppe im hinteren Teil eine Scheibe abschneiden. Oder die Mütter mit ihren quengelnden Kindern ganz vorn. Aber ich möchte mich über unsere Reisebegleiter nicht zu viel beschweren, immerhin ist niemand dabei, der uns erkannt oder bisher angesprochen hat. Wir können ganz unbeobachtet wir sein.

Moon und ich. Ich und Moon. Moon und Anni. Anni und Moon. Ich mag es, wie unsere Namen zusammen in meinen Gedanken klingen. Auch wenn ich mich dafür verabscheue, dass ich plötzlich dumme, kitschige Teenie-Gedanken denke.

„Ja oder nein?" Erwartungsvoll sieht Moon mich an.

„Hmm? Sorry, ich war gerade ..." Schnell blicke ich über ihn hinweg und zum Fenster raus. „... woanders."

Lächelnd hält er seine Kopfhörer in die Höhe. „Lieber tiefgründige Gespräche oder die gleiche Musik hören, was ist romantischer für ein Date?"

Wie hat er den Themenwechsel von dem miefenden Eierbrot zu Romantik gefunden? Egal, ich beginne zu schwitzen. Bisher war es, als würden wir zusammen zu einem Arbeitsauftrag unterwegs sein. Ich hätte fast vergessen können, was unser eigentliches Ziel ist. Automatisch schießen mir die Lyrics in den Kopf. Zwei sehr gute Freunde, die auf ein Date gehen. Ist das jetzt der Moment, ab dem es komisch wird, weil die Romantik übernehmen soll? Laut Song wäre er das.

„Okay, wenn du dich nicht entscheiden willst, dann wähle ich die Musik." Er reicht mir einen seiner Bluetooth-Kopfhörer und connected sie mit seinem Handy.

Nicht unsexy, wenn er die Zügel in die Hand nimmt, also lasse ich mich drauf ein und dränge die Gedanken an das Skript in den Hintergrund.

Anders als erwartet öffnet er nicht Spotify, sondern YouTube. Um spezifischer zu sein: eine Playlist von *A2Zs* besten Cover.

Fuck?

„Ähm, Moon. Ich glaube nicht, dass es für ein Date cool ist, wenn du irgendwie den Ex mit einbindest."

Er klappt unaufgefordert das Tablett herunter, das an meinem Vordersitz befestigt ist, und stellt sein Handy darauf. Dabei ist es ihm anscheinend zum ersten Mal nicht unangenehm, etwas näher an mich zu rutschen, und ihn stört es wohl auch nicht, dass sich unsere Arme mehr als ein klitzekleines Bisschen berühren.

„Ich möchte dir was zeigen, was mir aufgefallen ist. Tut mir leid, wenn das unangebracht ist, aber ... Sieh selbst."

Er hat ein etwas melodischeres Cover von *Sonny und Chers I Got You Babe* ausgesucht. Ich denke gern daran zurück, wie wir das aufgenommen haben. Es war kurz, nachdem wir den Vertrag bei dem Label unterschrieben hatten. Die Produzenten hatten uns das Lied vorgeschlagen und ein schönes Arrangement vorbereitet. Das Video entstand aus sehr vielen kleinen Zusammenschnitten, die wir quer durch München aufgenommen hatten. Um es an das Original anzupassen, hat unsere Produktion einen Schwarz-Weiß-Filter drübergelegt.

Während es so vor sich hinspielt, versuche ich, es zu studieren. „Was meinst du? Was ist dir aufgefallen?“

„Ihr macht echt süßen Pärchenquatsch. Aber ...“ Er pausiert das Video. „... Er sieht dich dabei viel zu wenig an. Und selbst dann nicht auf die Art, wie du es verdient hättest, angesehen zu werden.“

Ich achte gar nicht auf das Handy vor mir, sondern auf Moon, der mir plötzlich viel zu nahe erscheint. Emotional zu nahe. Das ist neu.

„Das Video war geskriptet, vielleicht war er an der einen Stelle kein guter Schauspieler“, bemühe ich mich, Zane zu verteidigen.

Moon schüttelt kräftig den Kopf und deutet auf das Standbild. Ich folge ihm und muss ihm leider Recht geben. Vergleicht man meinen Blick mit dem von Zane, habe ich Sterne in den Augen und er schwarze Löcher.

„Du merkst es, oder?“

„Ja, aber er war nicht immer so.“ Ich beiße mir auf die Zunge, um die aufkommenden bitteren Gefühle herunterzuschlucken. Es sind keine schönen. Zane hat es nicht verdient, dass ich ihn verteidige. Wenn ich diesmal ehrlich zu mir selbst bin, hätte ich es lange vorherahnen können. Er war mehr in sich selbst verliebt als in mich. Ich war lediglich eine Möglichkeit für ihn, fame zu werden.

„Anni, ich wünsche dir jemanden, der dich ansieht, als wärst du alles. Als wäre die Kamera nicht wichtiger.“

Ich suche seinen Blick, ich muss meinen Kopf ein wenig heben, weil er größer ist als ich – sogar im Sitzen.

Und ich mustere seinen Ausdruck, interpretiere zu viel hinein. Möchte wohl das sehen, was ich meine zu erkennen. Er hat ein ganzes Universum an Sternen in seinen Augen. Und mein verräterisches Herz bestätigt es, redet mir ein, dass *mir* dieser Blick gilt und dass er nicht gespielt ist. Dass er gerade den Ernst der Lage erkannt hat und ehrlich zu mir ist. Dass dieser Blick Welten bewegen und zusammenführen kann. Moons und meine Welt. Seoul und München. So, dass wir zu einem gemeinsamen Sternenhimmel hinaufschauen und Sternschnuppen zählen können.

Wir donnern über ein Schlagloch und hüpfen in den Sitzen auf und ab. Erschrocken klammere ich mich an seinem Oberschenkel fest, während Moons Hand zu seinem Handy schnellt und ... es verfehlt.

Ich neige den Kopf nach unten, um sicher zu gehen, dass seine Hand dort gelandet ist, wo ich sie gerade spüre.

Ja, ja, eindeutig. Seine Finger liegen auf meinem Busen.

Ruckartig zieht er seinen Arm zurück und Schamesröte überfällt ihn. Eine Tomate ist nichts gegenüber dem Farbton, der sein Gesicht hinaufkriecht. „Oh, mein Gott, oh, Anni, ich wollte das nicht."

Ich kann nicht widerstehen und drücke lächelnd seinen Oberschenkel, auf dem immer noch meine Hand liegt. „Ich bin nicht besser. Und pfeif jetzt endlich auf deine koreanischen feinen Manieren. Ich finde es nicht schlimm, wenn so etwas passiert." Um meiner Ansage Nachdruck zu verleihen, drehe ich meine Handfläche auf seinem Bein nach oben.

Zögerlich wägt er ab, was ich von ihm möchte.

„Das ist ein Date. Händchenhalten gehört dazu.“ Entschlossen führe ich mit meiner anderen Hand seine in meine.

Dann verschränkt er seine Finger tatsächlich mit meinen und schenkt mir sein schönstes Lächeln mit tiefen Grübchen in den weichen Wangen.

Stille kehrt ein.

Stille?

Oh, Mann. Sein Handy ist vorhin auf dem Gang gelandet. Ohne Handy keine Musik.

Moon ist eisern damit beschäftigt, aus dem Fenster zu starren, seine Hand wird richtig schwitzig, aber ich lasse sie nicht los. Denn sie ist schuld an den Schmetterlingen, die wild in meinem Bauch tanzen und die wiederrum an den verrückten schnulzigen Vergleichen zwischen Universum und Moons Blick für mich.

Mit einem unauffälligen Pfeifen mache ich einen kleinen Jungen schräg gegenüber von mir auf mich aufmerksam. Ich verenge meine Augen zu Schlitzen und deute mit ihnen zwischen dem heruntergefallenen Handy und dem Knirps hin und her.

Das schlaue Kerlchen versteht mich, rafft sich auf und reicht es mir.

„Danke, Kleiner.“

Er grinst mich mit einem Zahnlückenlachen an, als er auf meine und Moons verschränkte Hände stiert, geht wieder auf seinen Platz zurück und tuschelt aufgeregt mit seiner Mutter. Sie dreht sich zu uns um und zwinkert mir zu.

Unangenehm. Aber mir ist es nicht so unangenehm wie Moon, als ich ihn anstupse und ihm sein Handy reiche.

„Oh ... Da war ja noch was. Sorry, dass ich so ... so bin."

Dann sage ich etwas, was ich tief im Inneren sofort bereue. „Denk dran, dass das keine echtes Date-Date ist." Ich strafe mich selbst Lügen, als ich meine Finger fester mit seinen verschränke. Ich will, dass er mich nie wieder loslässt. Er gibt mir neue Energie. Neue Hoffnung in mich selbst. Ich hasse es, dass ich einen Menschen dazu brauche, der mir Mut gibt. Aber ich liebe es, dass er dieser Mensch ist. Und jetzt verbiete ich meinem verräterischen Herz, vor Schmalz zu triefen. Ich möchte mich auf etwas anderes konzentrieren.

Darum bitte ich Moon, mir seine liebsten *L8D8*-Lieder zu zeigen. Und so verbringen wir den Rest der Busfahrt händchenhaltend und fantastischen K-Pop lauschend. Wir nehmen zwar die Hände auseinander, die Kopfhörer aber nicht raus, als wir am Bad Tölzer Hauptbahnhof auf den Anschlussbus warten und noch eine Viertelstunde bis zu unserer Endstation fahren.

Ich liebe *L8D8s* Stil. Manchmal ertappe ich mich dabei, wie ich den Fuß zum Takt wippe und leise mitsumme. Die Jungs sind grandios. Ich bin fast traurig, als wir an unserem Ziel ankommen und Moon seinen Kopfhörer zurückfordert.

„Ich nehme es als gutes Zeichen, dass du bis jetzt durchgehalten hast."

Ich reiche erst ihm seinen Wanderrucksack und schultere dann meinen. Sobald wir den Bus verlassen, er seine Frage wiederholt und seine großen Augen abwartend auf mich richtet, muss ich das Fangirl in mir beruhigen.

Gib einfach eine professionelle Meinung ab, Anni.

„Ja, ihr wart nicht schlecht“, sage ich also nüchtern. *Okay. Wow. Das klang ganz schön scheiße.*

Moon entgleisen alle Gesichtszüge. „Was? Was hat dir nicht gefallen? Der Rap? Die High Vocals von Tae? Zu viele englische Wörter?“ Er kratzt sich unruhig hinter dem Ohr. „Ich weiß, es wird immer mehr englisch und einige finden es seltsam. Obwohl wir mit Aiden als Engländer wenigstens jemanden mit klarer Aussprache haben. In-su nuschelt manchmal, aber, wow, du müsstest ihn Tanzen sehen. Sein Stage Name *Feet* wird ihm nicht mal annährend gerecht und –“

„Moon, hey.“ Es ist ganz schön süß, ihn so ratlos zu beobachten, aber ich erlöse ihn besser. „Ich habe mich echt dumm ausgedrückt. Ich hab das runtergespielt, weil ich gerade das Bedürfnis habe, alles über euch zu googeln und mir euren Merch zu bestellen.“ Ich knuffe ihn gegen die Schulter, was sich plötzlich total normal anfühlt.

Und er weicht nicht zurück, sondern reibt sich nur die getroffene Stelle. „Okay, okay, dann bin ich beruhigt.“

Ist es ihm wichtig, dass ich seine Musik mag? Ich notiere den Punkt auf meiner imaginären Liste, die in zwei Spalten eingeteilt ist. Eine mit Gründen, die mir zeigen, dass er mich vielleicht mehr mag also nur mag. Die andere Seite ist für Anzeichen, dass es bei einer Freundschaft und professionellen Zusammenarbeit bleiben soll.

Das Piepsen meiner Smartwatch unterbricht uns und erinnert uns daran, mit dem Aufstieg zu beginnen. Es ist alles perfekt getimed, damit wir den letzten Bus zurück nach München erwischen.

„Wir liegen gut in der Zeit, oder?“, fragt Moon mit Blick auf die Uhr.

Ich nicke. „Liegen wir.“

„Na, dann los. Ich denke, es geht hier entlang.“

Als ich mich in seine Richtung wende, entdecke ich auch den Berg samt Rodelbahn. Zu unserer linken Seite fährt tüchtig die Seilbahn, der Dateplan jedoch schreibt eine kurze Wanderung durch den Wald bis zum Gipfel des Berges vor, wo es ein kleines Picknick gibt. Und das Essen ist gerade mein Ziel. Mein Bauch knurrt nämlich unerbittlich und zum Takt des Debutsongs von *L8D8*, das in meinem Hirn auf repeat läuft.

Der Ohrwurm hält sich den halben Weg über eifrig. Den Weg, auf dem wir hoffentlich den richtigen Menschen folgen. Wie wir beide feststellen, ist nämlich keiner von uns gut in Karte- oder Wegweiserlesen.

Ich hebe die Nase in die Luft und genieße den typischen Waldduft. Erdig und nach Tannenzapfen. Wie in einem Märchen zwitschern die Vögel über uns und ... da schreien Leute, die gerade den Berg nach unten rodeln. Nicht wirklich idyllisch.

„Ich habe im Netz gelesen, dass die Nachtbahnen beleuchtet sind. Irgendwie freue ich mich wie ein kleiner Junge darauf.“

„Ich glaube, bei sowas muss dein inneres Kind einfach herauskommen.“ Auch wenn ich gespannt bin, wo er seine langen Beine in der Rodelbahn verstaut.

Er schnürt seinen Rucksack enger. „Wenn wir schon über kleine Kinder reden, darf ich noch einmal rot werden und deine Hand halten?“ Seine Stimme zittert kaum merklich, doch ich höre den Unterschied zu seiner sonst gefestigten sofort heraus. „Für Recherchezwecke."

Ich finde die Art zu fragen unendlich süß und strecke ihm viel zu bereitwillig meine Finger entgegen. „Gerne." Als wir die Finger umeinanderschlingen und weiterwandern, brennt mir eine dämliche Frage auf der Seele. „Wieso scheust du dich so davor, andere Menschen zu berühren, wenn ich doch online gesehen habe, wie ihr euch innerhalb der Band dauernd angrabscht. Es gibt sogar ganze fanmade Videos mit Zusammenschnitten, wie ihr euch zehn Minuten lang auf den Hintern klatscht."

Moon grunzt unelegant und räuspert sich. „Ich möchte klarstellen, dass Teddy derjenige ist, vor dem sich dein Hintern in Acht nehmen muss." Er brummt überlegend. „Wie soll ich es am besten beschreiben. In Korea sind die Männer untereinander oft touchy, da macht sich keiner einen Kopf, ob er gleich schwul wirkt. Und da wir als Band zusammengeschweißt wie Familie sind, ist es für uns quasi normal, aneinander zu hängen."

„Ich finde es süß, wie die meisten K-Pop Gruppen eher familiär scheinen. Wie lange habt ihr zusammen trainiert, bevor ihr debütiert habt?"

„Teddy und ich haben insgesamt vier Jahre trainiert. In-su hat ein Jahr vor dem Debut von einem anderen Entertainment zu uns gewechselt. Aiden, unser Jüngster, hatte Glück. Der wurde zu uns gesteckt und musste gerade einmal ein halbes Jahr als Trainee absitzen."

„Ich wollte nicht neugierig sein, aber wie war das mit In-su und Aidens Beziehung? Hat die Geheimnistuerei nicht alle von euch belastet?"

Er schüttelt den Kopf und seine Augen glänzen. „Belastet hat es uns nie. Bei den beiden war es Liebe auf den ersten Blick. Und ich will jetzt kein Würggeräusch von dir hören", scherzt er. Erschreckend, wie gut er mich bereits kennt. „Sie halten eh nicht viel von öffentlichen Liebesbekundungen. Teddy und ich haben ihnen viel Zeit alleine im Dorm gelassen, das hat für sie gereicht. Schließlich hatten sie sich den ganzen Tag 24/7 um sich."

„Mit Dorm ist eure WG gemeint, oder?"

„Richtig. Du kennst dich echt gut in Sachen K-Pop aus."

„Nur, weil ich ein paar Begriffe weiß. Kira hat mich in die Koreanische Blase gezogen. Aber es war nicht ganz Zanes Ding, also habe ich nicht so viel Zeit damit verbracht, wie ich eigentlich gewollt hätte."

Der Weg gabelt sich und wir dackeln der größten Menschentraube hinterher.

„Ich will nicht wieder so blöd sein und auf dem Date über deinen Ex reden, aber hat er dir allgemein wenig Freiheiten gelassen?"

Das ist eine gute Frage. „Hmm. Würde ich so nicht sagen. Vielleicht war es mein Fehler. Ich war die Art Freundin, die sich bemüht hat, alles mit ihm zusammen zu unternehmen. Also haben wir eher Dinge gemacht, die uns beiden gleich viel Spaß gebracht haben."

Er mustert mich von der Seite. „So hätte ich dich gar nicht eingeschätzt."

„Mittlerweile fühlt sich das auch wie eine ganz andere Anni an. Ich nehme mir streng vor, in meiner nächsten Beziehung mehr mein Ding zu machen."

Daraufhin drückt er meine Hand kurz etwas fester, ermutigend. „Das finde ich gut."

Wir schlendern weiter gemütlich über den breiten Steinweg bergauf und halten noch mehr Smalltalk über die alten Zeiten.

„Ich glaub's ja nicht!", schrillt plötzlich eine Quietschstimme hinter uns.

Synchron werfen wir einen Blick über unsere Schultern, lassen dabei aber nicht unsere Hände los.

„Betty?", frage ich erstaunt.

„Hannes?" Moon klingt nicht weniger verwundert.

Kapitel 10

Das Kapitel, in dem ich vor dem Universum stehe.

Hätte man mich gefragt, welchen Menschen ich bei meinem Fake Date definitiv nicht hätte begegnen wollen, hätte ich die beiden oder meine Eltern genannt. Aus Angst, meine Eltern könnten auch noch aus dem Busch gesprungen kommen, scanne ich meine Umgebung ab.

Ich atme erleichtert aus, als es bei Hannes und Betty bleibt.

Hannes, dessen Blick fest auf meine und Moons verschränkten Finger gerichtet ist.

Und Betty, die Hannes den Ellbogen in die Seite stößt und verächtlich schnaubt. Ihre rötlichen Locken werden von der Abendsonne bedrohlich beleuchtet. Wie lange habe ich sie nicht mehr gesehen? Eigentlich, seit Moon sie in ihrem betrunkenen Zustand nach Hause gebracht hat. An dem Tag, an dem sie zum ersten Mal durch die Blume angedeutet hat, dass sie ein Problem mit Hannes' und meiner Freundschaft hat.

„Seit wann ...?" Hannes deutet zwischen mir und Moon hin und her.

Moon geht um mich herum, lässt aber unsere Hände verschränkt. „Schon etwas länger, aber da du dich hast selten blicken lassen ...", sagt er mit feixendem Ton, als würde er Hannes nicht indirekt einen Vorwurf machen, sondern eher spaßen. Die Seite kenne ich gar nicht an ihm. Aber verständlich, dass er nach Hannes' Aktionen eher nicht gut auf ihn zu sprechen ist. Er hat ihm neulich klar und deutlich zu verstehen gegeben, dass Hannes nicht einmal im Traum daran denken soll, unseren Manager zu spielen. Wir haben am gleichen Tag gekündigt, als er uns die Wahrheit vor den Latz geknallt hat. Weshalb es nötig ist, dass der Song ein Hit wird, damit wir uns die Wohnung weiter leisten können. Ergo muss auch dieses Date hier klappen und ich weiß nicht, wie das mit den beiden funktionieren soll, oder damit, dass Moon Hannes gerade ins Gesicht lügt, was unsere nicht vorhandene Beziehung angeht.

Luftholen, Anni.

Betty begutachtet uns und rümpft die Nase. „Glückwunsch." Das klingt ganz und gar nicht ehrlich.

„Danke", gebe ich dafür sehr euphorisch zurück. „Was für ein Zufall, dass wir uns ausgerechnet hier treffen."

Seitlich von uns hören wir Jubelschreie aus der Rodelbahn und ein Pulk von Wanderern überholt uns.

„Geht ihr ganz den Berg hinauf oder macht ihr den Rest mit der Seilbahn?", frage ich und hoffe, sie zecken sich nicht an uns ran. Ich will mich auf Moon und mich konzentrieren und nicht auf das Betty-Drama.

Hannes lässt Betty entscheiden oder traut sich schlichtweg nicht, mir zu antworten.

Moon räuspert sich. „Wir haben ein Picknick vorbereitet. Lasst uns zusammenbleiben."

Lädt er sie gerade ein? Was soll das?

Plötzlich spüre ich seinen Atem hinter meinem Ohr und er flüstert: „Wir zeigen ihnen, dass Betty keine

Angst mehr haben braucht, und dann könnt ihr hoffentlich wieder ohne Drama befreundet sein."

Er schafft es tatsächlich, dass mein doofes Herz ihn immer sehnsüchtiger verschlingen will. Trotz allem, was Hannes an Scheiße gebaut und Betty für ein Trara veranstaltet hat, will er unsere Freundschaft kitten.

Ich nicke unauffällig und klatsche ihm auf den Hintern. „Na, dann, los geht's!" Dann mache ich auf dem Absatz kehrt, schnappe mir Moons Hand, die ich gerade für den Klopfer losgelassen habe, und schere mich nicht um die verwirrten Blicke, die A- und B-Hörnchen uns zuwerfen.

Aus dem Hintergrund höre ich Hannes murmeln: „Wusste ich wirklich nicht."

„Danke", sage ich ganz leise zu Moon und verlangsame meinen Schritt, sodass die beiden zu uns aufschließen können.

„Gerne."

„Und?", hakt Hannes nach, der jetzt neben mir auftaucht. „Habt ihr schon Infos zu dem Song bekommen? Frau Chén wollte ja bald loslegen."

Wir schwärmen absolut übertrieben von dem netten Produzenten, der professionellen Aufnahme und wie toll doch alles läuft. Ich wette, Moons nächster Karrieresprung wäre doch Schauspieler gewesen. Er ist so überzeugend, dass auch ich fast glaube, dass wir bald berühmter sind als je zuvor.

Sogar Betty beteiligt sich am Gespräch, auch wenn ihre Fragen meistens an Moon gerichtet sind und nicht an mich. Jedoch frisst sie mich nicht weiter mit Blicken auf, das muss ich ihr zugutehalten.

Am Gipfel angekommen, breiten wir die Decke aus meinem Rucksack und das Essen aus Moons aus. Wir hatten Kira den Proviant packen lassen – Sandwiches macht sie überraschend gut. Ich zähle vier Butterhörnchen, vier belegte Brötchen, vier kleine Trinkpacks und vier Äpfel. Diese miese kleine Verräterin.

„Wie der Bruder so die Schwester“, murmele ich, greife zu meinem Handy und tippe:

Toll eingefädelt.

Moon reicht mir ein Sandwich. „Stimmt was nicht?“

Ich schüttele den Kopf. „Alles gut. Hey, lasst uns ein Selfie zusammen machen.“ Ich halte das Handy in die Luft und sende das Bild an Kira.

Dann studiere ich es. Betty trägt ein zaghaftes, aber nicht ganz so verkniffenes Lächeln, während Hannes ihr Hasenohren macht. Ich starre mit aufeinandergepressten Lippen und zu Schlitzen verengten Lidern anklagend in die Kamera und Moon ... Er macht hinter mir einen Kussmund in meine Richtung.

„Ist es was geworden?“, fragt Betty und beißt in einen Apfel.

„Ist es.“ Es ist mir einfach nicht möglich, ein viel zu breites Grinsen zu unterdrücken.

Ist das hier tatsächlich noch Fake?

Mit freuderasendem Puls bewundere ich die Aussicht. Vor uns liegen weitere Gipfel, auf denen Schnee die Abendsonne reflektiert. Das Gras um uns herum ist saftig grün und die Bäume spenden uns Schatten. Viele Menschen wandern an uns vorbei, einige tun es uns mit dem Picknick gleich.

Dann zieht mein Handy mit seinem stetigen Vibrieren alle Aufmerksamkeit auf sich.

Es ist Kira. Sie besitzt die Dreistigkeit, mir ein Selfie von sich und Mara zu schicken. Trotzdem freue ich mich für meine beste Freundin, dass sie sich mit Mara vertragen hat. „Liebe Grüße von Kira und Mara. Wann hast du dich mit deiner Schwester wieder vertragen?"

Hannes schlürft sein Trinkpäckchen aus und legt es in unsere Mülltüte. „Vorgestern. Und ihr müsst mir glauben, es tut mir –"

„Ja ja, schon gut", wiegele ich ab. „Beschließen wir doch einfach, dass dumme Entscheidungen aus guten Gründen getroffen wurden. Ich vermisse dich und unsere WG."

Betty verschluckt sich an einem Hörnchen und Flammen lodern in ihrem Blick auf. Gott, zum Glück ist das keine Fantasy-Serie, sonst hätte sie mir die sicherlich entgegengeschossen und von mir wäre nicht mehr übrig als ein kläglicher Haufen Asche.

„Rein platonisch", schiebe ich rasch hinterher, woraufhin sie die Augen verdreht. „Es würde mich auch freuen, wenn wir wieder Freunde sein könnten, Betty." Gut, dass wir vorher Freunde waren, ist etwas übertrieben dargestellt, aber für unsere Gruppe wäre es am besten, wir verständen uns alle gut.

Sie antwortet nicht gleich, wägt wohl ihre nächsten Worte genau ab. „Gerne. Und vielleicht sollte auch ich mich entschuldigen –"

„Na, na", unterbricht Moon sie. „Anni hasst Entschuldigungen."

Daraufhin müssen wir alle lachen und es fühlt sich gut an. Es fällt eine Menge Ballast von mir ab und ich kann endlich durchatmen.

„Aber“, wirft Betty ein, „Wie ist das zwischen euch etwas Ernstes geworden? Wann habt ihr gemerkt, dass es funkt? Ich möchte nicht neugierig sein.“

„Bist es aber trotzdem.“ Ich zwinkere ihr zu und bin überrascht, dass Moon gleich das Wort ergreift.

„Es war ein super witziger Abend. Anni und ich haben *Train to Busan* laufen lassen.“

Ich starre ihn beeindruckt an. So, wie er es erzählt und seine Augenwinkel dabei zu lächeln anfangen, kaufe ich ihm das ab.

„Ich habe ihr das erste Mal etwas über Seoul erzählt und mochte die Art, wie interessiert sie mir zugehört hat.“

Ich denke an diese Nacht zurück und nun ist es nicht mehr der Moon mit Wanderklamotten, der neben mir sitzt, sondern der Moon mit Haarband und Schneewittchen-Gesichtsmaske.

„Und du hast da nicht gemerkt, dass er ein Idol ist?“ Betty rückt näher an uns heran, offenbar total gespannt, was wir als nächstes erzählen.

„Nein, ganz und gar nicht. Er hat mich für den Film extra K-Pop-Konzerte ausschalten lassen. Jetzt weiß ich natürlich auch, warum.“ Es hätte ja sein können, dass mir als nächstes ein Video von *L8D8* vorgeschlagen worden wäre ...

„Und du?“, möchte Hannes wissen. Dabei verzieht er keine Miene.

„Ich fand ihn erst seltsam mit seinem Hass auf Süßes, den albernen rosa Crocs und den ganzen Verbeugungen", weiche ich der Frage aus. Ich kann ja schlecht die Wahrheit sagen, dass ich mich einfach immer weiter ein Stückchen mehr in ihn verguckt habe. Langsam gefällt mir das Spiel hier ganz und gar nicht mehr.

Passenderweise piepst meine Uhr.

„Es ist neunzehn Uhr, die Nachtbahnen fahren", verkünde ich.

Allgemeine Aufbruchsstimmung macht sich breit. Während Hannes und Betty unsere Picknickdecke zusammenfalten, schnappe ich mir fix Moon.

„Wollen wir ab hier wieder alleine weitermachen?"

„Zwischen euch ist alles geklärt, oder?", kontert er mit einer Gegenfrage.

Ich schiele zu den beiden und beobachte, wie Betty Hannes anlächelt. „Ist es."

„Puh." Theatralisch fährt er sich über die Stirn. „Dann bitte ich drum, dass wir alleine mit unserem Date fortfahren. Vorher habe ich aber noch eine Frage."

Ich runzle die Stirn. „Klar."

„Was hast du gegen meine Crocs?" Seine strenge Miene verzieht sich kein bisschen.

Ungebremst gluckse ich. „Was? Das ist deine ernste Frage?"

„Die Dinger sind super bequem und Hausschuhe sind wichtig."

„Ach, du meinst, für den Fall, man hat in der Küche Scherben verteilt?"

Jetzt stemmt er doch tatsächlich die Arme in die Seiten. „Das ... ja. Siehst du. Hätte ich sie getragen ..."

Ich kann dem Drang nicht widerstehen, ihm in die Wange zu pieken. „Schmollbraten. Die Croc-Diskussion vertagen wir. Die Zeit drängt, wir sollten weiter."

Er verdreht die Augen. „Und wie ohne die beiden?"

Kurz überlege ich. „Bist du bereit zu rennen?"

Ich lasse ihm keine Zeit zum Verarbeiten, greife seinen Arm, spurte mit ihm auf unsere Rucksäcke zu, wobei ich meinen aus Bettys Händen reiße, weil sie gerade die Decke darin verstaut hat.

„Wir sehen uns wieder in München!", rufe ich ihnen zu, während Moon und ich lachend von ihnen wegrennen.

Einmal drehe ich mich um und höre, wie Betty uns *Quatschnasen* hinterherruft, aber ganz und gar nicht böse wirkt.

Wir laufen noch ein ganzes Stück, wobei ich hoffe, die Schilder zur Bahn richtig zu lesen, und hasse mich dafür, dass ich ein Sportmuffel bin.

Ich bin mir sicher, dass Moon bestimmt kilometerweit Ausdauer hätte, bin aber froh, als ich das Häuschen für den Start der Rodelbahn in der Ferne erkenne und wir abbremsen.

„Warte kurz." Keuchend stütze ich die Arme auf meine Oberschenkel, um wieder zu Atem zu kommen.

Moon tippt mir auf die Schulter. „Sieh mal."

Keuchend rappele ich mich auf und blicke direkt auf das wunderschönste Abendrot, das ich seit langem gesehen habe.

„Wow", stoße ich aus und stehe buchstäblich unter Strom. Meine Haut prickelt und sehnt sich nach Romantik. Echter Romantik. *Oh, oh.*

„Anni?"

Ich möchte meinen Blick jetzt nicht von dem Himmel reißen. Ich will nicht wieder das doofe hell schimmernde Universum in seinen Augen sehen und soft für diesen Kerl werden.

„Anni." Sein Ton wird fordernder.

Also wende ich mich ihm doch zögerlich zu und mein Herz hält inne, als mir bewusstwird, wie nahe er mir ist.

„Ich", seine Stimme bebt. „Ich würde dich jetzt gerne küssen."

Was??

Ich weiche einen Schritt zurück. „Das würde gegen die Fake-Date-Regel verstoßen."

„Wir wissen beide, dass es kein Fake Date ist, oder? Sag mir bitte, dass ich mich in dem Punkt nicht täusche. Wir wollten ehrlich bleiben. Warum können wir es jetzt nicht sein?" Die Ernsthaftigkeit, die aus ihm spricht, verwandelt meine Knie in verräterischen Pudding.

„Ach, scheiß drauf", murmele ich und werfe alle Gedanken über Bord, warum das für unsere Kariere der Todesstoß sein könnte. Ich fliege ihm regelrecht in die Arme und drücke meine Lippen auf seine. Das letzte, was ich sehe, bevor ich genießend meine Augen schließe, ist der Sonnenuntergang, der sich in seinen blöden Universum-Iriden spiegelt.

***

Ich singe. Ich singe mir die gottverdammte Seele aus dem Leib und lege alle Gefühle in den Song, die mir gerade durch den Geist wirbeln. Während ich alles gebe und das Mikro in Grund und Boden schmettere, erinnere ich mich an Moons Eyesmile nach dem Kuss, an die Elektrizität, die sich zwischen uns auf- und entladen hat. Denke an die Abfahrt mit der beleuchteten Rodelbahn, die mir weitere Luftlöcher in meinen Magen befördert hat. Fühle noch, wie Moon wollte, dass ich mich im Bus an ihn lehne, auch, als ich total verschwitzt war. Denke an die Kreise, die er mit seinem Daumen auf unsere verschränkten Finger gemalt hat. Vergesse fast den Beat, dem ich hier folgen muss, und erinnere mich an die Musik, die wir uns auf der Fahrt geteilt hatten. Wie passend, dass ich die Strophe über Regen singen darf und die nassen Tropfen auf meiner Haut spüre wie auf dem Weg vom Busbahnhof nach Hause. Unsere Haare waren klatschnass, die Kleidung hat getrieft, aber wir waren glücklich wie tanzende Kinder im Sommerregen.

Als die Musik endet und lange kein Sound mehr aus den Kopfhörern dringt, grinse ich dämlich vor mich hin.

„Woohoo! Anni“, höre ich Tommys blecherne Stimme durch meine Kopfhörer. „Was habt ihr beide in den letzten Tagen angestellt? Das war grandios!“

Ein Stein fällt mir vom Herzen, unseren Produzenten so aus dem Häuschen zu erleben. Er hat bereits vorhin bei Moon fast einen Salto geschlagen, aber jetzt, jetzt rauft er sich sogar ungläubig das Haar. „Leute, ich verspreche euch, dass das Ding durch die Decke gehen wird!“

Moon strahlt mich durch die Scheibe an und ich habe nur Augen für ihn. Total ekelhaft verknallt – nun offiziell – schmachte ich ihn an und ignoriere Tommys Gehampel.

Ich hänge die Kopfhörer in ihre Halterung zurück, schnappe mir den Rest Bubble Tea, den ich an den Notenständer gelehnt habe, und marschiere adrenalingesteuert ins Schnittzimmer.

„Bleibt kurz hier", sagt Tommy und klickt wild am PC herum. „Hört euch das an."

Er legt behelfsmäßig die Spuren übereinander und wir können dem lauschen, was wir da kreiert haben. Der Rohschnitt verspricht jetzt schon, dass es für Moon und mich steil bergauf gehen kann. Mindestens so steil wie der Aufstieg zur Rodelbahn.

Auch Frau Chén stattet uns im Studio einen Besuch ab und trägt ein verschwörerisches, breites Lächeln im Gesicht. Ihr stehen die Eurozeichen in die Augen gedruckt. „Glückwunsch, ihr beiden. Ich wusste, dass ihr mich nicht enttäuscht. Lasst uns in Ruhe über ein Musikvideo und einen Vertrag für ein gemeinsames Album reden. Lisa bereitet gerade die Dokumente vor."

Perplex verschlucke ich mich beinahe an meinem Bubble Tea. „Danke, aber ... Es war gar nicht die Rede von einem Musikvideo."

„Hättet ihr das Recording in den Sand gesetzt, dann wäre es auch kein spruchreifes Thema gewesen." Sie zaubert einen feuerroten Lippenstift ans Tageslicht und zieht sich den perfekten Kussmund nach. „Es wird kein großer Aufwand. Lisa bucht gerade für einen Nachmittag einen Saal im Arena Kino. Da haben wir ein schnuckeliges Arthouse Ambiente. Ihr macht das typische Pärchen-Ding. Popcorn und Getränk teilen, den Arm heimlich um die Schulter legen und all so Quatsch. Das ist doch kein Problem für euch, oder?“

Moon und ich tauschen Blicke und aus seinem spricht mindestens so viel Freude und Aufregung wie aus meinem.

„Wartet. Ihr seid wirklich ein Pärchen?“ Sie fasst sich mit zwei Fingern an die Stirn. „Okay, ich muss das mit der PR-Abteilung besprechen. Wie lange geht das schon?“

Bevor Moon etwas sagen kann, schiebe ich mich vor. „Noch nicht lange. Und mir wäre es auch lieb, wenn wir das nicht an die große Glocke hängen. Moon bestimmt auch, oder?“

Er nickt und ein dankbarer Ausdruck huscht über sein Gesicht. Ich bin erleichtert, dass er das genauso sieht wie ich.

Tommy steht aus seinem Sessel auf und ich schrecke zusammen, weil ich seine Anwesenheit völlig vergessen hatte. „Das können wir nutzen. Soll das Internet doch spekulieren, was echt ist und was für das Video gespielt.“

Tommy steigt immer weiter in meinem Ansehen.

„Ich verspreche nichts. Aber ich schlage es dem Team vor.“ Daraufhin macht Frau Chén auf dem Absatz kehrt und stolziert auf ihren circa fünfzehn Zentimeter Hacken davon.

Zur Feier des Tages holen wir uns auf dem Heimweg Sushi und verkrümeln uns damit in Moons Zimmer. Kira ist zwar bei Mara und Hannes bei einem Meeting, aber keiner von uns will heute gestört werden. Vor allem nicht, weil wir schon gestern unser Date teilen mussten. Und ich kann meinen Freunden später in Ruhe berichten, auf was für einem Hoch ich wegen des tollen Recording schwebe.

Während Moon Stäbchen holt, bin ich neugierig. Es ist das erste Mal, dass ich in seinem Zimmer bin. Ich war das letzte Mal hier drin, als ich für zwei Minuten davon ausgegangen war, dass es mein Rückzugsort wird. An der Tür hängt sein langer Mantel, den er wegen des wärmeren Wetters lange nicht mehr getragen hat. Es ist der Mantel, in dem ich ihn kennengelernt habe. Daneben hängen zwei Base Caps – sein, beziehungsweise *Voices* Markenzeichen. Ich überlege, ob ihm auffallen würde, wenn ich ihm eine klaue. Wie besitzergreifend er wohl ist, was sowas angeht?

Ich schnappe mir die grüne Cap und setze sie mir verkehrtherum auf den Kopf. Ich habe sie bereits einmal getragen. Als ich in dem Café erkannt wurde und sie ihm regelrecht vom Kopf gerissen habe ... *Oh. Moment. Warte ... War ich vielleicht gar nicht diejenige, die von den Mädchen entdeckt wurde? Waren das etwa* D8ters*?*

Ich schlage mir die Hand vor den Mund.

Deswegen war er so perplex, als ich meinte, ich wollte mich verstecken. Dabei habe ich es für *ihn* schlimmer gemacht.

Die Tür geht auf und ich springe nicht schnell genug von ihr weg. Ich höre das Scheppern, noch bevor ich den Schmerz an meiner Stirn fühle. „Fuck, autsch!"

„Anni! Was machst du auch genau hinter meiner ... Oh, das wird ein fieser blauer Fleck!" Ich höre nur Moons Stimme, weil ich versuche, mir den Schmerz wegzumassieren, und dabei die Augen geschlossen halte. „Ist das meine Cap?"

„Hol mir lieber was zum Kühlen“, dirigiere ich anklagend. „Wenn das ’ne Beule gibt, dann war’s das mit dem Videodreh.“

„Wir wissen gar nicht, wann der angesetzt ist.“ Er führt mich blinde Kuh zu seinem Bett. „Warte hier, ich bin gleich wieder da.“

Voll ausgestattet kehrt er mit Verbandskasten und einer Packung Erbsen zurück.

„Uh, Moon. Doktorspiele in deinem Bett? Dafür hättest du mir doch nicht wehtun müssen.“

Er schnaubt eher nicht begeistert. „Warst du nicht gerade noch sauer?“

Ich lache, was mir aber sofort vergeht, weil er Desinfektionsmittel auf die Wunde sprüht und sich mein ganzer Körper zusammenzieht. „Jetzt will ich aber darüber lachen, wie albern die Situation ist. Ganz schön dämlich von mir.“

Moon nimmt mir die Cap ab. „Richtig dämlich. Du wusstest doch, dass ich gleich zurück bin. Wie gedankenversunken warst du?“

„Sehr“, gebe ich zu. „Erinnerst du dich daran, als wir durch die Küche in dem Café geflüchtet sind? Da hab ich dir die hier …“ Ich deute auf die Mütze in meinem Schoß. „… abgeluchst, weil ich gedacht habe, dass ich aufgeflogen wäre.“

Erkenntnis spiegelt sich in seinem Blick wider und er unterdrückt ein Lachen. „Oh. Ja, nein. Da war ich gemeint. Eine von denen hatte sogar Teddy als Sperrbildschirm auf dem Handy.“

„Ooookay … Ich glaube, wir reden da jetzt nicht drüber, sonst wird es mir noch peinlicher, als es eh schon ist.“

Verarztet und jetzt richtig hungrig hocken wir auf dem Boden und stopfen das Sushi in uns hinein. Es tut gut, mit ihm über vergangene Aufträge und unsere irrwitzigen Verkleidungen zu quatschen, besonders amüsieren wir uns über ihn, als ich ihn daran erinnere, wie er mich in diesem Monster Hamburger-Kostüm umgerannt hat, um mich vor einem Fahrradfahrer zu retten.

„Was hattest du ihm hinterhergerufen? Hatte wie *sexy* geklungen."

Einen Moment überlegt er. „Ah, nein. Das koreanische Wort war *Saekki*. Weißt du, was das übersetzt heißt?"

Triumphierend strecke ich ein Stäbchen empor. „Mistkerl, Arschloch, oder so, stimmt's? K-Drama-Einmaleins."

„Die Kandidatin hat hundert Punkte."

„Danke, danke. Aber eigentlich fluchst du doch nicht, Mr. Manieren-In-Person. Außer natürlich, du trittst in Scherben."

„Erinnere mich nicht daran. Die Wunden sind gerade so am Verheilen. Und was das Fluchen angeht, es war lange vertraglich festgelegt, dass wir nicht fluchen dürfen. Aber, wenn mir jetzt jemand krumm kommt ..." Er verstummt mitten im Satz, als ich ihm herausfordernd das Sushi von den Stäbchen klaue.

„Ja?" Ich kaue genüsslich. „Wenn dir jetzt jemand krumm kommt, was dann?"

„Das hättest du nicht tun sollen." In Zeitlupe schiebt er die restlichen Reisrollen zur Seite und beugt sich zu mir. Ich denke, er möchte mir einen Kuss auf die Wange drücken, kurz vorher hält er allerdings inne. Und kitzelt mich. Ich krümme mich, weil alle Nerven verrücktspielen, und rufe nach Vergebung, doch er ist unerbittlich.

„Biiittee“, kichere ich wie eine Bekloppte. Ich weiche so weit aus, dass ich es schaffe aufzustehen. Stehe aber nur so lange aufrecht, bis er mich auf sein Bett schubst und über mir landet.

Er stützt sich links und rechts neben mir ab, damit mich sein Gewicht nicht erdrückt.

Ich ... *Wow. Wie sind wir hier gelandet?*

Mein Puls galoppiert, was aber nicht länger dem Kitzeln geschuldet ist. *Mist.* Gerade wünsche ich mir, dass er mich so richtig durchkitzeln würde.

Einen Moment, der sich wie eine Ewigkeit anfühlt, verweilt er einfach. Rührt sich nicht. Ich mich auch nicht.

Die Spannung zwischen uns lässt sich fast greifen. Sie ist so real wie seine Haut unter meinen Fingern, als ich sein Shirt einen mutigen Zentimeter nach oben schiebe. Gänsehaut macht sich unter meinen Fingerspitzen breit und alles in mir verlangt nach mehr. Ich beiße mir auf die Unterlippe und vergrabe meine Fingerspitzen in der Matratze.

„Anni“, raunt er und ich mustere sein wunderschönes, weiches Gesicht. Das Muttermal an seinem Nasenflügel zittert kaum merklich, die blauen Fransen fallen mir entgegen. Laden mich dazu ein, meine Hände in seinem Haar zu vergraben, was ich mich aber nicht traue.

„Es ist mir unangenehm“, redet er in leisem, sehr bedachtem Ton weiter.

Ich schenke ihm ein ehrliches Lächeln. „Ich weiß. Hey, keiner erwartet irgendetwas. Wir haben uns gestern das erste Mal geküsst, also alles gut. Wir müssen nichts tun."

Er wiegt den Kopf hin und her. „Also, es gibt da schon ein paar Dinge, die ich gerne ausprobieren möchte." Hunger schleicht sich in seine Augen, seine Pupillen weiten sich. Dann drückt er mir einen intensiven Kuss auf die Lippen, seine Zunge stellt Sachen an, die alles andere als züchtig sind. „Zeig mir, wie man liebt."

Ich kann ein Prusten nicht unterdrücken. Lauthals und unelegant bricht es sich einfach Bahn. „Sag sowas bitte nicht. Das ist ja ekelhaft schnulzig."

„Du wolltest einen Typen Marke K-Drama", meint er, allerdings nicht verunsichert. Ganz, als hätte er genau diese Reaktion von mir erwartet. Dinge mit Humor nehmen, das können wir gut.

Ich ziehe ihn näher an mich. „Idiot."

***

Wie in dem Song sind wir eher die Art von Menschen, die keinen großen Wert auf peinliche Dates legen. Wir verhalten uns genau wie vor dem Kuss – den Küssen – und dem heftigen Fummeln. Nur mit tausend weiteren Küssen und weiterem Fummeln. Ich genieße es, meine Schwärmerei für ihn offen zu zeigen. Gerade zum Beispiel bin ich froh, während des Fernsehens einfach nur seine Hand zu halten, auch wenn er für meinen Geschmack immer noch zu weit von mir entfernt sitzt.

Ich entscheide, dem ein Ende zu setzen, indem ich mich zur Seite fallen lasse und auf seinem Schoß lande.

„Du musst echt entspannter werden.“ Seine Oberschenkel sind so hart, dass es absolut unbequem ist. „Moon.“ Ich schiebe ein unzufriedenes Grummeln hinterher und drehe mich, so dass ich ihn von unten anschaue. Und ich beneide ihn darum, dass er nicht einmal den Ansatz eines Doppelkinns hat. „Nach dem, was du mit mir mittlerweile alles gemacht hast, dürftest du dich echt nicht mehr zieren.“

Er schiebt eine Strähne aus meinem Gesicht und zwirbelt das Haar zwischen seinen Fingern. „Gib mir Zeit, mich daran zu gewöhnen.“

„So viel du willst. Und wenn das deine Art ist, dann respektiere ich das. Ich möchte nur nicht, dass du denkst, du müsstest dich mir gegenüber super höflich verhalten.“

Von oben herab grinst er mich breit an. „Danke, dass du dich nicht über mich lustig machst.“

„Wieso sollte ich mich über dich lustig machen?“ Ich rutsche ein wenig hin und her, doch seine Beine werden einfach nicht bequemer. „Mach dir keine Gedanken darüber. Wir müssen uns beide eingrooven. Du kannst keine Beziehung mit der anderen vergleichen. Es ist auch für mich das erste Mal, dass ich dich date.“ Dabei schenke ich ihm ein Zwinkern, was ihm ein Lächeln entlockt. „Und wenn du dich wegen deiner Unerfahrenheit im Bett schämst, Schande über dich. Du stellst da nämlich ziemlich verrückte Dinge an.“

Schamesröte breitet sich von seinem Hals aufwärts aus und er verschluckt sich.

Schnell rücke ich von ihm ab, setze mich auf und klopfe ihm auf den Rücken. *Hallo, Déjà-vu.*

Er hustet und hustet und ich hole ihm ein Glas Wasser, was ihm mehr hilft als mein unbeholfenes Klopfen.

Gerade in dem Moment, als er sich beruhigt, kommen die Winter-Geschwister nach Hause. Sie diskutieren durcheinander und ich verstehe kein einziges Wort. Allerdings erkenne ich die schweren Einkäufe, die sie hereintragen, und spurte zu ihnen, um ihnen etwas abzunehmen. Moon folgt mir.

Kira unterbricht ihre Schimpftiraden auf Hannes und mustert Moon und mich verschwörerisch, als sie uns die Taschen übergibt. „Ihr tragt nicht echt dieselben Jogginganzüge."

Unnötigerweise schaue ich an mir herab. Ich mochte Moons Idee mit den gleichen Sweat Outfits. Der Hoodie ist total weich und die Hose schön oversized. Das Einzige, was sich bei unserem beigen Outfit unterscheidet, sind seine rosa Crocs und meine blau-pink gestreiften Söckchen.

„Das ist absolut zauberhaft", flötet sie.

Die vergangenen Tage habe ich mich öfter gefragt, ob sie unser persönlicher Cheerleader ist so, wie sie uns andauernd angrinst und *Awwws* und *Ooohs* von sich gibt.

Hannes schiebt sich an ihr vorbei, um die Einkäufe mit einem Brummen auf die Theke zu stellen.

Ich entscheide mich für einen Themenwechsel. „Also, was habt ihr uns Schönes mitgebracht?"

Nachdem wir gemeinsam aufgeräumt haben, machen wir es uns mit Popcorn auf der Couch gemütlich. Auch hier beweist sich der Hoodie als perfekter Kauf, denn er muss verkehrtherum den Snack in seiner Kapuze für uns halten.

Wir zappen unschlüssig durch das TV-Programm, bis Kira auf die fantastische Idee kommt, Moon zu fragen, ob er uns nicht mehr über seine Bandzeit erzählen möchte.

„Kira", zische ich und stupse ihr gegen das Bein. „Vielleicht will er nicht immer wieder von dir daran erinnert werden."

Sie bläst die Wangen auf. „Es ist gemein, dass du alles aus erster Hand erfährst und ich nur beiläufig."

Moon streichelt in kreisenden Bewegungen über meinen Oberschenkel. „Ich mach das echt gerne. Was haltet ihr von einem Konzert?"

Ich beäuge ihn kritisch. „Von *L8D8*?"

„Nein, von *ENHYPEN*, Anni." Kira verdreht die Augen, schielt dann aber unsicher zu Moon.

Der grinst verschwörerisch. „Ja, von *L8D8*."

Es ist nicht so, als hätte ich online nicht schon öfter nach Konzert-Material gesucht. Bisher bin ich allerdings nicht fündig gefunden, ausgenommen von einzelnen Liedern in schlechter Qualität oder den Comeback Stages bei Music Shows. Aber ein langes, zusammenhängendes Konzert ... Fehlanzeige.

Er springt vom Sofa auf, um seinen Laptop zu holen. Als er den Laptop am Fernseher anschließt und wieder zwischen mich und Hannes fällt – oder eher: elegant niederlässt – steigt Wärme in mir auf. Mein Herz pocht dazu rasend schnell und ich muss ein aufgeregtes Quieken herunterschlucken.

Der Trailer beginnt und alle Member werden gezeigt. Sie haben Astronauten-Outfits an, tragen die Helme unter den Armen.

„Das ist mal ein anderes Konzept“, murmelt Kira und wirkt genauso skeptisch, wie ich mich fühle.

Es ist seltsam, Moon mit fast schulterlangen Haaren und übertrieben geschminkt zu sehen.

„Unsere erste Tour“, merkt er an und hält sich die Hand vor den Mund. „Ich weiß, ich weiß. Es ist drei Jahre her und das Pink war nicht die beste Haarfarbe.“

„Klar, die Haarfarbe ist das Komische“, murmelt Hannes, nur leider so laut, dass wir es alle hören.

„Wer bist du, um zu urteilen?“, klagt Kira ihn an, dessen Haare aktuell sogar ein kleines bisschen länger als Moons damals sind.

„Ich habe mich noch nie geschminkt!“ Hannes verschränkt die Arme vor der Brust.

Ich muss lachen. „Leute, können wir das einfach in Ruhe schauen, statt aneinander vorbeizureden? Danke.“ Damit rutsche ich näher an Moon heran, egal, ob er will oder nicht, ich lehne meine Schulter an seine. Dann reiche ich ihm Popcorn aus meiner Kapuze.

„Danke.“

„Gerne. Ist es wirklich okay, das zu schauen?“

Er nickt und greift nach meiner Hand, um unsere Finger miteinander zu verschränken. „Das hilft gegen das Vermissen.“

Ich vermisse die *A2Z*-Zeiten auch, aber ich hätte keine Lust, mir alte Videos anzuschauen, als noch alles in Ordnung war.

„Okay, du musst mir helfen.“ Kira beugt sich näher Richtung Fernseher. „Ich tu mir echt schwer, In-su und Aiden auseinander zu halten.“

Zwei Stunden und ganz viel Input später sehe ich Moon mit anderen Augen. Ich sehe seine Vergangenheit, das harte Training, den Druck, perfekt zu sein. Aber ich sehe auch den Zusammenhalt der Band, der Freunde. Die Familie. Ihre Freude, die sie auf der Bühne teilen, die Zeit, die sie zusammengeschweißt hat.

Moon versichert immer wieder, dass er jetzt endlich die Möglichkeit hat durchzuatmen. Ich hoffe und bete insgeheim, dass ihm das Leben in München gerecht wird – dass ihm unsere Musik genug ist.

Kapitel 11

Das Kapitel, in dem ich ein echtes Idol treffe.

Das Flair ist einzigartig. Ich glaube, ich habe mich in diesen kleinen Kinosaal verliebt. Pure Nostalgie strömt durch meine Adern, obwohl ich bisher noch nie hier war. Es ist die perfekte Location für das Musikvideo.

Nur Moon und ich sind in diesem Saal. Na gut, und das Kamerateam, bestehend aus zwei Leuten, aber die versuche ich ganz einfach auszublenden. Vielleicht sind auch unsere Stylisten irgendwo versteckt. Ich sehe meine noch vor mir, wie sie sich über das Veilchen auf meiner Stirn aufregt. Dabei ist meine Bekanntschaft mit Moons Tür mittlerweile einige Tage her. Und ich denke gern an den Nachmittag und die Zeit in seinem Bett zurück. Hilft mir hierfür bestimmt.

Für die richtige Stimmung läuft über die Lautsprecher unser Song in Dauerschleife. Auf die Leinwand wird ein Schwarz-Weiß-Film projiziert, den ich nicht kenne und für den ich absolut keine Augen habe. Denn die sind ganz allein auf Moon gerichtet. Natürlich ist es seltsam, beobachtet zu werden, wie wir herumalbern und uns gegenseitig Popcorn zuwerfen. Aber in dem Punkt sind wir beide professionell. Würde mich auch wundern, wenn er es nicht wäre, immerhin hat er mindestens fünfzig Musikvideos mehr als ich geshootet.

„Ist es nicht komisch, keine Choreo zu tanzen?", frage ich ihn, denn wir sollen uns unterhalten. Ich schiebe ein bezauberndes Lächeln für die Kamera hinterher. Damit kann die Produktion bestimmt etwas anfangen.

Auch Moon spielt super mit und reagiert auf mein breites Grinsen. „Im entferntesten Sinne zählt das bestimmt als Choreo." Er zwinkert mir schelmisch zu. „Ich spiele Direktor und schreibe dir vor, mich zu küssen."

Empört grunze ich, verfalle aber in ein herzliches Lachen, das absolut nicht gespielt ist, denn er spitzt übertrieben die Lippen.

Ich stupse ihn liebevoll an und ernte ein belustigtes Kopfschütteln sowie einen hochgehaltenen Daumen des Kameramannes mir gegenüber. „Du willst mich besser nicht vor laufender Kamera küssen."

Er studiert mich, verdreht dann die Augen und zischt seinen Lieblingslaut: *„Aish."* Mist.

Richtig. Wir haben uns neulich geeinigt, unsere Beziehung nicht an die Öffentlichkeit zu tragen. Sollte er irgendwann, aus welchen Gründen auch immer, wieder in das K-Pop-Geschäft einstigen, dürften die weiblichen Fans ein Problem mit einer Flamme haben. Ich verstehe das. Seine Branche tickt eben, wie sie tickt. Da ich selbst kein Fan von öffentlichen Liebesbekundungen bin, ist das für mich völlig in Ordnung. Mir reicht es, dass im Internet wohl über mein Lebensende hinaus Bilder von Zane und mir herumgeistern werden.

Nach zwei Stunden Herumgealbere beschließen unsere zwei Kameramänner, dass wir genug Material im Kasten haben.

Wir bedanken uns für die gute Zusammenarbeit. Ich mit einem Handschütteln und Moon ganz nach koreanischer Manier mit einer – Trommelwirbel bitte - Verbeugung.

Nichtsahnend treten wir aus dem Kino und werden von einem tosenden Blitzlichtgewitter überrascht.

Ich halte mir die Hand schützend vor die Augen und blinzele, versuche, das Bild vor mir zu ordnen. Mehr als eine Handvoll Teens, mindestens ein Dutzend Leute in unserem Alter und sogar fünf Typen mit dicken Kameras warten im Halbkreis auf uns. Es wird wild durcheinandergerufen, nach Selfies verlangt oder dass wir den Kameras ein Lächeln schenken.

„Ist das okay für dich?“, fragt mich Moon mit gesenkter Stimme.

Ich wende mich ihm zu. „Absolut.“ Mein Herz rast zwar, aber ich liebe das altbekannte Gefühl, interessant für die Welt zu sein. Ich möchte nicht eingebildet wirken, ganz und gar nicht. Aber ich genieße die Aufmerksamkeit. Und dass ich sie zusammen mit Moon bekomme, ist die Kirsche auf der Sahnehaube meines Eiskaffees, den er hoffentlich im übertragenen Sinne nicht wieder umwirft.

Er signalisiert mir, dass es ihm auch gefällt. Dann hebt er freundlich die Hand und winkt in die Kameras, geht zu den Teenies mit Unterschriftenblöcken und beginnt, zu signieren und gleichzeitig angeregt mit ihnen zu quatschen.

Was für ein schöner Anblick, ihn in seinem Element zu beobachten. Die Menge ist vermutlich lachhaft mickrig, verglichen mit der Aufmerksamkeit, die er in

Südkorea erhalten hat, aber auch für ihn ist es wieder ein Anfang.

Ich sauge den Moment in mich ein und lasse mich durch die kleine Menge treiben. Lächele in die Handys, drücke kleine Fans und mir wird ganz oft gesagt, was für ein schönes Paar wir beide wären. Die meisten formulieren es als Frage, auf die sie von mir keine Antwort erhalten.

Die Betreiber des Kinos waren schlau und haben uns die Türen offen gelassen, sodass wir einen starmäßigen Abgang hinlegen und der Menge den Rücken zudrehen können, um der Versammlung ein Ende zu setzen. Ich höre, wie sich die Leute in Grüppchen aufteilen und den Gehweg in sämtliche Richtungen verlassen.

Beinahe sind wir durch die Tür verschwunden, da ruft jemand von weiter weg: „Bekommen wir auch ein Autogramm?"

Ich drehe mich um und versuche, den Sprecher ausfindig zu machen. Gleichzeitig bemerke ich, wie Moon stocksteif stehenbleibt.

Auf der anderen Straßenseite entdecke ich ein älteres asiatisches Paar und einen Typ, der sein Gesicht hinter einer Cap und einem Mundschutz versteckt hält. Alle schauen in unsere Richtung. Der junge Mann wirft einen kurzen Blick nach links und rechts und nimmt dann das Cap ab.

O mein Gott. Das ist Han Tae. Main Vocalist von *L8D8*. Ein echtes Idol. Hier. In München.

Ja, Moon ist natürlich auch eins, aber Moon ... ist Moon.

Ich schlucke mein inneres Fangirl herunter, weil es viel zu komisch wäre, wenn ich Moons besten Freund mit offenem Mund sabbernd angaffe.

Das Paar neben ihm hält die Augen streng auf Moon gerichtet.

„Moon“, mahne ich ihn leise zur Besinnung, da ich davon ausgehe, dass es sich bei den beiden um seine Eltern handelt. Die Frau hat die gleichen weichen Gesichtszüge wie er. „Er ist nicht alleine.“ Ich greife seine Hand und ziehe ihn mit mir in Richtung seiner Familie. Seine Schritte sind schwerfällig, aber er folgt mir.

„Vielleicht ist es besser, du siehst dir das nicht mit an“, sagt er in schwachem Ton.

Ich weiß, dass er seinen Eltern bis jetzt aus dem Weg gegangen ist. Neulich hat er mir erzählt, dass er zu ihnen will, sobald wir den Vertrag bei Frau Chén für ein weiteres Album unterschrieben haben. Schade, dass ihm dieser Moment genommen wurde.

Nur wenige Meter von ihnen entfernt stoppe ich. „Wenn du mich dabeihaben willst, komme ich mit. Wenn du ihnen alleine gegenübertreten möchtest, warte ich hier auf dich.“

Er wägt einige Sekunden ab, sein Blick wandert zwischen mir und seiner Familie hin und her. „Warte kurz. Je nachdem, wie es läuft, hole ich dich dazu, okay?“

Ich nicke.

„Danke.“ Er drückt kurz meine Hand und geht den Rest allein.

Ich kehre zum Bordstein vor dem Kino zurück, setze mich und nehme mein Handy, um nicht zu interessiert zu ihnen zu glotzen. Ab und zu hebe ich die Nase vom Display und beobachte das Geschehen trotzdem.

Erst fällt Han Tae Moon um den Hals. Umarmt ihn lange, schaukelt ihn hin und her und hebt ihn sogar in die Luft. Super albern, aber richtig herzlich. Dann tritt er jedoch von ihm zurück und schlägt ihm kräftig auf die Schulter. Dass es etwas zu heftig war, erkenne ich sogar von hier.

Daraufhin nähern sich seine Eltern und Moon sackt auf die Knie. Demütig verbeugt er sich vor ihnen, fixiert den dreckigen Gehsteig und kümmert sich nicht, was die Menschen um ihn herum tun. Es gibt nicht viele Zeugen, da wir uns in einer Nebenstraße befinden.

Fast eine Minute, passiert gar nichts. Bis seine Mutter ihm eine Hand auf die Schulter legt und ihn dann auf die Beine zieht. Seine Eltern umarmen ihn, was zauberhaft aussieht, denn beide sind mindestens einen Kopf kleiner als er.

Erleichterung fließt durch meinen Körper. Ich atme aus. Mir war gar nicht bewusst, dass ich die Luft angehalten hatte.

Mein Handy vibriert und ich lese die Nachricht.

Geh nach Hause, ich komme nach.

Prüfend hebe ich den Kopf und Moon wirft mir ein Schmunzeln zu, ehe er mit Familie und bestem Freund davon geht.

Er schickt eine weitere Nachricht:

Danke.

Wie ein verliebter Teenie nehme ich dieses schlichte Wort voll und ganz in mir auf. Weil ich weiß, wie es gemeint ist.

Gemütlich schlendere ich zur WG zurück, die nicht einmal eine halbe Stunde entfernt ist. Unterwegs hole ich mir ein Croissant von meinem Lieblingsbäcker und mache es mir gegenüber unseres Hauses auf einer Bank gemütlich. Ich liebe es, hier im Schatten zu sitzen und auf die leise vor sich hinfließende Isar zu blicken.

Jeder Bissen erinnert mich an Moons und meinen ersten Tag. Wie er mit dem köstlich duftenden Gebäck ankam und ich ihn mit meiner Art, es zu essen, geschockt habe. Ob ich je wieder ein Croissant essen kann, ohne an ihn und seinen entsetzten Blick zu denken? *Ganz schön dämlich verknallt, Anni.*

Aber diese schönen Gedanken werden von etwas anderem verdrängt. Immer wieder habe ich den Gesichtsausdruck von Moons Mutter vor mir. Es war eine Mischung aus Vermissen, Sorge und Stolz. Keine Spur von Enttäuschung, obwohl er sich vor ihnen versteckt gehalten hat. Seinen Misserfolg versteckt hat. Ich kann es natürlich auch falsch gedeutet haben.

Plötzlich steigt in mir der Drang, mich bei meinen Eltern zu melden. Von mir haben sie in den beiläufigen SMS, die wir uns als Lebenszeichen schicken, bisher nichts über die Trennung von Zane erfahren. Wenn es keinen Dorftratsch von jemandem gab, der mich und meine Karriere verfolgt, dürften sie von meinem Scheitern noch nichts erfahren haben. Vielleicht wäre es an der Zeit, ihnen von meinem Umzug und meinen neuen Karrieremöglichkeiten zu erzählen.

Ich habe nicht oft das Bedürfnis, meine Euphorie mit meinen Eltern zu teilen, gerade ist aber so ein seltener Moment. Weil das Leben endlich wieder auf meiner Seite ist. Mit jedem Tuten steigt trotzdem die Panik in mir. Würde ich ihnen wieder ausweichen und wie die letzten Male nach dem Banalitätenaustausch schnellstmöglich auflegen wollen?

„Anni, alles gut bei dir?", fragt meine Mutter und ich wette, sie zieht auf der anderen Seite der Leitung ihre Stirn kraus.

Ich schiele auf meine Smart Watch. Mist. Es ist nicht unsere übliche Zeit. Normalerweise rufe ich sie kurz vor der Primetime an, weil sie dann einen Grund haben, das Telefonat kurz zu halten – wir wollen ja die hundertste Wiederholung des *Tatorts* nicht verpassen.

„Alles okay. Ich wollte ... ich wollte nur kurz mit euch quatschen, weil es Neuigkeiten gibt. Ist es gerade schlecht?"

Im Hintergrund scheppert Porzellan. „Warte kurz, ich räume den Tisch fertig ab."

Wie konnte ich davon ausgehen, dass sie für mich den Haushalt kurz mal Haushalt sein lassen würde? „Ist Papa auch in der Nähe?"

„Er liest Zeitung. Soll ich dich auf laut stellen?"

Wieder ein unangenehmes Klappern von Tellern und ich muss das Handy weiter von mir weghalten. „Ja, bitte."

„Jetzt machst du mir Angst, Anni."

Anni. Kein *Liebes*, kein *Schätzchen*. Einfach ein anklagendes *Anni*.

„Ich habe dich auf Lautsprecher."

„Hallo, Anni“, begrüßt mich nun auch mein Vater sachlich.

Ich warte ab, bis ein Bus hinter mir vorbeigefahren ist, und lasse die Worte aus mir heraussprudeln. „Zane und ich sind kein Paar mehr. Er lebt jetzt in Berlin. Und Musik machen wir auch nicht mehr zusammen.“

„Brauchst du Geld? Willst du deswegen dringend mit uns sprechen?“

Das sind nicht die Fragen, die ich von meinem Vater erwartet habe. Okay, wenn ich ganz ehrlich mit mir selbst bin, dann habe ich genau so etwas Unsensibles erwartet.

„Nein“, sage ich klar und deutlich. „Würdet ihr meine Karriere verfolgen, hättet ihr vor Monaten festgestellt, dass ich keine Videos mehr hochlade.“

Ein verächtliches Zischen ist zu hören. Definitiv das meiner Mutter. „Du weißt, dass dieses ganze Internet-Zeug nichts für uns ist. Alles, was wir wollten, ist, dass du einen anständigen Job hast. Oder möchtest du jetzt doch, dass wir Onkel Peter nach einer Stelle in seinem Steuerbüro fragen?“

Ich verkneife mir eine bissige Antwort. „Nein, danke. Ich verzichte, denn ich habe einen neuen Plattenvertrag.“ Unnötig zu erwähnen, dass ich den für unsere Zukunftsprojekte noch nicht unterschrieben habe und der aktuelle nur für die Ballade gilt.

„Schön“, meint mein Vater und ich könnte schwören, er hat gerade die nächste Seite in seiner Zeitung umgeblättert.

„Ja“, murmele ich, jetzt richtig angepisst. Ich hasse es, dass sie es wieder geschafft haben, dass ich mich klein fühle. „Schön.“

Es wird still auf der anderen Seite. Auch auf meiner. Das seichte Plätschern der Isar vor mir und der Verkehr im Rücken sind die einzigen Geräusche. Als hätten sich alle Passanten abgesprochen, geht hier weit und breit niemand an mir vorbei.

„Bist du in der Lage, dir eine eigene Wohnung zu leisten?“, bohrt meine Mutter nach. Sie hasst Stille, die sie nicht selbst kontrollieren kann. „Wenn Herbert ausgezogen ist, kannst du dir euer Schickimicki-Apartment auch nicht mehr leisten, oder?“

„Mama.“ Ich seufze und reibe mir mit der freien Hand über das Gesicht. „Es geht nicht um Geld. Ich wohne jetzt bei Kira und Hannes. Ich dachte, es wäre sinnvoll, euch meine neue Adresse durchzugeben.“ Na, da habe ich ja einen praktischen Grund für den Anruf gefunden. Das sollte meine Mutter davon abhalten, weitere Vermutungen anzustellen, warum ich anrufe. Dass ich Trost wegen der Trennung brauche, auf die Idee kommt sie nicht.

Mein Vater noch weniger. „Bei diesen Bonsenkindern? Das sind keine Kreise für dich“, zetert er. „Diese Kira studiert doch auch schon ewig.“

Das geht mir zu weit. „*Diese Kira* studiert in einer angemessenen Zeit und genau so lange wie ich. Obwohl ...“ Ich stehe auf und balle meine freie Hand zur Faust. „... streich das. Weil ich nämlich mein Studium geschmissen habe.“ Jetzt spreche ich aus, was ich lange wusste, mir aber selbst nie eingestanden habe. Mir war von Anfang an klar, dass die Pause vom Studium eigentlich ein Schlussstrich war.

„Aha“, meint er unbeeindruckt. „Das konnte man eh nicht Studium nennen. Musik. Das war von vorneherein zum Scheitern verurteilt.“

Ich raufe mir das Haar und laufe zum Geländer, das mich davon abhält, direkt in den Fluss zu marschieren und mich zu ertränken. „Ich bin es leid, immer wieder die gleiche Diskussion mit euch zu führen. Ich habe euch mitgeteilt, was ich wollte. Und wenn ihr zuhören würdet, hättet ihr vernommen, dass ich den nächsten Plattenvertrag habe.“ Ich halte kurz das Handy von mir weg, damit sie mein genervtes Schnauben nicht hören können. „Ich texte euch die neue Adresse.“ Ohne mich zu verabschieden, lege ich auf.

Innerlich unruhig und den Tränen nahe, gehe ich am Ufer auf und ab. Hin und her. Es ist mir egal, wenn mich jemand für seltsam hält. Oder, dass jemand meinen pinken Haarschopf erkennt und postet, dass Anni aufgebracht ist. Mir ist alles egal.

Als ich wieder das Hin zum Her wechsle, laufe ich in jemanden hinein. „Verdammt nochmal, können Sie nicht –“

„Hey, hey, was ist passiert?“

Ich hebe meinen Kopf und schaue in Moons besorgtes Gesicht. Hinter ihm taucht Han Tae auf.

Na, super. Gerade jetzt lerne ich seinen besten Freund kennen, während ich absolut fertig mit der Welt bin. Ich bin bestimmt wutrot angelaufen und die Tränen, die mir in den Augenwinkel stehen, sind ebenfalls nicht der Zustand, in dem ich ihn begegnen wollte. Schlimm genug, wenn Moon mich so erlebt.

Moon beäugt mich und wischt mir mit dem Daumen die Tränen aus dem Gesicht. „Willst du drüber reden?“

Ich schniefe, komme schleichend runter. „Nein, also, ja, aber nein. Erzähl du mir lieber, wie es bei euch gelaufen ist. Hallo Han Tae." Unsicher, was ich tun soll, deute ich eine höfliche Verbeugung an.

Er hebt einen Mundwinkel und neigt seinen Kopf ein kleines Bisschen. „Schön, deine Bekanntschaft zu machen, Anni. Du darfst mich gerne Teddy nennen. Weil du Moons spezielle Freundin bist." Er wackelt mit den Augenbrauen.

„*Hyung*", zischt Moon. „Jeder nennt dich Teddy." Dann flüstert er mir ins Ohr: „Stage Names bleiben hängen."

„Ach ja, *Voice?*", stichelt Han Tae – Teddy. „Nennt sie dich auch so?"

Ich muss über den Schlagabtausch innerlich schmunzeln und glaube, dass sich die Anfänge eines Grinsens auf meinen Lippen bilden könnten. „Also, Teddy. Ich nenne Moon nicht *Voice*. Das müsste nämlich voraussetzen, dass ich ihn als Idol kennengelernt habe." Gespielt anklagend mustere ich meinen Freund, dessen Lippen zu einem schmalen Strich werden, was ziemlich putzig aussieht.

„Moon-hee-*ya*? Was hast du angestellt?"

So wie sich die beiden anreden, habe ich plötzlich das Gefühl, mitten in einem K-Drama gelandet zu sein.

„*Hyung.*" Er tätschelt Teddys Schulter und hakt sich bei mir ein. „Anni? Was haltet ihr davon, wenn wir uns ein Eis holen und über andere Dinge reden?"

Auf dem Weg zu meinem Lieblings-Hinterhofcafé erzählen die beiden von dem Treffen mit Moons Eltern. Teddy erwähnt ein bisschen zu oft, dass seine Mutter Moon immer wieder eins übergebraten hat – liebevoll.

Sein Vater hat ihn aber wohl zu Hause mit dem Pantoffel in der Hand gedroht, ihnen nie wieder Sorgen zu bereiten.

Als wir einen freien Platz gefunden haben und die Kellnerin auf uns zukommt, sagt Moon: „Iss nicht zu viel, wir sind von meinen Eltern zum Abendessen eingeladen."

Schlagartig wird mir schlecht. „Du hast ihnen von uns erzählt?"

Teddy kichert hinter vorgehaltener Hand. „Entschuldige, aber es war nicht zu übersehen, dass zwischen euch etwas läuft, so süß, wie du ihn zu uns geführt hast."

„Oh."

„Was darf ich euch bringen?", unterbricht uns die Kellnerin.

„Für mich bitte nichts", winke ich ab.

Moon schüttelt belustigt den Kopf, wendet sich aber der Kellnerin zu. „Zwei Iced Americano, bitte."

Würde mein Herz nicht so schnell pochen und ich meinen Puls auf der Zunge spüren, würde ich es süß finden, dass er für Teddy mitbestellt, obwohl er zuvor keinen Wunsch geäußert hat.

Die Kellnerin zückt Zettel und Stift. „Zwei gestreckte Espressi auf Eis und mindestens zehn Servietten."

Sie erinnert sich also an unsere letzte Misere und bringt Moon und mich damit zum Lachen, während Teddy mit leicht schiefgelegtem Kopf versucht, zwischen den Zeilen zu lesen.

„Lass mich raten. Der Tollpatsch hat seinen Kaffee umgekippt."

Erstaunt nicke ich. „Nicht nur seinen."

„Manchmal frage ich mich, wann er je lernt, mit seinen langen Gliedmaßen umzugehen. Du hättest sehen müssen, wie er als Trainee versucht hat, mit seinen Storchenbeinen zu tanzen."

„Bitte erzähl mir mehr", fordere ich aufgeregt.

Als Teddy den Mund öffnet, legt Moon ihm die Hand auf den Mund. „Nein, wird er nicht."

Die Vertrautheit der beiden bringt mich zum Schmunzeln. Plötzlich sehe ich an ihrer Stelle Kira und mich. Wir verstehen uns ebenfalls ohne viele Worte, triezen uns und packen unsere Unterhaltungen voll mit Insider-Bemerkungen.

Nachdem wir unsere Bestellung inklusive einer ganzen Küchentuchrolle erhalten haben und die Stimmung wieder aufgelockert ist, frage ich Teddy: „Bist du hier, um deine Eltern zu besuchen?"

Bevor er mir antwortet, sieht er eine klitzekleine Sekunde zu Moon neben mir und dann doch in meine Augen. „Ich habe sie und meine Schwester Li-na sehr vermisst. Auch Moon-hees Eltern. Wir sind alle praktisch zusammen aufgewachsen."

„Dann verbringt ihr ja schon euer ganzes Leben zusammen", meine ich und Teddys Gesicht verfinstert sich.

„Tun wir. Deswegen haben die letzten Monate ganz schön weh getan. Seoul ohne meinen besten Freund ist irgendwie nicht das Wahre." Seine plötzlich betrübliche Miene will nicht zu ihm passen.

Ich bin überzeugt davon, dass er dazu geboren ist, eher einen amüsierten oder sogar weltverurteilenden Gesichtsausdruck zu tragen. Aber nicht diesen traurigen. Also setze ich mein breitestes Lächeln für ihn auf.

„Du bist aber nicht hier, um ihn zu kidnappen, oder? Da musst du erst an mir vorbei."

Moon verschluckt sich und hält sich gerade rechtzeitig die Hand vor den Mund.

Ich reiche ihm amüsiert kopfschüttelnd ein Stück von der Küchenrolle und lache ihn gemeinsam mit Teddy aus.

„Sorry", brummt er, während Teddy lediglich mit den Schultern zuckt, er scheint Moons Schusseligkeit mehr als gewohnt zu sein.

„Ausgeschlossen, dass du mir diesen Tollpatsch wieder klaust. Mein Leben wäre nicht mal mehr halb so witzig."

Teddy öffnet den Mund, schließt ihn aber wieder, als Moon ihn scharf *Hyung* nennt. Stattdessen grinst er überfreundlich. „Wir werden einen Weg finden, ihn zu teilen."

Ich hebe prostend Moons Americano. „Darauf stoßen wir an."

Teddy greift zögerlich sein Glas, lässt es dann aber an meins klirren.

„Themenwechsel", schlägt Moon vor. „Willst du mir erzählen, warum du vorhin aufgelöst warst, oder ist es dir vor Teddy unangenehm?"

Ich winke ab. „Ach, eigentlich war es gar nichts Dramatisches. Nur ein doofes Gespräch mit meinen Eltern. Ich habe ihnen endlich die Wahrheit gesagt. Über A2Z, über die WG, über den neuen Plattenvertrag."

Moon saugt die Luft scharf ein.

„Ja, ich weiß, es war etwas voreilig, weil wir ihn noch nicht unterschrieben haben, aber, mal ehrlich, was soll auch dazwischenkommen? Also, alles gut. Hat sie eh nicht sonderlich interessiert."

Mein Freund nickt stumm. Nickt nochmal. Nickt wie ein Wackeldackel.

Da erhebt sich Teddy. „Leute, es war schön mit euch. Ich bin noch mit Li-na verabredet. Aber, hey, wir sehen uns später." Er zwinkert mir zu. „Es war mir eine Ehre, dich kennenzulernen. Du bist in echt noch hübscher als auf eurem Video von der Teenieparty." Dann geht er mit hochgezogenen Schultern.

Ich rücke meinen Stuhl etwas zurecht, damit ich mich Moon besser zudrehen kann. „Was ist hier los?"

Moon starrt mich an.

„Ich bin nicht blöd. Irgendetwas fühlt sich komisch an. Keine Geheimnisse."

Er sackt seufzend in sich zusammen, als hätte man die Luft aus einem Luftballon gelassen. Er schaut mir nicht mal mehr in die Augen, sondern fixiert seine Hände, die er fest auf den Schoß presst. „Teddy ist tatsächlich nach Deutschland gekommen, um mich nach Seoul zurückzuholen."

Mein Herz setzt einen Schlag aus. Dann noch einen. Bemüht sich dann, diesen einfachen Satz zu begreifen, den mein Kopf bereits schon verarbeitet.

„Ein noch relativ junges Seouler Entertainment, das quere Artisten unterstützt, ist auf die Jungs zugegangen. Sie wollen *L8D8* unter Vertrag nehmen. Uns alle vier."

Ich lasse die Worte sacken. Das sind großartige Neuigkeiten für ihn, aber ... „Ihr würdet weiter Musik machen. In Südkorea?"

Er beißt sich auf die Lippe und nickt, weicht meinem Blick standhaft aus. „Wir können da weitermachen, wo wir aufgehört haben. Dürften das tun, wofür wir unsere ganze Jugend lang trainiert und gelebt haben. Aiden und In-su dürfen sogar offiziell zusammen sein. Natürlich würden wir mit viel Hate umgehen müssen, aber wir hätten ein Entertainment, das hinter ihnen, hinter uns steht. Egal, was kommt."

Obwohl ich sie nicht kenne, freue ich mich für die beiden. Aus tiefstem Herzen. Auch wenn ich gerade dabei bin, ein Stück von meinem hergeben zu müssen, denn genauso fühlt es sich verdammt nochmal an. Der bloße Gedanke, Moon nicht mehr täglich zu sehen, lässt die alten *A2Z*-Wunden wieder aufreißen. Gerade, als ich dachte, sie heilen. Die große Karriere mit Moon, mit ihm Musik zu machen, gemeinsam berühmt zu werden – all diese naiven Wünsche und Träume zerplatzen einfach vor mir wie Seifenblasen. Puff, weg sind sie und ich bin gezwungen zu erkennen, dass die Realität über mich hereinbricht. Die vergangenen Tage war es vielleicht alles etwas zu gut gelaufen ...

Aber Moon und ich sind nicht lange genug zusammen, um egoistisch zu sein und ihn zu bitten, wegen mir in Deutschland zu bleiben. So rational kann ich gerade noch denken.

Ich greife nach seinem Kinn und hebe es an, sodass er mich endlich ansehen muss.

Und er tut es.

„Moon. Freu dich, raste aus, schrei vor Glück. Das alles darfst du, hörst du?" Tränen treten mir in die Augen, doch ich meine das, was ich sage. „Ich bin ehrlich. Es ist absolut große Scheiße, dass wir keine Musik zusammen machen können. Aber das? Das ist die Chance deines Lebens. Ergreife sie. Du vermisst deine Member, oder? Du vermisst es, richtig zu performen, du vermisst Seoul."

Er greift nach meinen Händen und umschließt sie fest. „Ich würde lügen, wenn ich behaupte, ich würde das alles nicht vermissen. Aber ... was wir zusammen angefangen haben, die Musik, das mit *uns*, das kann ich doch nicht einfach zurücklassen." Plötzlich strahlt neue Begeisterung aus ihm. „Komm mit. Komm mit mir nach Seoul. Teddy hat gemeint, es gäbe kein Datingverbot mehr für uns. Wir könnten dort offiziell zusammen sein."

Ich lächle zwar und mein Herz schlägt einen verräterischen Takt schneller, aber die Träne, die mir über die Wange läuft, mahnt mich zur Besinnung. „Ich muss kein Profi sein, um zu wissen, dass der K-Pop dir keine freie Minute lässt. Ihr müsst euch erst wieder reinfinden. Ihr werdet kaum Zeit zum Atmen haben. Und was mache ich dann? Mich in einem Einzimmerapartment verkriechen, das ich mir nicht leisten kann und aus dem ich mich nicht heraustraue, weil ich weder die Sprache noch die Kultur gut genug kenne, um dort ein eigenes Leben zu führen?" Meine Stimme zittert und ich schlucke hart, damit aus dem Zittern kein Schluchzen wird.

Auch seine Augen schimmern verdächtig. „Das war eine blöde Idee, tut mir leid. Ich möchte bloß, dass du weißt, dass ich dich nicht einfach zurücklassen will. Frau Chén hat immer nur von uns beiden als Duo geredet."

Er spricht nicht weiter, aber der gleiche Gedanke spukt auch mir durch den Kopf. Sie hat immer betont, dass sie an uns beiden interessiert ist, Solisten hat sie bestimmt genug.

„Auch das ist okay." Mit aller Kraft dränge ich ein Wimmern herunter. „Es gibt andere Labels da draußen. Ich finde bestimmt einen Job, der mich über Wasser hält."

„Lass dich aber nicht wieder von Hannes zu irgendetwas überreden."

Wir lachen unglücklich und es klingt verzweifelt.

„Nein, ich werde definitiv etwas Neues finden. Das werde ich ganz sicher. Und dank dir habe ich überhaupt den Mut gefunden, mit der Musik weiterzumachen. Das sehe ich alles nicht als Problem."

„Dann sind wohl nur wir das Problem." Er schnieft. „Ich mag das, was da zwischen uns ist, viel zu sehr, als es aufzugeben."

Neben uns räuspert sich jemand. Es ist die Kellnerin, die sachte für jeden von uns ein Küchentuch von der Rolle reißt und es uns reicht. „Ich will mich nicht einmischen. Aber das ist gerade super herzzerreißend und ich spreche aus eigener Erfahrung, wenn ich sage, dass Fernbeziehungen gar nicht schlimm sind." Dann verschwindet sie mit Teddys Glas in der Hand nach drinnen.

Ich presse die Lippen aufeinander und nehme die lieb gemeinten Worte der Kellnerin an, bin aber nicht begeistert davon, dass sie uns offensichtlich belauscht hat. „Vielleicht haben wir nicht den besten Ort für solch ein Gespräch gewählt."

Moon schüttelt den Kopf. „Vermutlich nicht."

Es wird ruhig zwischen uns. Ich spinne den Gedanken einer Fernbeziehung weiter.

„Ich würde gerne dran glauben, dass eine Fernbeziehung funktioniert", sage ich schließlich. „Aber da stehen wir vor dem gleichen Problem. Hast du regelmäßig Zeit zum Skypen? Kannst du zwischendurch viel texten?"

Er lässt die Schultern hängen. „Nein."

Ein letztes Mal für heute möchte ich mich zusammenraufen und ihm ein Lächeln schenken, und strenge mich an. Es funktioniert. „Geh mit Teddy und versuch es. Lebe dein Leben und halte mich auf dem Laufenden, wann immer es dir passt. Ganz ohne Verpflichtungen oder Druck." Zwar halte ich die Mundwinkel oben, aber mit einem bitteren Schluchzen in der Stimme rede ich weiter. „Schicke mir witzige Postkarten, ein Carepaket mit den besten koreanischen Süßigkeiten, die du verschmähst. Ich will doofe Selfies von dir und deinen Membern. Zeig mir, dass du glücklich bei dem bist, was du tust."

„Wieso klingt das jetzt schon wie ein Abschied?" Er mustert mich aus schockgeweiteten Augen. „Anni. Ich bin bestimmt noch eine Woche da, um alles zu regeln. Solange –"

„Solange solltest du Zeit mit deiner Familie verbringen. Du hast Monate verschwendet, in denen du sie hättest besuchen können. Ich bitte dich, es für uns leichter zu machen." Mir dreht sich der Magen um, aber ich halte es für die beste Entscheidung. „Ich wünsche mir, dass du nach Hause gehst. Packe die albernen rosa Crocs und deine anderen Sachen aus der WG, verabschiede dich von Hannes und Kira. Dann ziehst du, bis dein Flug geht, zu deinen Eltern. Ich will, dass sie auch noch etwas von dir haben."

„Anni ..." Er lehnt sich nach vorn und seine Stirn an meine. „Ich sollte mich freuen. Warum tut es aber gerade so weh, als würde ich alles verlieren, was mir je etwas bedeutet hat?"

Ich antworte ihm nicht. Lasse den bittersüßen Tränen freien Lauf und genieße es, ihm das letzte Mal nahe zu sein.

Kapitel 12

Das Kapitel, in dem ich auf Autopilot schalte.

Ich bin Mara dankbar, dass ich ein paar Tage bei ihr unterkommen durfte und dass sie und Kira sich das Geheule über mein gebrochenes Herz angehört haben. Aber es wird Zeit, endlich in meinem eigenen Bett zu schlafen.

Dummer Gedanke. Denn als ich die WG-Tür öffne und einsame Stille mich empfängt, wird mir klar, dass ich ab heute in einem neuen Bett schlafen werde. Nach Moons Auszug ist sein Zimmer frei. Das Zimmer, das ich eigentlich von Anfang an beziehen wollte.

Bevor ich meinen neuen Rückzugsort betrete, atme ich tief ein, mache mich darauf gefasst, ihn als das zu sehen, was es sein wird: ein leerer, unbewohnter Raum.

Ich wage den Schritt, öffne auch diese Tür und werde überrascht. Er ist nicht ganz leer. Bei der kleinen Sitzecke am Erker lehnt meine alte Gibson Westerngitarre. Die blaue Gitarre, die ich Moon gebeten hatte, in Zanes und meiner Wohnung zurück zu lassen. Und sie ist nicht allein. Auf dem Polster liegt Moons grüne Basecap. Die, die ich ihm sowieso klauen wollte. Und unter ihr befindet sich ein gefaltetes Stück Papier. In wunderschön geschwungenen Buchstaben ist mein Name darauf gezeichnet.

Ich setze mich, lege mir Moons Cap auf den Schoß und lese den Brief.

Liebe Anni,

ich war in deiner alten Wohnung, dort habe ich deinem Nachmieter eine Menge Geld für die Gitarre in die Hand gedrückt, die ihm eigentlich nie gehört hat. Manchmal hasse ich Menschen, aber verrate das bitte niemandem, da es meinem Ansehen als Idol schaden würde. Stell dir vor, dass ich dir an dieser Stelle zuzwinkere.

Mach mit der Musik weiter. Schicke mir mindestens alle zwei Tage einen Song, den du auf dieser Gitarre spielst.

Ich gebe zu, das ist vollkommen egoistisch von mir. Denn ich will deine Stimme hören, wann immer ich will. Ich vermisse sie nämlich bereits jetzt.

In Liebe, Moon.

P.S. halte die Cap in Ehren und benutze sie, wann immer du dich vor der Welt verstecken musst

Gerade ist mir sehr nach verstecken. Ich möchte mich vor den Tränen verbergen, die mich überkommen. Behutsam lege ich den Brief zur Seite, bevor ich ihn nasstropfen kann. Dann setze ich mir die Cap auf, die nach Moon riecht, und greife nach meiner Gitarre. Ihr vertrauter Klang geht mir durch Mark und Bein. Als hätte er geahnt, dass ich sofort das Bedürfnis verspüre, sie in die Hand zu nehmen, hat er sie bereits gestimmt. Ich zupfe wahllos an den Saiten und lasse mich von der Melodie davon treiben. Gewähre mir, laut zu schluchzen, weil es keiner über die Akkorde hinweg hört. Kein Nachbar, kein Mensch auf der Straße. Hier gibt es nur mich und meine Gibson.

Nachdem die letzte Saite verstummt, reiße ich mich zusammen und beginne, meine Sachen aus Kiras Zimmer in mein neues zu tragen. Dabei stolpere ich unzählige Male, weil ich zu viel auf einmal von A nach B bringe und mit meinen Socken auf dem Boden ausrutsche. Und niemand ist da, um mich auszulachen. Moon hätte gelacht und vorgeschlagen, Crocs für mich zu kaufen. Dann hätte ich verächtlich gegrunzt und er noch lauter gelacht. Herzlich. Mit dieser dunklen Stimme ...

Als ich fertig bin, begutachte ich mein Werk. Es ist lächerlich, wie wenig das Zimmer nach *mir* aussieht. Mein erster Gedanke damals war, dass ich hier heilen könnte. Die großen Fenster, die einladende Sitzecke mit den mintgrünen Zierkissen und die unaufdringlichen Vorhänge halten ihr Versprechen nicht. Ich fühle mich beschissen.

Die kommenden Wochen verbringe ich wie auf Autopilot. Alles rauscht an mir vorbei und ich sitze definitiv nicht am Steuer. Bin der dumme Beifahrer, der Ratschläge verteilt und versucht, zu bremsen, umzudrehen oder eine neue Richtung einzuschlagen, aber der Fahrer hört nicht auf mich.

Natürlich wollte mir Frau Chén keinen Vertrag als Solistin geben. Dafür einen Arbeitsvertrag, befristet auf vier Monate, als Assistentin ihrer Assistentin Lisa. Nun digitalisiere ich uralte Aufzeichnungen und verbringe viel Zeit damit, Unterlagen für die Buchhaltung zu sammeln – da hätte ich auch den Job bei Onkel Peter in seiner Steuerkanzlei annehmen können. Zumindest darf ich hier ab und zu Tommy beim Schnitt über die Schulter schauen.

Heute ist er leider total geladen, weil nichts klappt, wie er sich vorstellt, und ich verkrümele mich lieber in mein fensterloses Büro, was man eher als Abstellkammer im Grundriss ausweisen sollte. Dann klage ich Moon mein Leid und prompt schickt er mir ein kurzes Video zurück, wie er es schon öfter getan hat. Er filmt sich dabei, wie er dumme Tänze zu noch dümmeren Liedern aufnimmt. Heute hat er sich für den Ententanz entschieden, was mir mehr als nur ein Lachen entlockt. Wie auf Wolke Sieben grinse ich das Display an und lasse für einen Moment zu, dass ich mich nicht allein fühle. Tu so, als würden wir eine Beziehung führen und uns mit solch albernen Kleinigkeiten ein Lächeln ins Gesicht zaubern, auch wenn wir 8.500 Kilometer entfernt voneinander sind.

Dann höre ich das mahnende Geräusch von Frau Chéns klackernden High Heels und nehme Abschied von Moon und meiner Happy Pill, die es zumindest für einen Moment geschafft hat, dass ich mich einer Illusion hingebe.

Apropos Illusion ... Meine Gesangskarriere geht da weiter, wo sie aufgehört hat.

Ich lade regelmäßig Cover auf YouTube hoch, aber allein ist das ziemlich traurig. Alte Fans freuen sich sehr, dass ich zurück bin. Ich bemühe mich, auf allen Social-Media-Posts zu grinsen und eine glückliche Anni zu zeigen, aber in Wahrheit bin ich festgefahren.

Kira, Mara, Hannes und sogar Betty versuchen, mich überall mit einzubinden, wo es möglich ist. Wir treffen uns sogar jeden Sonntag zum Brunch in der WG, die meiste Zeit verbringe ich aber tatsächlich allein in dem mittlerweile viel zu großen, einsamen Apartment. Außer ich skype mit Moon, denn dabei spüre ich seine Nähe. Zwar auf eine seltsame Art und Weise, aber er ist da.

Gerade schwärmt er von der neuen Wohnung, die er zusammen mit Teddy bezogen hat. Sie mussten lange warten, bis im selben Komplex wie In-sus und Aidens Dorm etwas für sie frei war.

„Endlich fühle ich mich angekommen." Seine Augen funkeln, als er mir von dem Ort erzählt, an den er gehört. Eine Sekunde lässt er die Schultern hängen, in der nächsten schwärmt er von den Lichtern bei Nacht. Durch die trübe Luft sind selten Sterne zu entdecken, aber für ihn ist das Leuchten der tausend Reklametafeln besser. Sie zeigen ihm, wie viel Leben dort herrscht. Wie jeder in dieser Stadt 24/7 alles gibt.

„Aber genug von mir, was hast du heute angestellt?" Er legt sich auf den Bauch und die Matratze unter ihm knarzt, dann fährt er sich durch das Haar, was mich daran erinnert, wie gern ich meine Finger darin vergraben habe. Wir hatten definitiv nicht genug Zeit im Bett zusammen.

„Anni?"

„Hmm?" Ich schmecke Eisen. Da habe ich mir bei der Erinnerung wohl zu sehr auf die Lippe gebissen. „Ach so, ja. Mein Tag." Gern würde ich ihm etwas Interessantes erzählen, das mit seinen aufregenden, vollgepackten Tagen mithält, aber es gibt schlichtweg nichts zu berichten. Außer ...

„Kira wollte sich in einem tollen Burgerlokal mit mir treffen. Du ahnst nicht, wo sie mich hingeschleppt hat."

Kurz überlegt er. „Bitte sage nicht Günthers Burger."

„Dingdingding, der Kandidat hat hundert Punkte.“

Hat er gerade noch gelacht, schwächt sein schwereloses Grinsen augenblicklich ab. „Da wäre ich gerne mit dir hin.“

Schwere breitet sich in mir aus, ich will sie aber nicht zulassen. „Sobald du uns besuchen kommst, gehen wir zusammen hin und nörgeln an allem herum, was sie uns bringen.“

Und da ist wieder ein Grübchen zu erahnen. „Vergiss aber nicht, dass seine Angestellten nichts dafürkönnen.“

Ich zwinkere. „Du weißt, wie ich das meine.“

Wir halten eine kleine Weile weiter Smalltalk und mir fällt auf, dass er eisern einen Bogen um das Thema Besuch macht. Idiotisch von mir, das zu erwähnen. Uns war klar, dass wir sehr lange keine Zeit mehr miteinander verbringen werden. Die Telefonate und Kurznachrichten müssen reichen.

Wir schaffen es bereits über einen Monat, alle paar Tage zu telefonieren, er textet viel und ich habe schon zwei super kitschige Postkarten von ihm bekommen. Obwohl mich jede Nachricht anschreit, dass ich nicht an der fixen Vorstellung festhalten soll, dass der Kontakt für immer hält.

Ich bereue es nicht, dass ich ihn nicht noch einmal getroffen habe, solange er in Deutschland war.

Obwohl, nein, das stimmt nicht. In diesem Moment bereue ich es, denn ich habe einen Vorablink zu unserem gemeinsamen Song erhalten. Frau Chén hat sich den Juni ausgesucht, um ihn zu releasen, da er perfekt in die Sommerzeit passt.

Moon und ich wollten uns das Musikvideo erst bei der Premiere anschauen, mehr als den Rohschnitt vom Lied hatten wir selbst nicht gehört. Aber *L8D8* versinkt aktuell in den Aufnahmen zu ihrem heiß ersehnten Comeback und Moon hat mir seit ein paar Tagen auf keine meiner Nachrichten geantwortet. Da ich gerade das Warten leid und allein in der WG bin, treffe ich die wohl dümmste Entscheidung überhaupt: Ich setze mich vor den Laptop und drücke auf Play.

Der gedimmte Kinosaal, der schwarz-weiß Film, wir. Die Atmosphäre ist verdammt romantisch und gemütlich. Mein Herz saugt das Gefühl ein, welches das Musikvideo mir vermittelt – oder es ist eher die Erinnerung an dieses Gefühl, die in mir wach wird? Wie wir das Ding gedreht haben, wie wir an dem Song beinahe gescheitert wären, wie wir unser Fake Date hatten. Die Lyrics gehen mir durch Mark und Bein, ein bitterer Geschmack breitet sich aus, meine Nerven kribbeln nervös und ich möchte weinen. Korrigiere: ich weine. Wie ein Schlosshund. Wie jemand, der etwas Kostbares verloren hat. Wie jemand, dem jedoch bewusst ist, dass es dem kostbaren Menschen jetzt bessergeht, weil er das tun kann, wozu er geboren wurde, wofür er jahrelang hart trainiert hat. Ach, verdammt. Das alles ist zum Mäusemelken!

Ich bemühe mich, rational zu denken und die bitteren Gefühle herunterzuschlucken, wann immer ich ihm seinen Wunsch erfülle und ihm weiterhin regelmäßig etwas mit der Gitarre vorspiele und dazu übertrieben breit grinsend singe. Allerdings flacht die Motivation dazu ab, als er nach einem weiteren Monat Abwesenheit nur noch sporadisch auf meine Aufnahmen reagiert. Anfangs hat er, sofern ihm das Lied bekannt war, seine Version des Songs zurückgeschickt und somit die Schmetterlinge in meinem Bauch gefüttert. Ihnen neuen Wind zum Fliegen geschenkt. Ich hätte ihm unglaublich gern gesagt, dass ich mich trotz der Entfernung immer mehr in ihn verknallte. Der Drang schwächt jedoch ab, als er die Songs ignoriert, um mir sein Leid zu klagen, wie schwer das Tanztraining ist, wie anstrengend es ist, Social-Media-Posts vorzubereiten, und wie müde er ist.

„Teddy ist vorhin einfach bei der Tanzprobe eingeschlafen. Fünf Minuten Pause und er pennt so tief wie ein Murmeltier." Die grauen Schatten unter seinen Augen verraten mir, dass er es ihm besser hätte gleichtun sollen.

„Und du? Wann hast du das letzte Mal mehr als drei Stunden geschlafen?" Ich checke die Uhr und rechne nach, wie spät es bei ihnen ist. „Musst du nicht in zwei Stunden zum Morgentraining?"

Kleinlaut nickt er.

„Wir sollten auflegen", brumme ich und schmolle, weil mir etwas schwer auf dem Herzen liegt, das ich ihm noch nicht erzählen konnte.

Kritisch schielt er in die Kamera. „Wir haben wieder nur über mich geredet. Was ist die Woche bei dir passiert? Du wirkst etwas down."

Etwas ist untertrieben. Eigentlich wollte ich mich gar nicht bei ihm über meine lächerlich blöde Situation beschweren, wenn ich mitbekomme, was er täglich für Hürden zu bewältigen hat. Aber auf der anderen Seite reicht es mir nicht, mich bei Kira auszukotzen.

„Also …“ Ich atme tief durch und blinzele an der Kamera vorbei, weil sich kleine Verrätertränen Bahn brechen. „Betty und Hannes wollen nach ihrem Studienabschluss zusammenziehen und ich muss mir in spätestens drei Monaten eine neue Bleibe suchen. Was schwierig werden dürfte, weil mein Arbeitsvertrag ausläuft und ich aktuell auch nicht sonderlich viel Gehalt bekomme, um irgendjemanden davon überzeugen zu können, mich als vertrauensvolle, pünktlich zahlende Mitbewohnerin aufzunehmen. Und wenn ich ehrlich bin, möchte ich in keiner anderen WG leben, weil mir die hier unglaublich viel bedeutet und … Ich werde zu sentimental, es tut mir …“

Na, toll. Als ich die Augen trockenwische und sie zurück auf das Display richte, sehe ich einen schlafenden Moon. Keine Ahnung, wie viel er überhaupt noch gehört hat. Ich könnte mich dafür ohrfeigen, dass ich diejenige bin, die sich verarscht fühlt. Warum kann ich es nicht einfach hinnehmen, dass er vielbeschäftigt ist und ich ihn mit meinen kleinen Wehwehchen nur die Restenergie raube, die er dringend für sich benötigt?

Es ist nicht das letzte Mal, dass er mich hängenlässt, als ich ihn brauche. Er döst leider auch weg, während ich ihm erzähle, dass Kira und Mara Pläne haben, im Ausland zu studieren. Ich fühle mich immer mehr allein. Und das in dieser verflucht großen Stadt …

Als der Sommer langsam dem Herbst das Zepter überlässt, erreichen mich mit jedem weiteren regnerischen Tag weniger Nachrichten von Moon. Es vergehen Wochen, in denen er sich nicht meldet. Und man sollte meinen, ich komme klar damit. Tue ich aber nicht. Ich lese jeden beschissenen Tag seine Briefe und Postkarten, während ich müde und emotional ausgelaugt an den letzten Süßigkeiten knabbere, die er mir anfangs regelmäßig geschickt hatte. Mir tut es auch nicht gut, *L8D8*s Comeback im Internet zu verfolgen. Auf seiner Mailbox hinterlasse ich ihm vor jedem ihrer Recordings für die Music Shows eine anfeuernde Rede, weil ich nicht imstande bin, ihn aufzugeben. Dass sich danach jedes Mal ein schweres Gefühl von nahendem Verlust auf mich legt, als wolle es mich unter sich begraben, nehme ich vorerst noch in Kauf.

Irgendwann wird ihm wohl klar, wie schlecht es mir geht.

„Es tut mir so unglaublich leid, Anni." Gerade ist er es, der mit den Tränen kämpft. Habe ich ihn schon mal so unglaublich traurig gesehen? „Ich habe deine letzten Nachrichten einfach ignoriert und das ist nicht in Ordnung."

„Das ist aber auch nichts Neues", entfährt es mir, bevor ich überhaupt über das nachdenken kann, was ich da sage.

Er blinzelt und sucht offensichtlich nach den richtigen Worten, wird jedoch von Teddy unterbrochen, der ihn etwas fragt, was ich nicht verstehe.

„Jetzt nicht!", fährt er seinen besten Freund an. „Kannst du mich bitte kurz in Ruhe lassen?"

Wow. So aufbrausend kenne ich Moon gar nicht.

Er beißt sich auf die Lippe, atmet tief aus und dann langsam wieder ein. „Es ist nur ... Wir sind seit gestern bei Aufnahmen für diese eine Music Show und schlafen auch hier Backstage. Ich hatte keine Zeit, auf mein Handy zu schauen."

Natürlich. Das geht bereits seit zwei Wochen so, schade nur, dass ich diese ganzen Infos von Fanaccounts und nicht von ihm selbst erfahre. Das Comeback ist hart. Sie nehmen jede Show mit, was bedeutet, dass sie mittlerweile fünf hinter sich und noch vier vor sich haben.

„Ich wünschte, du könntest hier sein." Er reibt sich die Stirn und rauft sich das Haar.

Ich lasse mich an der Küchentheke nach unten gleiten und hocke bockig auf dem Boden. „Wünschte ich auch."

„Aber ... ich habe eine Idee. Versuch, unsere Auftritte anzuschauen. Jedes Mal, wenn ich die Ending Fairy bin, dann mache ich ein Fingerherz. Das ist alleine nur für dich bestimmt."

Und tatsächlich hält er sein Wort. Immer, wenn die Kamera nach einem Auftritt zu ihm schwenkt, grinst er breit und ermutigend, legt Daumen und Zeigefinger übereinander und ich weiß, dass es für mich bestimmt ist. Diese simple Geste lässt mich weiter an ihm festhalten.

***

Heute ist ein Tag wie jeder andere. Ich wache total verdreht auf und untersuche mein Handy nach neuen Nachrichten, die mir Moon eventuell hätte hinterlassen können, wenn er tagsüber einen kurzen Moment Luft gehabt hätte. *Hätte, hätte, Fahrradkette.*

Ich hasse die sieben Stunden Zeitverschiebung zwischen Seoul und München, obwohl sie auch schlimmer sein könnte.

Diese Woche habe ich bisher kein einziges Lebenszeichen von ihm erhalten – zählt man den Instagram-Account von *L8D8* nicht mit, auf dem er ein unterhaltsames Bild zusammen mit Teddy hochgeladen hat. Wenigstens darf ihm sein bester Freund an seinen hübschen Hintern packen.

Genervt schlendere ich zombielike in die Küche, wo Kira und Mara den Tisch für unseren obligatorischen Sonntags-Brunch herrichten.

„Wieder nichts?“ Besorgnis schwingt in ihrer Stimme mit.

Ich schüttele antriebslos den Kopf.

Mara schnaubt. „Ich dachte, nach ihrem Comeback geht es etwas ruhiger bei ihnen ab.“

„Sie arbeiten am nächsten“, brumme ich in meine Handflächen, in die ich meinen Kopf auf der Theke stütze. „Aber das ist okay, immerhin sind wir nicht zusammen und er hat alle Freiheiten dieser Welt.“

Kira zischt verächtlich. „Ihr benehmt euch aber nicht wie Freunde. In jedem seiner zwanzig Briefe und gefühlt hundert Postkarten steht zwischen den Zeilen, wie sehr er dich vermisst.“ Sie parkt eine Tasse Kaffee vor meiner Nase, die ich dankbar annehme. „Und das nicht auf die platonische Art.“

„Da hat sie recht“, pflichtet Mara ihr bei. Sie geht am Tisch entlang, um auf jeden der fünf Plätze Besteck hinzulegen. „Wir bekommen vielleicht einmal im Monat eine copy and paste Wie-Geht-Es-Euch-Nachricht.“

Ich hebe anklagend den Finger. „Warum war dann bei den letzten zwei Videoanrufen Teddy mit dabei? Ja, ich darf mich nicht beschweren, schließlich war ich diejenige, die eine Fernbeziehung sofort schlecht geredet hat."

Kira lehnt ihren Kopf an meine Schulter. „Und darauf bin ich stolz. Alles andere wäre auch dumm gewesen und dir würde es viel schlechter als jetzt gehen." Sie umarmt mich fest von hinten und ich lasse den Kopf hängen.

„Trotzdem hasse ich es, wie es jetzt ist."

Mara kommt zu uns und nimmt uns beide in die Arme. „Und wir hassen es mit dir. Deswegen haben wir heute etwas Besonderes geplant."

Unser Gruppenkuscheln nimmt ein jähes Ende, als Hannes und Betty in die WG treten.

Kira haut ihrer Freundin auf den Po und hält den Finger an den Mund. „Pssst, es soll eine Überraschung werden."

Ich versuche gar nicht, ihr Getuschel zu verfolgen, nehme Hannes Brötchen und Gebäck ab und breite es auf dem Tisch aus. „Danke, habt ihr auch –"

„An dein Croissant gedacht. Ja, Anni", verkündet Betty stolz und schenkt mir ein breites Grinsen. Ich bin ihr dankbar, dass sie mich nicht mehr hasst. „Das Cover, das du gestern hochgeladen hast, ist ja richtig herzzerreißend."

„Ich hör das Lied seit ein paar Wochen in Dauerschleife", beichte ich und heiße direkt den Ohrwurm von *(G)I-DLEs I do* im Kopf willkommen.

„Und es ist lediglich Zufall, dass es ein Song von einer K-Pop-Band ist?" Hannes zuckt spielerisch die Augenbrauen in die Höhe, als er sich setzt und wir es ihm alle gleichtun.

Kira, die sich neben mir niedergelassen hat, schnappt sich meine Hand. „Sei ehrlich. Ich habe neulich das Koreanisch Lernbuch unter der Fernsehzeitung gefunden."

Ertappt greife ich nach meinem Croissant, drücke es platt und schmiere Erdbeermarmelade auf die Unterseite, was mich sofort an Moon erinnert. Ob ich deswegen jeden Brunch auf die süße Köstlichkeit bestehe?

Vielleicht.

Nein. Ganz sicher.

Mir egal, wenn ich mir dadurch einen Rettungsring anfuttere. Dann habe ich zumindest etwas, das mich in meinem Selbstmitleidsbad oben hält.

„Ignorier mich nicht." Kira kneift mich und ich haue ihr auf die Finger.

„Lass das."

„Rück mit der Sprache raus." Mara zeigt herausfordernd mit dem Buttermesser auf mich.

„Na gut, na gut", besänftige ich sie. „Leg das Ding bitte weg." Ich rutsche unruhig auf meinem Stuhl hin und her. „Ich habe vor drei Wochen mit einem Koreanisch-Kurs angefangen."

Alle Augenpaare sind auf mich gerichtet und alles, was zu hören ist, ist eine nervige Fliege, die eine Runde um uns dreht.

„Schaut nicht so. Ich mache das, weil ich die Sprache interessant finde. K-Dramen und K-Pop und so."

Natürlich müssen mich jetzt alle auslachen.

„Haha, total witzig", äffe ich sie genervt nach. „Dann glaubt mir halt nicht." Wie ein trotziges Kind verschränke ich die Arme vor der Brust, nachdem ich den

Rest Croissant in den Mund geschoben habe. „Zwei YouTuberinnen, mit denen ich schon zu A2Z-Zeiten kollaborieren wollte, haben mich angefragt, ein K-Pop-Cover aufzunehmen."

Mara klatscht in die Hände. „Oh, wer wer wer?" Durch ihren Gruftilook wirkt es jedes Mal urkomisch, wenn sie aufgeregt ist. Manchmal sehe ich da auch Parallelen zwischen ihr und Suga – dem Hund ihrer Schwester. Sie haben oft genug den gleichen Grad an Aufgeregtheit.

„Anita und Toni. Ihr Kanal heißt *OurDorm*. Kennst du sie? Sie machen viele K-Dinge. Sie spielen Szenen aus Dramen nach oder nehmen eben auch Cover auf."

Schnell schnappt sie sich ihr Handy und ich wette, sie sucht die beiden. „Ah, gefunden. Ja, von denen habe ich mal ein oder zwei Videos angeschaut."

Betty verlangt Maras Handy und skippt durch ein paar Videos.

Innerlich wische ich mir erleichtert den Schweiß von der Stirn, weil ich dem eigentlichen Thema vorerst entkomme. Es ist schwachsinnig, ihnen von meinem Plan zu beichten, Moon irgendwann in Seoul zu besuchen. Und ehrlich? Ich kann mit meinem Vokabular noch nicht mal nach dem Weg fragen. Also werde ich artig ein paar Jahre den Onlinekurs besuchen und alles Geld sparen, das im Monat übrigbleibt. Und wenn ich weiter ehrlich zu mir selbst bin, weiß ich, dass ich mir mit den paar Tantiemen aus dem Song mit Moon und den paar Kröten aus den Klicks auf YouTube nicht mal eine neue Bleibe leisten kann, sobald Hannes und Betty ihre Zusammenzieh-Pläne in die Tat umsetzen.

Mir vergeht jeglicher Appetit und ich lache lediglich gezwungen, wenn die anderen lachen. Ich weiß nicht einmal mehr, worum es geht, denn ich drifte in meine Selbstmitleidsblase ab, wo niemand sonst Platz hat.

Ein Klingeln lässt meine Blase jedoch zerplatzen und ich schrecke regelrecht zusammen, weil es Moons Kontakt ist, der da aufleuchtet. Ich habe es nicht übers Herz gebracht, ihn von *Hamburger* in ein schlichtes *Park Moon* umzubenennen. Zu gern denke ich an seine Rettungsaktion beim Flyerverteilen zurück.

„Ich bin gleich wieder da." Ich rücke den Stuhl zurück, fuchtele mit dem Handy in der Hand herum und verschwinde in einem Affentempo in meinem Zimmer.

Bevor ich den Videoanruf annehme, atme ich tief durch und mahne mich, nicht zu breit zu grinsen. Aber ich kriege die doofen Schmetterlinge in meinem Bauch schlichtweg nicht beruhigt, egal, wie schlecht mir ist und wie sehr ich mich auch bemühe.

Als ich den grünen Knopf drücke, ist es allerdings nicht Moon, der mir da entgegenschaut.

„Teddy?"

„Hey, hi, Anni." Moons bester Freund wirkt irgendwie zerknirscht. Er fährt sich unruhig durch die Haare und schaut zur Seite, dann wieder zu mir.

Mein Herz bleibt stehen. Es stolpert nicht, es bleibt einfach stehen. „W...was? Ist was passiert?!"

„Ja, also, nein, also, ja."

„Verdammt, Teddy. Stottere nicht herum und rück mit der Sprache raus, sonst schwöre ich dir, finde ich einen Weg, durch dieses Telefon zu kommen!"

„Ruhig, Braune." Ein jämmerlicher Versuch, mich runterzubringen. „Ihm geht es einigermaßen gut. Er hatte einen Unfall –"

„Einen Unfall?!"

„Ja, einen Unfall. Lass mich bitte ausreden. Er wird wieder. Er war unkonzentriert und wurde bei der Probe von der Pyrotechnik verletzt. Eine kleine Brandwunde im Gesicht und ein geprelltes Schienbein. Nichts, was in ein paar Tagen nicht wieder heile ist."

Ich verarbeite seine Worte und fokussiere mich darauf, dass es Moon gutgehen wird und es nicht schlimm ist. „Und er wollte, dass du mir von dem Unfall erzählst?"

Teddy wiegt den Kopf hin und her. „So, wie ich ihn kenne, wird er dir bestimmt von dem Zwischenfall erzählen ... Aber er weiß nicht, dass ich mir sein Handy geklaut habe. Ich wollte auch aus einem anderen Grund mit dir reden."

Stutzig versuche ich, ihn durch das Display zu lesen. Seine Körpersprache einzuordnen. Er ringt sichtlich mit sich, wendet dauernd den Blick von der Kamera ab.

„Es ist so ... Er ist nicht mehr er selbst. Er ist ständig unkonzentriert und ich erwische ihn oft, wie er regelrecht deine Videos auf YouTube inhaliert und alles um sich herum ignoriert. Irgendwie ist er auch total launisch. Ich kenne ihn gut genug, um zu merken, dass er glücklicher sein könnte."

„Und wie kann ich dir dabei helfen?"

„Komm her", sagt er, als wäre es das Einfachste der Welt. Als könnte ich alles stehen und liegenlassen, meinen Kram packen und ans andere Ende der Welt fliegen. „Moon-hee vermisst dich wie verrückt. Er erinnert mich an den liebeskranken Hund meiner Cousine. Besuch uns in Seoul und heiter ihn auf. Ich will sehen, ob es nicht doch die falsche Entscheidung für ihn war, mit uns weiterzumachen. Ich will die glücklichste Version von Moon. Und wenn es bedeutet, dass er die Gruppe verlässt, wird das verdammt weh tun, aber ... Er ist mein bester Freund. Du würdest auch alles für Kiara aufgeben, oder?"

„Kira", verbessere ich ihn. Natürlich würde ich alles in der Welt für sie in Bewegung setzen, vor allem, wenn sie sich selbst verletzt, weil sie neben der Spur ist. „Aber du kannst doch nicht wollen, dass *L8D8* gleich wieder aufgelöst wird."

Er schaut sich um, als wolle er sichergehen, dass niemand ihn belauscht. „Gruppen existieren weiter, auch wenn ein Member die Band verlässt."

Ich höre den Schmerz heraus, höre, wie ihn allein der Gedanke das Herz zerreißen muss. „Teddy. Ich habe gesehen, wie glücklich er war, als ihr in Seoul angekommen seid. Wie er von der Band und dem Comeback geschwärmt hat."

„Das war solange, wie ihr telefoniert habt. Sobald er das Handy weglegt, ist da diese ungewohnte Traurigkeit in seinen Augen. So kenne ich ihn nicht." Er senkt erneut den Blick und schüttelt den Kopf. „Komm bitte einfach her. Ich will mich selbst davon überzeugen, was für ihn am besten ist, okay?"

Ich werde langsam sauer auf Teddy. Er schafft es, dass tausend Fragen auf einmal durch meinen Kopf rasen.

Bin ich daran schuld, dass Moon abgelenkt ist? Bin ich dazu in der Lage, ihn glücklich zu machen, sollte ich mich tatsächlich dazu entscheiden, ihn zu besuchen?

Bin ich zu egoistisch, wenn ich auf Teddy höre, weil ich dann einen Vorwand habe, mein Verlangen nach Moon zu stillen?

Aber ich spreche nichts davon laut aus, sondern schiebe alle Emotionen beiseite und frage stattdessen: „Was sagen denn In-su und Aiden dazu? Kaum vorzustellen, dass sie oder euer Management mich gerne bei euch haben würden. Soweit ich weiß, sind Ablenkungen im K-Pop tabu."

Er nickt kräftig und druckst herum. „Sie ... sie sollten auch nicht unbedingt mitbekommen, dass du da bist."

„Das ist eine ziemlich dumme Idee." Absurd dämlich ist das.

„Ich kümmere mich um alles. Sag mir, wann du da sein kannst, und ich setze alle Hebel in Bewegung, dass es unser Geheimnis bleibt. Lass dir aber nicht zu lange Zeit, okay?"

„Stopp, stopp, stopp. Nicht so schnell. Wie stellst du dir das vor? Ich habe einen Job, zu dem ich erscheinen muss. Außerdem bin ich bald auf Wohnungssuche. Und das größte Problem ist das Geld. Wie soll ich mir eben mal ein Ticket leisten?"

„Anni?" Kurz bin ich verwirrt, weil das gerade nicht Teddys Stimme war. Kira lehnt im Türrahmen.

„Ich bin gleich wieder bei euch, gib mir eine Sekunde." Dabei klinge ich nöliger als beabsichtigt.

Sie öffnet die Tür weiter und hinter ihr sind Mara, Hannes und Betty versammelt. „Wir wollten nicht lauschen, aber du hast die Tür nicht geschlossen und wir haben alles gehört."

Ich massiere mir die Schläfe. „Lasst mich bitte einfach kurz –"

Hannes drängt sich nach vorn und winkt in die Kamera. „Hallo Han Tae", grüßt er Teddy höflich. „Ich bin Hannes, ihr Mitbewohner und Exchef."

Teddy verzieht das Gesicht zu einer verunglückten Grimasse. „Moon hat von dir erzählt."

„Ich nehme an, nicht viel Gutes."

„Nope."

„Aber ich habe gesagt, ich leiste Wiedergutmachung. Und das ..." Er reicht mir den Zettel. „... ist für dich, Anni. Wir wollten dich heute damit überraschen. Mara hat auch mit ihrer Mutter alles abgeklärt."

Verwirrt mustere ich ihn und das Stück Papier in meiner Hand. Es ist ein ... Flugticket.

Kneift mich mal wer?

Ich halte ein Flugticket nach Seoul zwischen meinen Fingern!

„Wie ...?", stottere ich und schiele zwischen Teddy und meinen Freunden hin und her. „Wie wusstet ihr ...?"

„Das ist wirklich ganz dummer Zufall", meint Mara, die sich mit Kira zu uns auf den Boden setzt. „Du warst in letzter Zeit super down und, na ja, wir wollten einfach, dass ihr euch mal wiederseht."

Teddy lacht. „Das ist grandios. Also, wann geht dein Flug?"

Ich lese die Daten, was sich schwer gestaltet, weil ich am ganzen Leibe zittere. In drei Wochen, wenn mein Arbeitsvertrag ausläuft. „Aber geht das denn einfach, brauche ich kein Visum?"

Kira schüttelt den Kopf. „Bis neunzig Tage darfst du visumfrei einreisen."

„Und mach dir keine Sorgen um die Rückreise. Wir wussten nicht, wie viel Zeit ihr braucht, also buchst du sie in Ruhe, sobald du wieder zurückkommen möchtest."

Ungläubig starre ich auf das Ticket. „Das kann ich unmöglich annehmen. Das ist viel zu teuer."

„Nimm es einfach an."

„Also soll ich blauäugig nach Südkorea reisen. Und wenn ich nach München zurückkehre, ist die WG weg, ich hab keinen Job und absolut keine Perspektive auf irgendwas."

„Dramatisch", rutscht es Teddy heraus, was ich daran ausmache, dass er sofort die Hand vor den Mund schlägt. „Sorry, aber das klingt alles ganz schön besch... eiden."

Hannes drückt meine Schulter. „Es ist vermutlich das Letzte, was du willst, aber ich habe immer eine Stelle für dich in der Agentur frei."

Betty grinst mich liebevoll an. „Darum kümmern wir uns hinterher gemeinsam. Genieße deine Zeit mit Moon in Seoul. Außerdem darfst du das Zimmer in der WG erstmal behalten. Kira hat auch noch nichts Neues in Aussicht, oder?"

Meine beste Freundin starrt die Decke an, tut so, als hätte sie den stummen Vorwurf geflissentlich überhört. „Also, wenn das mit dem Auslandssemester klappt, dann verzögert sich alles und irgendwie –"

„Dachte ich es mir", unterbricht Betty sie, allerdings nicht böse gemeint. „Ja, ich will unbedingt mit Hannes zusammenziehen. Aber bisher ist nichts unterschrieben. Keine Wohnungskündigung, kein neuer Mietvertrag. Ich glaube, ich habe auch ein bisschen was bei dir gutzumachen."

Hannes wendet sich seiner Freundin zu und küsst sie flüchtig. „Du bist die Beste."

Ich schaue mich in der Runde um. „Ihr seid alle die Besten." In diesem Moment bin ich dankbar für die Freunde, die mir geschenkt wurden. Auch wenn wir komische Zeiten durchgemacht haben und erst wieder zueinander finden mussten, weiß ich jetzt mit Sicherheit, dass ich auf sie zählen kann. „Okay."

„Okay was?", hakt Kira nach, obwohl sie sicher weiß, was ich meine.

„*Okay*, ich packe meine sieben Sachen und fliege nach Seoul. *Okay*, ich starte danach hier zum gefühlt zehnten Mal dieses Jahr einen Neuanfang. *Okay*, ich ziehe diese ganze verrückte Schnapsidee durch."

Kapitel 13

Das Kapitel, in dem ich den Knopf zur Hölle suche.

Nach elf Stunden Flugzeit, in denen ich Moons Cap wie einen Teddybären eisern umklammert hielt, habe ich endlich wieder festen Boden unter den Füßen. Koreanischen festen Boden. Zusammen mit meinem riesigen Koffer rolle ich nach draußen und bin absolut verloren. Verloren in dem hektischen Flughafentrubel, den tausend Fahrzeugen und dem Buchstabenkauderwelsch, den ich zu entziffern versuche. Dem Koreanisch-Kurs sei Dank kann ich die Schriftzeichen auf den Schildern zwar lesen, aber was sie bedeuten ... absolut keine Ahnung. Das Glück ist allerdings auf meiner Seite, denn einige Wörter wie Bus oder Taxi wurden quasi nur als Lautschrift vom Englischen ins Koreanische übersetzt. Und so, wie ich die Zeichen vor mich hinmurmele, schweift mein Blick eine Zeile tiefer, wo die englische Übersetzung abgedruckt wurde.

Ich knalle mir die flache Hand gegen die Stirn und beruhige mich innerlich. Nur, weil ich so aufgeregt bin, muss ich es mir nicht auch noch schwerer machen, als es eh schon ist.

Ich folge den Schildern zur Seouler Taxischlange und erinnere mich an zwei Tipps von Teddy. In kein schwarzes einsteigen, das sind die Luxuskutschen, die für die gleiche Strecke viel, viel mehr als die normalen Taxis verlangen. Also wähle ich einen silbernen Sedan und reiche dem Fahrer – Teddys zweiter Tipp – ein Kärtchen mit seiner und Moons Adresse in Gangnam. Der Fahrer nickt, verstaut mein Gepäck im Kofferraum und dann geht es los.

Ich merke schnell, dass mein Fahrer der englischen Sprache nicht mächtig ist, und unternehme auch keinen weiteren Versuch, eine Konversation zu beginnen. Stattdessen klebe ich regelrecht am Fenster und beobachte eine ganze Stunde, wie ich in ein völlig neues Leben steuere. Die Schrägseilbrücke zwischen Incheon und Seoul ist monströs und ein wenig angsteinflößend. Ich hatte irgendwo gelesen, dass sie zwölf Kilometer lang ist. Zwölf. Die ist halb so lang, wie München breit ist!

Während langsam die Skyline von Seoul vor mir auftaucht und schreckliche Musik aus dem Radio dudelt, die definitiv wie Schlager-K-Pop – oder K-Schlager? – klingt, fühlt sich hier alles echter an.

Der Gedanke, den ich im Flugzeug mit aller Gewalt unterdrückt habe, klopft unerbittlich an meine Schläfe. Was ist, wenn Moon mich gar nicht hier haben will? Wenn sich Teddy geirrt hat und er nicht wegen mir neben der Spur ist?

Apropos Teddy, er textet mir gerade, dass ich mich in die Tiefgarage kutschieren lassen soll und er mich dort abholen wird. Er schreibt mir einen Satz, dem ich dem Fahrer laut vorlese. Drei Mal. Vermutlich habe ich ihn die ersten beiden Male beleidigt, beim letzten hat er mich aber verstanden, denn er nickt kräftig und wiederholt das englische Wort *Underground* mit dem schlimmsten Akzent aller Zeiten. „*Ne, ne.* Undero-groundooo, underogroundooo!“

Ich halte den Daumen nach oben und bedanke mich. „*Gamsahabnida.*“

„*Ne, ne*“, wiederholt er und grinst von einer Wange zur anderen.

Auf der Seouler Seite angekommen, rasen wir lange, breite Straßen entlang, auf denen nicht viel Verkehr herrscht. Wir bezahlen artig die Mautgebühr und bahnen uns einen Weg weiter in die Stadt. Und da setzt das Film-Feeling ein. Hochhäuser, dichtbefahrene Straßen, riesige Kreuzungen und der Hangang neben mir. Der Fluss bringt etwas Ruhe in die hektische Umgebung und ich konzentriere mich, solange er in Sicht bleibt, lieber auf ihn als auf alles Riesige um mich herum.

Aber auch ihn lassen wir hinter uns und ich verfolge, wie die ersten Ausschilderungen nach Gangnam an mir vorbeirauschen. Mein Blick bleibt rein zufällig an einem Hochhaus hängen. *SM Town.* Hinter dieser Fassade, bestehend fast ausschließlich aus Fenstern, könnten gerade *EXO*, *SHINee* oder die tausend Subunits von *NCT* Tanztraining haben, Songs aufnehmen oder in Meetings brainstormen. Und nur wenige Ecken weiter, in unmittelbarer Nähe der großen *COEX Shopping Mal*l, parken wir in einer super kleinen Mini-Tiefgarage.

Der Fahrer gibt mir meinen Adress-Zettel zurück und deutet auf die anklagend hohe Zahl, die neben seinem Lenkrad leuchtet: 81.250. Die Währung in diesem Land ist absolut irre. Dass aber 10.000 Won umgerechnet gerade mal um die sieben Euro sind, erleichtert mich.

Habe ich es dennoch sicherheitshalber in meine Währungsrechner-App eingetippt, um sicher zu gehen? Man munkelt.

Also drücke ich dem Fahrer 90.000 Won in die Hand und gestikuliere, dass er das Wechselgeld behalten kann.

Doch statt Dankbarkeit zu zeigen, funkelt er mich erbost an und knallt mir das Rückgeld vor den Latz. Mit dramatisch quietschenden Reifen lässt er mich und meinen Koffer dann allein in der nach Gummi stinkenden Garage zurück.

„Na, fantastisch“, murmele ich, verstecke mein flugzeugplattes Haar unter Moons Cap und scanne alle Ecken nach Teddy ab, der hier eigentlich auf mich warten wollte. Ich schicke ihm eine Nachricht, aber die geht genauso wenig durch wie die zehn Anrufversuche.

Ich stampfe auf der Stelle und Panik steigt in mir auf, weil ich mich nicht allein nach draußen in diese fremde Stadt traue.

Ein Pington zieht meine Aufmerksamkeit auf sich und rettet mich. Ich eile mit meinem Koffer auf das Geräusch zu.

Aufzug gefunden!

Ein super attraktiver Kerl tritt aus ihm heraus, beachtet mich jedoch nicht, sondern eilt telefonierend zu einem Auto.

Egal, ich rolle meinen Koffer in Position und suche dann nach dem Knopf zum vierten Stock.

Wollen die mich veräppeln? Es stehen alle Zahlen von eins bis zwanzig auf diesem blöden Tastenfeld, aber keine vier. Ich lese noch mal meine Notiz. Ja, Teddy hat mir definitiv den vierten Stock genannt.

„Help?“, fragt plötzlich eine Frau in Businesskleidung neben mir und ich erschrecke fast zu Tode.

Wo kommt die denn her?

Ich strenge mein Hirn an und suche nach dem koreanischen Wort, obwohl es *Wörter* wohl besser trifft, weil den Koreanern ein Zahlensystem nicht genug ist. „*Sa*? *Net*?“ Keine Ahnung, welches im Zusammenhang mit Stockwerken richtig ist.

„*Ah, ne*. Four?“ Sie hält mir netterweise vier Finger vor die Nase.

Ich nicke eifrig.

Dann drückt sie auf den Knopf, gekennzeichnet mit einem F. „F is four. Because four means hell, so no number, just letter.“

Ihr Englisch ist zauberhaft, aber ich weiß nicht, ob ich es richtig verstehe. Was hat die Vier mit der Hölle zu tun? Bevor ich sie frage, werde ich das später bestimmt von Teddy in Erfahrung bringen. Also deute ich, von Moon perfekt gelernt, eine Verbeugung als Dank an und steige bei besagtem F-Stockwerk aus.

Ich recke meinen Hals weit nach links und rechts, um sicher zu gehen, dass ich allein auf dem Flur bin. Ich weiß nämlich nicht, wie gut es ankommt, wenn eine Frau vor einer Idol-WG gesehen wird. Mich wundert es eigentlich, dass auf dem Flur keine Security lungert und uneingeladene Gäste in hohem Bogen aus dem Komplex wirft.

Ich schüttele meine tausend Fragen bis auf die Vier-Gleich-Hölle-Frage ab und klopfe an der Tür zu Apartment Nummer 88.

„*Aish*", höre ich es auf der anderen Seite murmeln und ein Teddy mit großen, ungläubigen Häschenaugen öffnet mir. „Schnell rein mit dir."

Er reißt mir meinen Koffer förmlich aus der Hand und ich husche hinter ihm durch den schmalen Spalt hinein, den er mir gelassen hat.

„Warum hast du nicht unten gewartet? Wenn dich jemand entdeckt hätte ..."

„Ich habe aufgepasst", sage ich kleinlaut. „Und schnauz mich nicht an, immerhin bist du derjenige, der mich abholen wollte und mich dann vergessen hat."

„Weil du nicht geschrieben hast." Er schielt auf sein Handy, auf dem gerade in diesem Moment meine Nachricht angezeigt wird und auch, dass er zehn entgangene Anrufe hat. „*Aish*, das Netz ..."

„Funktioniert da unten echt hervorragend", ergänze ich ironisch. „Aber, hey, ich habe eure Wohnung gefunden und das, obwohl ihr auf der Höllenetage wohnt."

Er legt die Stirn in Falten. Dann schleicht Erkenntnis über sein Gesicht. „Der vierte Stock wird oft mit einem *F* für Englisch *four* gekennzeichnet, weil das chinesische Zeichen für vier übersetzt Hölle bedeutet."

Ich kann ihm nicht wirklich folgen, aber es stimmt zumindest mit dem überein, was mir die Dame versucht hat zu erklären.

Er winkt ab. „Ist ein Unglücksding. Kannst du nicht wissen, sorry." Dann legt er mir Stofflatschen vor die Füße, direkt neben Moons rosa Crocs, und bittet mich, meine Straßenschuhe auszuziehen.

„Dann geh bitte ein Stück nach hinten, weil ich bestimmt richtig schlimme Käsefüße habe." Es hätte mir unangenehm sein müssen, das vor einem fast Fremden zuzugeben, aber irgendwie fühle ich eine besondere Verbindung zu Teddy, die mich locker sein lässt. Immerhin ist auch er in München aufgewachsen und Moons bester Freund. Außerdem war er bei vielen unserer Skypegespräche direkt dabei oder ist durch den Hintergrund getanzt. Wie hatte Moon mal gesagt? Teddy ist ständig in Bewegung.

„Darf ich dich drücken?", fragt er mich, als er mich weiter nach drinnen führt.

„Gerne. Wenn dir der Schweißgeruch nichts ausmacht?"

Er rümpft die Nase. „Er ist zumindest nicht schlimmer als die Käsefüße."

„Hey!" Gespielt angesäuert knuffe ich ihm gegen die Schulter und er schlingt die Arme um mich.

„Ich bin froh, dass du hier bist."

„Und ich bin dankbar, dass du mich eingeladen hast. Du bist ein guter Freund für Moon."

Er versteift sich kaum merklich und lässt mich dann los. „Es wird immer schlimmer. Hat er sich in den letzten zwei Wochen bei dir gemeldet? Ich habe nichts mitbekommen."

Ich schüttele den Kopf und ein Gewicht von der Größe eines Elefanten legt sich auf meine Brust, als ich Teddys niedergeschlagene Miene sehe. „Vor einer Woche eine Nachricht, dass es ihm gut geht und ich mir keine Sorgen machen soll, falls ich was über den Unfall mit der Pyrotechnik höre. Dann hatten wir uns zwei, nein, warte, dreimal zum Telefonieren verabredet, aber daraus ist nichts geworden."

Teddy seufzt. „Das habe ich mir fast gedacht. Aber, hey, ruh dich erstmal aus. Er ist für mindestens zwei

Stunden bei seinem Vocalcoach. Ich habe heute für dich geschwänzt."

„Ich bin dir super dankbar", sage ich und etwas in mir wird gleich weitaus dankbarer sein. „Aber du hast gerade keine Ahnung, wie dringend ich auf die Toilette muss. Die zwei Wasserflaschen vom Flughafen bis hier wollen raus."

„Klar, sorry." Er öffnet eine Tür neben dem Schuhregal und ich erblicke den rettenden Thron. „Ich erkläre dir kurz, wie sie funktioniert."

Verdutzt beäuge ich ihn. Dann folge ich ihm zu der Schüssel und verdammt ... Da sind tausend Knöpfe, mit denen man ganz sicher auch eine Rakete starten könnte.

„Was zur Hölle?", entfährt es mir.

„Koreaner lieben ihre Toiletten", entschuldigt er sich mit einem Schulterzucken. Meine Verzweiflung dürfte ihm nicht entgehen.

Im Schnelldurchlauf erhalte ich eine Einführung in die Benutzung dieses Hightech-Teils. Mein Hirn ist gar nicht in der Lage, das Infodumping zu verarbeiten, da lässt er mich auch schon allein.

„Okay, challenge accepted", murmele ich.

Verrichteter Dinge möchte ich spülen und habe prompt vergessen, welcher dieser Knöpfe dafür vorgesehen ist.

Fuck. Da bleibt mir wohl nur eins – und das ist garantiert nicht, Teddy um Hilfe fragen. Auch nicht, stumm die Einweisung Revue passieren zu lassen. Nein, es ist: Ene, mene, muh.

Mit Schweißperlen auf der Stirn zähle ich aus und presse den Gewinner.

Drücken wir es so aus. Es war keine schlaue Idee, dabei den Kopf über der Schüssel hängen zu lassen, um gespannt zu verfolgen, was passiert.

Ich kreische vermutlich den ganzen Wohnkomplex zusammen, als mich der Wasserstrahl, der safe für den Hintern gedacht war, am Kinn trifft.

„Anni?! Alles okay da drin?!"

Ich wische mir das Powasser aus dem Gesicht und verfluche alles. „Hört es sich denn an, als wäre alles okay?!"

Einen zaghaften Moment ist nichts zu hören. Dann sagt er vorsichtig: „Die Spülung ist wie in Deutschland am Spülkasten. Links, ein bisschen seitlich versteckt."

Na, toll. Da ist sie und lacht mich aus. Dummes Ding.

Ich drücke sie, wasche mein Gesicht und rubble es an einem der zwei Handtücher ab. Würde mich nicht wundern, hätte ich das erwischt, das heute früh Teddys Gehänge abgetrocknet hat.

Ich trete aus dem Badezimmer und funkele Moons besten Freund wütend an. „Ich schwöre dir, wenn du auch nur ein Sterbenswörtchen darüber verlierst, bist du ein toter Mann."

Er hüstelt und gibt einen anderen belustigten Ton von sich, der sich schwer beschreiben lässt. „Jeder hat eine abenteuerliche Story zu seinem ersten koreanischen Toilettengang." Dann zwinkert er mir zu und schiebt einen Vorhang zur Seite, hinter dem eine klitzekleine Küche zum Vorschein kommt, die mit einem Raumteiler von einem schmalen Sofa und dem Fernseher abgetrennt ist. Gleich dahinter befinden sich zwei Türen. „Rechts ist Moon-hees Zimmer und das linke ist meines."

„Wo ...?“ Ich trete von einem Fuß auf den anderen. „Wo soll ich schlafen?“

Röte schießt ihm auf die Wangen, die perfekt zu seinem aktuell dunkelroten Haar passt. Nach dem, was gerade passiert ist, hätte ich nicht gedacht, dass er derjenige sein wird, dem etwas peinlich ist. „Ich bin gerade mit Aufräumen fertig geworden. Ich habe dir mein Bett frisch überzogen und extra Platz im Schrank gemacht. Fühl dich also wie zu Hause. Ich werde auf der Couch schlafen.“ Dann zieht er sich zurück und lässt mich in Ruhe auspacken.

Ich komm nicht umhin, mit Blicken seinen Kram in diesem spärlich möblierten Raum zu durchwühlen. Anhand der Poster an der Wand mache ich schnell aus, dass er ein riesiger Fan von Anime ist. Von One Piece bis hin zu Sailer Moon ist alles dabei. Die Poster sind in Miniformat akribisch in perfektem Abstand zueinander aufgehängt und bringen etwas Farbe in das sonst kühl wirkende Schlafzimmer.

Sein Bett ist klein, aber total gemütlich. So gemütlich, dass ich wegdämmere, ohne einen weiteren Gedanken an eine Dusche zu verschwenden.

***

Stimmen wecken mich. Im ersten Moment weiß ich gar nicht, wo ich bin. Die Welt dreht sich für einen Augenblick und ich taste verwirrt um mich. *In welchem Jahr befinde ich mich eigentlich?*

Meine Finger streichen über etwas Vertrautes. Moons dunkelgrüne Cap. Dumm, wie ich bin, lege ich sie mir über das Gesicht und vergrabe mich in dem bisschen Etwas, das noch nach ihm und seinem Haargel riecht.

Dann werde ich aufmerksam, spitze die Ohren. Teddy unterhält sich. In der Wohnung ist definitiv jemand und es ist nicht Moons tiefe Stimme, die ich da höre. Sie reden auf Koreanisch, wobei Teddy ziemlich gestresst klingt.

Schritte näheren sich gefährlich der Zimmertür und mein Puls beschleunigt sich.

Verdammt. Wenn mich jemand in Teddys Bett erwischt ...

Ohne weitere Zeit an ein Wenn und Falls zu verschwenden, rolle ich mich von der Matratze, lande hart und viel zu laut auf dem Boden und krieche komplett unter das Bett. Dort warte ich angespannt und gehe im Kopf bereits durch, was ich als Ausrede benutze, sobald jemand hereinstolpert.

Und, Mist, ich werde meine sorgfältig zurecht gelegten Worte brauchen, weil die Türklinke anklagend knarzend und in Zeitlupe nach unten gedrückt wird.

Ich schließe sogar die Augen. Wenn ich die Bedrohung nicht sehe, sieht sie mich auch nicht.

„Anni?" Das ist Teddy. Trotzdem warte ich ab, bevor ich mich zeige, denn, wie ich gelernt habe, heißt auch das Wort für *nein* auf Koreanisch *ani*. Irgendwann könnte mir die Verwechslung zum Verhängnis werden, heute ist aber nicht der Tag dafür, beschließe ich.

„Anni?", fragt Teddy erneut und ich zucke zusammen, als er plötzlich auf Knien mit seinem Gesicht gefährlich nahe bei meinem auftaucht.

„Scheiße, erschreck mich nicht so!"

„Sorry." Er bläst amüsiert die Wangen auf. „Aber was tust du da?"

„Ach, weißt du, ich wollte mir rein interessehalber dein Lattenrost mal von unten anschauen."

„Das klingt zweideutig", sagt er gelassen.

„Das war ein Scherz, du Idiot. Lass mich hier endlich mal vor."

Er hebt die Hände entschuldigend und geht zur Seite, damit ich vorkriechen kann.

„Ich hab Stimmen gehört und Panik bekommen", rechtfertige ich mein Versteck.

Teddy hockt sich auf das Bett. „In-su war gerade da und wollte sich ein Manga ausleihen. War ganz schön knapp. Der wäre fast schnurstracks hereinspaziert."

„Siehst du, dann war mein Instinkt doch nicht daneben."

„Hätte dein Instinkt nicht besser sagen sollen, dass du dich lieber im Schrank hättest verstecken sollen?"

Einen kurzen Moment überlege ich und glotze blöd zu dem Einbauschrank, der über die ganze Länge des Zimmers geht. *Ja, doch, da hätte ich vermutlich mehr Platz gehabt.*

„Touché, aber –", sage ich, werde jedoch sofort von einem Piepen unterbrochen.

Fragend blicke ich zu Teddy, der hektisch nach oben fährt. „Das Türschloss! Schnell, versteck dich." Er drückt mich doch tatsächlich wieder unter das Bett.

„Hey, was ist aus der Schrank-Idee geworden", zische ich, als ich halb verschwunden bin. So ganz will es aber nicht funktionieren, weil Teddy mich gleichzeitig schiebt.

„Was zur ...?" Moons Stimme.

Ich blicke ertappt auf und da steht er.

Aber das ist nicht mehr mein Moon. Sein eingefallenes Gesicht, die schlecht überschminkten Überbleibsel der Brandwunde auf seiner Wange und die schlaffe Haltung. Er wirkt unendlich energielos.

Ruckartig lässt Teddy mich los. „Das ist nicht, wonach es aussieht."

„Das ist kein Film", fahre ich ihn an, schubse ihn zur Seite, um meine Arme um Moon zu schlingen. „Überraschung", murmele ich an seine Halsbeuge und halte ihn einfach.

Er zögert, bewegt sich fast gar nicht, lässt dann jedoch seine Sporttasche fallen und erwidert die Umarmung. Fest, ganz so, als hätte er Angst, ich wäre nicht real.

„Ich habe dich vermisst", flüstere ich.

Stumm hält er mich. Und ich habe absolut nichts dagegen. Für diesen kleinen Moment bleibt die Welt stehen. Es spielt keine Rolle mehr, ob wir in München oder Seoul sind. Die lauten Geräusche des regen Verkehrs vor dem Fenster geraten in den Hintergrund und wir befinden uns in einer kleinen geschützten Blase.

„*Mianhaeyo*", lässt Teddy sie platzen, indem er sich auf Koreanisch bei seinem besten Freund entschuldigt. „Ich lasse euch mal alleine." Auf Zehenspitzen will er sich an uns vorbeischleichen.

Als er auf unserer Höhe ist, streckt Moon den Arm aus und hält ihn auf. Und das, ohne mich loszulassen.

Irgendwie sexy.

„Was ist hier los?", fragt er in ungewohnt mahnendem Ton, was eine nicht wenig anziehende Wirkung auf mich hat. Es hilft auch nicht, dass er nach gut duftendem, herbem Duschgel riecht.

Ich tätschle ihm den Rücken, als würde ihm das die Erklärung liefern, die er verlangt. Dann löse ich mich von ihm. „Teddy wird es dir erklären." Ich mache mich schlank und will mich an ihm vorbei aus dem Zimmer stehlen.

Mich lässt er ebenso wenig gehen. „Versteh mich nicht falsch, du ahnst gar nicht, wie sehr ich mich freue, dich zu sehen. Aber ich bin vom Training angespannt und todesmüde. Wenn ihr mir nicht erzählt, was hier vor sich geht, dann halte ich dich für eine Illusion und muss dich wieder loslassen. Das will ich nicht. Also ..." Mit einer schlichten Handbewegung fordert er uns zum Klartextreden auf.

„Teddy und ...", meine Stimme zittert wie meine Knie, nachdem er gerade ganz nebenbei etwas unglaublich Süßes gesagt hat, „und ich ... also, wir ... machen uns Sorgen um dich."

Fragend hebt er eine Augenbraue.

„Sieh dich an, Kumpel", ergreift Teddy das Wort. „Du isst kaum was, hast abgenommen und bist oft schlecht gelaunt."

Ich nehme Moons Hand. „Tut mir leid, dass ich dich überfalle. Ich war neugierig auf dein neues Leben und ... habe dich zu sehr vermisst", sage ich schnell, denn ich will vermeiden, dass er von Teddys und meinem Plan erfährt. Dass wir herausfinden wollen, ob er überhaupt noch Spaß am K-Pop hat und seine Veränderung daran liegt, dass unsere Beziehung keine Chance hatte. Oder ob ihm sein altes Leben tatsächlich nicht glücklich macht und ich rein gar nichts damit zu tun habe. Dabei wünsche ich mir so sehr, dass es an ersterem liegt. Aber dann eine Lösung zu finden, wird uns nur wieder das Herz brechen.

„Okay“, sagt Moon einfach so. „Okay, das reicht mir. Das hier ist verdammt echt.“ Dann hebt er mein Kinn mit seinen Fingerspitzen an und küsst mich nahezu verhungernd.

„Darf ich jetzt abhauen?“, fragt Teddy, wartet aber keine Antwort ab, sondern verschwindet mitsamt einer imaginären Cartoon-Staubwolke.

An Moons Lippen muss ich lachen, lasse mich dann aber ganz auf seine verzehrenden Berührungen ein. Ohne den Kuss zu unterbrechen, kickt Moon die Tür mit dem Fuß zu und drückt mich auf Teddys Bett.

„Oh, Leute, nicht in meinem Zimmer“, höre ich seinen Kumpel flehen, bevor er „*Aish*“ ruft und die Wohnungstür ins Schloss fällt.

Moon löst seine rauen Lippen für einen kurzen Moment von meinen.

Ich kichere. „Sag mir jetzt bloß nicht, dass du mir gleich zeigst, wie sehr du mich vermisst hast.“

„Oh.“ Er macht feixende Anstalten, sich aufzurichten. „Wenn das so ist, dann –“

Ungeduldig lasse ich ihn nicht ausreden, sondern ziehe ihn direkt wieder zu mir. „Wage es nicht, mich jetzt zu verlassen.“

Er legt sich breit grinsend zu mir und dann gehen wir die ganze Nacht zusammen allen erdenklichen Klischees nach.

Kapitel 14

Das Kapitel, in dem ich von einer asiatischen Schönheit gerettet werde.

In eine leichte Decke gehüllt und vor der Welt versteckt, fahre ich besorgt über die Schramme auf Moons Wange. „Wie ist das eigentlich passiert?“

Moon zieht die Decke über den Kopf. „Frag lieber nicht.“

„Erzähl.“ Ich rutsche zu ihm unter den Schutz des Stoffs.

„Ich stand an der falschen Bühnenmarkierung. Eigentlich hätte ich fünf Meter weiter entfernt halten sollen, aber ... ich war nicht ganz auf der Höhe an dem Tag.“

Durch Teddy weiß ich, dass es nicht der einzige Tag war, an dem er „nicht auf der Höhe“ war. „So, so.“

Er fährt mir mit seinem Daumen über den Mundwinkel. „Sorgenfalten sind nichts für dich. Würde ich mir mehr Mühe mit dem Make-up geben, dann würdest du die Wunde gar nicht mehr erkennen.“

„Das ist nicht das Argument, das ich hören will.“ Trotzig ziehe ich eine Schnute, die er mir weg küsst.

„Nein, fang jetzt nicht wieder so an“, sage ich, sobald ich mich frei gekämpft habe. „Ich will endlich duschen.“

Er rümpft die Nase. „Besser ist es.“

Gespielt empört schlage ich ihn mit dem Kopfkissen. „Ganz schön gemein. Ist dir eigentlich bewusst, was ich alles für dich auf mich genommen habe?“ Traurig, dass ich als erstes an die Horrortoilette und das Bettversteck denke und nicht an das Chaos, das in München auf mich wartet.

Erkenntnis fährt über sein Gesicht und er richtet sich auf, lehnt sich an die Wand, direkt unter ein Poster von Sailor Merkur. Ihre Haare erinnern mich an das Dunkelblau, mit dem ich Moon kennengelernt habe. Seit dem Comeback ist es ein kaltes Stahlgrau. „Das Ticket. Ich gebe dir das Geld dafür. Und wie hast du eigentlich frei bekommen? War Frau Chén nicht super streng, was Freizeit angeht?“

„Ja, na ja, mein Arbeitsvertrag ist ausgelaufen.“

„Schon? Das heißt, du ... bist arbeitslos?!“

Ich presse die Lippen aufeinander und wiege den Kopf hin und her. „Kein Zustand, der neu für mich ist. Und das Ticket war ein Geschenk von Kira und Co.“

„Aber dir war ein fester Job wichtig.“ Er reibt sich mit zwei Fingern über die Nasenwurzel und schnauft. „Egal. Immerhin hast du deine Freunde. Das ist ziemlich großzügig von ihnen. Wann geht dein Rückflug?“

Beklommenheit fährt in meinen Bauch. „Ich habe noch keinen Rückflug gebucht. Neunzig Tage darf ich ohne Visum hierbleiben.“

„Neunzig Tage“, wiederholt Moon kühl.

„Keine Angst, so lange falle ich dir nicht zur Last –“

„Nein, das ist es nicht.“ Ein trüber Schleier legt sich über seine Pupillen. „Also, ja. Eigentlich schon. Ich habe einen strammen Terminplan und werde kaum Zeit für dich haben. Und du hast jemanden verdient, mit dem du die schönen Seiten in Seoul entdecken kannst."

Ich schenke ihm ein Lächeln. „Das war mir doch alles vorher bewusst. Und jetzt hör auf, Trübsal zu blasen! Was ich dir bisher nicht erzählt habe, ist ..." Ich hebe stolz die Nase in die Höhe. „... dass ich einen Koreanisch-Onlinekurs mache. Da lerne ich echt viel über Seoul. Ich komme bestimmt bestens alleine klar."

Er tippt meine Nase an und drückt sie nach unten – auf den Boden der Tatsachen. „Du? Alleine in Seoul? Absolut nein. Ich freue mich, dass du den Kurs machst, es rührt mich sogar. Aber, nein."

Bockig schnalze ich mit der Zunge. „*Waeyo*?", verlange ich in meinem besten Koreanisch zu wissen.

Das bringt ihn zum Schmunzeln. „Warum? Weil du dich verlaufen wirst."

„Google Maps", argumentiere ich. „Außerdem habe ich einen guten Orientierungssinn."

Er verdreht die Augen. „Die Schriftzeichen. Nicht alles ist auf Englisch übersetzt."

„Übersetzungs-App. Und ich bin in der Lage, die Zeichen bereits flüssig zu lesen." Dass ich absolut zu hoch stapele, muss er ja nicht wissen.

„Es gibt Gegenden, da solltest du dich nicht hin verirren."

Ich hebe den Finger – und lasse ihn wieder sinken. „Punkt für dich. Aber auch dabei wird mir das Internet helfen. Außerdem habe ich gehört, dass es auf jeder öffentlichen Toilette einen Notruf-Knopf gibt." Obwohl ich keine Lust habe, so bald wieder Bekanntschaft mit einer Toilette zu machen. Vielleicht ziehe ich es nach gestern vor, überfallen zu werden.

„Ich kann dich ja wohl kaum hier festketten", murmelt er vor sich hin, „aber vielleicht finde ich einen Kumpel, der ein bisschen Zeit für dich hat."

„Na, siehst du." Unelegant rolle ich vom Bett. Dann ziehe ich mir sein Shirt von gestern Abend über. „Aber weißt du, wobei ich jetzt gleich deine Hilfe gut gebrauchen könnte?"

Anzüglich grinst er. „Ich brenne darauf, es zu erfahren."

Ich klapse mir selbst auf den Hintern und sage so sexy wie möglich: „Erklär mir nochmal das blöde Klo."

***

Als ich aus der Dusche komme, finde ich die Wohnung leer vor. Weder Teddy, noch Moon sind da. Aber auf dem kleinen Tisch in der Küche liegt etwas, das untrüglich für mich bestimmt ist. Ein Croissant und ein kleines Gläschen Erdbeermarmelade.

Ich grinse über beide Ohren und sauge den Duft des frischen Gebäcks ein. Zudem bin ich froh, dass sie mir kein typisch koreanisches Frühstück à la Suppe oder Reis mit Kimchi vorgesetzt haben. Ich möchte jede nicht unbedingt notwendige Begegnung mit dem Hightech-Teil im Badezimmer vermeiden.

Glücklich bestreiche ich den Boden der süßen Köstlichkeit und knabbere an ihr, während ich es mir mit einem Stuhl vor dem Fenster gemütlich mache.

Und das gute Gefühl verabschiedet sich auf Nimmerwiedersehen. Da draußen geht es absolut hektisch zu. Der ganze Verkehr macht mich unruhig. Auch die Hochhäuser schüchtern mich ein. München ist keine kleine Stadt, aber das da ... Das ist eine ganz andere Hausnummer. Wie gestern schon beschleicht mich die Vorahnung, dass ich mich tatsächlich nicht allein nach draußen wagen werde.

Na, toll, hat Moon also recht.

Aber ich kann mich doch die kommenden Tage nicht hier einsperren und wie eine Hausfrau auf Moon warten!

Ein Klopfen an der Tür lässt mich den Blick losreißen. Schnell springe ich auf und eile dem Gepolter entgegen. Sobald ich sie öffne, spüre ich die Erkenntnis so hart wie ein Brett, das mir gegen die Stirn schlägt.

Was zur Hölle ist in mich gefahren, dass ich diese Tür mir nichts, dir nichts aufmache? Gestern war mein Instinkt gut und ich habe mich unter dem Bett versteckt, aber heute? Ich muss noch nicht richtig wach sein.

Der bullige Typ vor mir blickt mit Argusaugen zwischen mir und meinem halben Croissant in der Hand hin und her.

Mein Innerstes schreit: *Security!*

Im nächsten Moment keift er mich auf Koreanisch an. Ich verstehe kein einziges Wort.

Schweiß krabbelt mir den Rücken hinab und ich bekomme nur Wortkotze aus mir heraus. „Äh... ääh... *Chingu.*“ Freund. Ob ihn das besänftigt?

Nein, denn es hagelt weitere Schimpftiraden aus seinem angsteinflößenden, großen Mund. Gerade, als er einen Fuß über die Türschwelle setzt, mischt sich eine Frau ein, die keinen weniger einschüchternden Ton anschlägt.

Erst als der Securitytyp sie anschaut, verstummt er abrupt.

Das ist meine Chance. Ich mache einen Satz nach hinten und schließe die Tür. Ganz simpel. Ich. Schließe. Die. Tür.

Dann schiebe ich mir den Rest Croissant in den Mund, als könnte ich damit sämtliche Spuren meiner Existenz ausradieren, und verabschiede mich davon, länger in diesem Dorm bleiben zu dürfen.

Welchen Ärger werde ich den Jungs wohl gerade eingehandelt haben?

Es klopft zaghaft.

Weise, wie ich jetzt bin, reagiere ich nicht darauf. Sollen sie die Tür doch eintreten.

„Soll ich die Tür eintreten?", fragt eine weibliche Stimme. „Anni Benner, bitte mach auf. Security Hun ist weg."

Nicht nur, weil sie meinen Namen kennt, werde ich hellhörig, sondern auch, weil sie Deutsch mit mir redet. Sie ist bestimmt eine Bekannte von Moon, die er mir für eine kleine Rundreise durch Seoul geschickt hat. Vielleicht jemand vom Staff-Team? Erleichtert atme ich aus.

Dann öffne ich ihr kapitulierend und sie überrollt mich sogleich mit zwei großen Koffern. Danach fällt sie mir um den Hals. „Ich bin ein riesen Fan. Oh. Mein. Gott. Dass ich dich wirklich kennenlernen darf!"

Ich weiß gar nicht, wie mir geschieht, und lass sie einfach machen, obwohl sie mir beinahe die Luft abdrückt. Sobald sie mich loslässt, mustere ich sie skeptisch.

Eine typisch asiatische Schönheit. Die schaffen es echt, dass man sich in diesem Land hässlich fühlt, selbst wenn man ein gesundes Selbstbewusstsein hat.

Trotz ihrer etwas zu langen Schneidezähne ist ihr Gesicht wunderschön. Große Augen, dichte Wimpern und ein dezentes Make-up. Dazu ihr Haar, das in einem rötlichen Gold schimmert. Irgendwie scheint sie mir seltsam vertraut, ich kann sie aber beim besten Willen nicht einordnen.

„Danke für die Rettung", meine ich zögerlich.

„Ach, nicht dafür. Hun kennt mich noch vom letzten Mal und ich habe dich als meine Reisebegleitung vorgestellt. Der macht dir keine Probleme mehr."

Also hat Moon sie tatsächlich geschickt. Aber, wie groß ist die Wahrscheinlichkeit, dass mich Entertainmentmitarbeiter auf YouTube verfolgen? Vielleicht, weil sie Deutsche ist? „Du hast also schonmal von mir gehört?"

Sie steuert zielstrebig an mir vorbei auf den Küchentisch zu und nimmt die Erdbeermarmelade in ihre schlanken Finger. „Für mich haben sie die noch nie geholt." Sie zuckt mit den Schultern, stellt sie wieder hin und schenkt mir ein bezauberndes Lächeln. „Sicher habe ich von dir gehört. Ich folge dir seit Anfang an auf YouTube. Ich mochte Zane eigentlich und ich finde es schade, dass ihr nichts mehr zusammen machen, aber dein Song mit Moon? Das ist so ziemlich alles. Ich meine, wie klein ist die Welt?" Sie hält mir ihr Handy vor die Nase. „Mein meistgehörter Song, zwei Monate in Folge! Sag mal, riecht es nach Croissant? Du hast nicht zufällig noch eins versteckt?"

Wow, sie redet wie ein Wasserfall.

„Du willst mir bei deiner Figur doch nicht weismachen, dass du sowas ungesundes wie Croissants isst?"

Sie posiert in verschiedenen Modelverrenkungen vor mir. „Ich liebe ungesundes Essen. Hab einen guten Stoffwechsel." Dann eilt sie zu ihren Koffern und schiebt einen zielstrebig in Teddys Zimmer.

„Was... was machst du da?"

Sie rollt wieder rückwärts heraus. „Bist du da drin schon einquartiert? Ich war ganz schön überrascht, dich hier zu sehen, du hättest ruhig auf Instagram posten können, dass du in Seoul bist, dann hätten wir eher Kontakt aufnehmen können. Wäre ich etwas länger in München gewesen –"

Entweder das Croissant bekommt mir nicht, oder es ist ihre hibbelige Art. Ich verstehe absolut nur Bahnhof.

„Sorry für die blöde Frage, aber wer bist du?", hake ich jetzt nach, was ich vermutlich vor einer Viertelstunde hätte tun sollen.

Sie setzt zu einer Antwort an und wird von dem Piepen der Türcodeeingabe unterbrochen.

Kann hier denn jeder reinkommen, wer will?!

„Ich bin nicht da", sage ich schnell, ehe ich in Teddys Zimmer in gewohnter Manier unter seinem Bett verschwinde.

Dann lausche ich.

„Was machst du denn hier?!" *Ha!* Das ist Teddys Stimme, auch wenn sie ungewohnt säuerlich klingt.

Ich lasse also die angehaltene Luft raus und gehe auf Zehenspitzen nach draußen. „Guten Morgen, Teddy."

Und da erkenne ich es. Das, was die ganze Zeit vor meiner Nase war. Die Frau gleicht Teddy auf überaus unheimliche Weise. Hätte man ihn geschminkt und eine Perücke aufgesetzt, könnte er als sie durchgehen.

Aber Teddy beachtet mich nicht mal, sondern funkelt die Frau wütend an. „Han Li-na. Was zur Hölle denkst du dir?“ Er spitzt zu ihren Koffern. „Das kannst du vergessen. Du darfst nicht jedes Mal unangekündigt auftauchen. Wissen Mama und Papa, wo du bist? Ich dachte, du wärst noch in Griechenland, oder, warte, waren es die Kanaren?“

„Besser, ihr klärt das untereinander.“ Möglichst lautlos ziehe ich mich in mein Zimmer zurück. Dort zücke ich mein Handy und google Teddy. In seinem Profileintrag steht lediglich, dass er eine Zwillingsschwester hat, aber weder Name noch andere Informationen sind zu ihr aufgeführt. Nach akribischer Onlinestalkerei finde ich unter meinen circa 450.000 Instagram Followern eine *@yo-lina*. Das Französisch aus meinen Gymnasiumzeiten ist zwar etwas eingerostet, aber wenn ich ihren Namen in Gedanken ausspreche, klingt er wie Jolina – wie *jolie*? Hübsch? Hübsch passt zu ihr, und wenn ich ihren Namen gerade richtig verstanden habe, dann ist es ein gutes Wortspiel mit Li-na. Ich klicke auf ihr Profil und bin überrascht. Es zeigt sie inmitten von kulinarischen Köstlichkeiten. Oft trägt sie eine Schürze und präsentiert stolz ihre Kreationen. Und das aus den unterschiedlichsten Ländern. Sie ist ganz schön rumgekommen.

Moon würde meine hocherhobene Nase jetzt nach unten drücken, aber ich bin trotzdem überrascht von meinem Wissen. *Yo-lina*. Mit dem Wortspiel hatte ich richtiggelegen, aber es ist ein koreanisches, kein französisches. In koreanischen Buchstaben ist das R dem L gleich. Also hat Han Li-na aus dem Wort für Koch, *yorisa*, ihr kleines Spielchen gemacht.

Habe ich gerade wertvolle Zeit als Sherlock verschwendet? Vermutlich.

Ich spitze die Ohren, denn im Wohnzimmer ist es erschreckend ruhig geworden. Bevor ich mich zu den Streithähnen traue, schicke ich meiner besten Freundin ein Selfie und übertreibe, wie gut mir Seoul bisher gefällt. Damit dürfte sie sich keine Sorgen machen. Ich horche noch einen Moment, wage es dann aber nach draußen.

„Na, habt ihr euch beruhigt? Oder soll ich mich wieder verkriechen?"

Teddy hantiert in der Küche, während sich Li-na mit geknickter Miene auf das Sofa verkrümelt hat.

„Es geht mich nichts an, aber ist alles gut zwischen euch?"

„Ob alles gut ist?" Teddy kommt mit einem Messer in der Hand zu uns geprescht. Er merkt, wie bedrohlich er damit wirkt, und versteckt es schnell hinter dem Rücken. „Meine Schwester ist auf die glorreiche Idee gekommen, nach Seoul ziehen zu wollen."

„Und? Darf sie das nicht?"

Li-na rückt auf die Sofakante und verfolgt uns gespannt.

Ich hebe abwehrend die Hände, weil ich mich echt nicht einmischen will. Er hat bestimmt seine Gründe.

„Mein Bruder ist der Meinung, ich wäre nicht für das Seouler Leben geschaffen."

Ich hebe fragend die Augenbrauen.

Teddy brummt. „*Aish*. Wenn du deinen Lebensunterhalt in dieser Stadt verdienen willst, dann musst du mehr als läppische acht Stunden täglich arbeiten. Du wirst mit dem Kopf auf dem Tisch einschlafen, während du zu Abend isst. Weißt du, wie wenig Urlaubstage du zur Verfügung hast? Du hast dann kaum Möglichkeiten, durch die Weltgeschichte zu tingeln. Und du liebst es viel zu sehr zu reisen." Der fürsorgliche Bruder steht ihm.

„Vielleicht will ich endlich mal an Ort und Stelle bleiben? Und vielleicht will ich das ausgerechnet in deiner Nähe? Wir haben nie viel Zeit miteinander verbracht."

„Du brauchst gerade nur einen Schlafplatz, stimmt's?"

Li-na steht auf und umarmt Teddy. „Auch. Aber ich meine es ernst. Lass mich dir beweisen, dass ich sesshaft werden kann."

Ich kaufe es ihr voll ab.

Ihr Bruder begutachtet sie von oben bis unten und nickt dann vorsichtig. „Drei Bedingungen." Er streckt ihr drei Finger entgegen. „Du sagst mir, wie ich dich unterstützen kann. Du musst dir das Zimmer mit Anni teilen, wenn das okay für sie ist."

„Ist okay für sie", sage ich wie aus der Pistole geschossen. Ich will nicht der Grund sein, weshalb ihr Traum platzt.

Dann hat Teddy noch einen Finger in der Luft. „Du wirst *Eomma* und *Appa* erzählen, was du vorhast." Er tippt mit dem Finger gegen ihre Stirn. „Weil mir irgendetwas sagt, dass sie nichts davon wissen. Liege ich damit richtig?"

Sie schiebt sich unter ihm weg und grummelt in ihren imaginären Bart.

„Willst du hierbleiben, oder nicht?"

„Na gut, na gut. Ich rufe sie gleich an."

Teddy zückt sein Handy und hält es ihr hin. „Es wählt."

Sie nimmt es, verliert es aber fast, als wären es heiße Brötchen frisch aus dem Ofen.

„Hallo?", ertönt es aus der Leitung.

Hat er auch noch auf Lautsprecher geschaltet?

Ich deute auf Teddys Zimmer und flüstere: „Ich mach mal Platz für sie." Dann verschwinde ich, denn die Luft zwischen dem Blickaustausch der Geschwister ist zum Schneiden dick.

Teddy lässt uns nach einer Weile allein zurück und Li-na klatscht in die Hände, sobald sich das Schloss hinter ihm verriegelt hat. „Lust auf Sightseeing?"

Ihre Augenbrauen machen eine anfeuernde La-Ola-Welle, so erinnert sie mich sofort an Kira. Ein kleiner Teil in mir wünscht sich, meine beste Freundin wäre mit mir hier. „Ich weiß nicht so recht."

„Warte." Sie studiert mich eingehend. „Hast du Angst, da raus zu gehen? Du bist in Seoul." Ihre Arme weit ausgebreitet, dreht sie sich, sodass ihr viel zu kurzer Faltenrock ordentlich in Schwung gerät. Wir haben Anfang Oktober, mich friert es, wenn ich sie nur anschaue.

Li-na lacht. „Hier sind meine Augen."

„Ich ... ich habe nicht –"

„Auf meine Beine geschielt? Sie sind zwar nicht so lang wie Moon-hees, aber sie sind doch ziemlich perfekt, oder?" Sie zwinkert mir zu. An Selbstbewusstsein fehlt es ihr auf jeden Fall nicht.

„Willst du so rausgehen?", frage ich und sie fällt mir erneut um den Hals.

„Du willst also wirklich mit mir die Stadt unsicher machen?“

Ich drücke sie von mir weg, was mir schwerer fällt, als es sollte, da sie bestimmt nicht mehr als fünfzig Kilo wiegt. „Ja, ich ergebe mich. Zeig mir, wie schön Seoul ist.“

Grinsend wirft sie einen Blick auf ihre Armbanduhr. „Wie wäre es, wenn wir mit ein paar schönen Ecken in Gangnam anfangen?“

Anders als sie hülle ich mich in warme Klamotten. Eine dicke Strumpfhose unter meinem Kleid und ein beigefarbener Parker, dazu dunkelbraune Stiefeletten und mein Tüpfelchen auf dem I, was das ganze Outfit zerstört: Moons Cap.

„Bist du sicher, dass du die auflassen willst?“ Li-na sieht aus, als wolle sie sie mir vom Kopf reißen.

„Absolut sicher. Los geht's.“

Auf dem Flur zum Fahrstuhl grüßt sie zwei Security mit dem strahlendsten Lächeln von ganz Seoul und ich erkenne, welches Glück ich mit meinem Timing gestern hatte, dass ich keinem einzigen über den Weg gelaufen bin. Sogar in der Tiefgarage ist heute jemand platziert.

Draußen werden wir vom warmen Sonnenschein begrüßt und ich atme die frische Luft ein, die nach einem kurzen Realitätscheck alles andere als frisch ist.

„Maske?“ Li-na kramt in ihrer lächerlich kleinen Handtasche und hält mir eine schwarze Maske Modell Corona-Zeit hin. „Der Feinstaub ist echt hoch.“

Ich habe zwar davon gehört, es aber total unterschätzt. Gerade bilde ich mir sogar ein, dass ich die Abgase auf meinen Lippen schmecke, also nehme ich die Maske bereitwillig an.

„Willkommen im Großstadtdschungel, Anni. Willst du an einen bestimmten Ort?"

„Am liebsten würde ich alle Drehorte von K-Dramen abklappern, aber irgendwie sind mir auf der Straße zu viele Menschen unterwegs."

Li-na hakt sich bei mir unter und führt mich den Gehsteig entlang. „Ich verstehe dich. Ist schon 'ne andere Nummer als München, oder? Komm erst mal ein paar Tage in Ruhe an und wir verschieben die Touri-Tour. Was hältst du von Mittagessen? Ich kenne da ein süßes Bistro um die Ecke. Ein echter Geheimtipp."

Ich habe im Gefühl, dass ich ihr in Sachen Essen vertrauen kann. „Sei nicht böse, ich habe deinen Instagram-Account gestalkt. Tust du nur professionell, oder kochst du wirklich gut?"

Sie wirft mir einen schelmischen und zugleich verschwörerischen Blick zu. „Lass dich überraschen."

Vielleicht habe ich ihr zu sehr vertraut. Ja, definitiv verliere ich das My an Vertrauen, als sie mich in eine enge Seitengasse einer Seitengasse zieht. Kurz, bevor ich protestieren kann, erscheint um die Ecke ein kleines, bezauberndes Bistro.

„Wo kommt das denn her?"

„Sage doch, Geheimtipp."

„Geheim ist gut."

Es ist ein großer Kontrast zu dem grauen Hochhaus, in dem es sich befindet. Die Fassade des niedlichen Lädchens ist von rotbraunen Steinen umklinkert und ein schmaler, wohl nachträglich angebauter Dachvorsprung ragt geschwungen über das große, runde Fenster neben der Eingangstür. Efeu rankt an den Seiten nach oben und Lichterketten wurden perfekt in Szene gesetzt. Drinnen ist es nicht weniger atemberaubend, was nicht nur daran liegt, dass kaum Menschen anwesend sind. Weiße verzierte Stühle zu dunkelbraunen, rustikalen Tischen. Fünf an der Zahl, zusätzlichen Platz findet man direkt an der Theke. In einer Glasvitrine präsentieren sich kunstvoll verzierte Törtchen neben typisch europäischem Gebäck. Sogar die Sandwiche sehen aus, wie von Picasso höchst persönlich entworfen.

„Mund zu", weckt mich Li-na aus meiner Schmacht-Trance. Sie deutet auf einen Barhocker und ruft dann: „Sebastian?! Oooh Baaastiii!"

Durch eine Schwingtür tritt Besagter ans Tageslicht. Er hat asiatische Züge und schaut nicht wie ein Basti aus. Eher wie Jimin von *BTS*.

Verdammt. Darf ich denken, dass er sogar besser als Moon aussieht? Denn, ich würde behaupten, das tue ich gerade.

Da erinnere ich mich an Kiras Worte, die sie oft verwendet hat, als ich mit Zane zusammen war: Appetit darfst du dir holen, gegessen wird daheim. Und dieses Gesicht mit den schmalen Augen, die pechschwarzen Haare halb in die Stirn hängend, würde ich gern –

„Anni?" Li-na blickt mich erwartungsvoll an.

„Ja? Sorry, was?"

Sie deutet auf den heißen Typen mit der locker gebundenen Schürze um die Hüfte. „Sebastian."

Ah, sie hat uns bestimmt gerade einander vorgestellt und ich habe nichts Besseres zu tun, als wie ein dummer Teenie vor mich hinzusabbern.

„Bitte entschuldige, ich bin Anni." Ich reiche ihm eine Hand, die er freudig schüttelt.

„Sebastian, nenn mich aber gerne Basti."

Und plötzlich schrumpft seine Sexyness. Allein an diesen wenigen Worten mache ich fest, dass er den wohl stärksten österreichischen Akzent besitzt, den ich seit langem gehört habe. Er spricht zusätzlich in ziemlich hohem Ton, der gar nicht zu seiner sexy-düster Ausstrahlung passen will.

Ein Auflachen tarne ich ungeschickt als Hüsteln.

„Willst du ein Wasser?" Er wartet keine Antwort ab, sondern schenkt mir direkt vor meiner Nase ein. „Also", sagt er an Li-na gewandt, er kann den Blick kaum von ihr lassen. „Was führt dich schon wieder her? Dein letzter Besuch war erst vor einem Monat. Sag bloß, du hast mich vermisst."

„Ha! Das hättest du wohl gern." Sie tätschelt ihm die Schulter, schiebt ihn zur Seite und quetscht sich zu ihm hinter die Theke. „Ich habe meiner neuen Freundin Anni ein leckeres Essen versprochen."

„Han Li-na, wie oft habe ich dir gesagt, dass du hier hinten nichts verloren hast?"

Sie verbietet ihm mit einer lockeren Handbewegung das Wort, was ihm ein hilfloses Lachen entlockt.

Er wirft wortwörtlich die Schürze, die Li-na sich dann schnell krallt, und setzt sich neben mich. „Manchmal ist es besser, sie einfach machen zu lassen."

Ich nehme einen Schluck von dem Wasser und drehe mich ihm zu. „Woher kennt ihr euch?"

„Lange Rede, kurzer Sinn“, kündigt er an. „Wir haben in Wien den gleichen Kochkurs besucht. Und wie es das Schicksal wollte, sind wir uns in Paris und Amsterdam auch wieder über den Weg gelaufen. Seitdem habe ich das Gefühl, dass sie mich verfolgt.“ Den letzten Satz sagt er absichtlich laut.

„Vielleicht bist auch du derjenige, der mich quer durch Europa verfolgt hat“, flötet es aus der Küche und Li-na steckt extra den Kopf vor das große Bullauge an der Tür, um ihm die Zunge entgegenzustrecken.

Die beiden sind ja so verknallt. Vermutlich hat Basti etwas damit zu tun, dass sie in Seoul sesshaft werden will.

Meine Neugierde ist geweckt. „Und was hat dich nach Seoul verschlagen?“

„Die Liebe.“

Wieso liege ich heute so schlecht mit meinen Vermutungen?

„Zu meiner Familie“, fügt er eilig hinzu – in diesem niedlichen Dialekt. „Meine Eltern haben sich in Österreich lange nicht mehr wohl gefühlt und als ich mit der Schule fertig war, sind sie wieder in ihre alte Heimat gezogen. Wie Li-na bin ich auch viel gereist, aber dann ist mein Vater krank geworden. Jetzt verdiene ich die Brötchen für die Familie.“ Er deutet auf das Gebäck in der Auslage und zuckt mit den Schultern. „Komm. Tu wenigstens so, als wäre ich witzig gewesen.“

Bevor ich dem Schenkelklopfer zustimme, kommt Li-na mit drei Tellern nach vorn, auf die bunter Salat gehäuft ist. „Dein Trüffelöl ist schon wieder leer.“

Sebastian fasst sich an die Stirn. „Weil es teuer ist und du es regelrecht verschwendest.“

„Alles, was für guten Geschmack sorgt, ist keine Verschwendung."

Und, große Güte, es ist absolut keine Verschwendung! Dafür, dass es nur Salat ist, schwebe ich auf Wolke Sieben. Zusammen mit ihr noch viel höher als das höchste Gebäude in Seoul.

„Wie hast du das gemacht?", stöhne ich, einem Orgasmus nahe.

Sebastian grinst über meine Reaktion. „Habe ich vergessen zu erwähnen, dass sie den Köchen bei den Kursen ordentlich was gezeigt hat?"

Beeindruckt schüttele ich den Kopf. „Dann ist doch aber ganz klar, wie du Fuß fasst."

Sie blinzelt mich aus großen Augen an. „Ja?"

„Na, du wirst bestimmt eine Anstellung als Köchin finden."

Sebastian hebt die Gabel und fuchtelt mit ihr herum. „Vergebene Liebesmühe. Ich habe sie tausendmal angefleht, bei mir mit auszuhelfen."

Fragend sehe ich Li-na an.

„Sieh mich nicht auf diese Art an", murmelt sie in ihren Salat. „Du hast kein Geld, eine Aushilfe zu bezahlen. Und die paar Won, die du übrighast, reichen wohl kaum für eine Miete. Anni, keine Sorge, wir hatten das Thema erst."

Basti lässt die Schultern hängen und verschmäht den Rest Salat. Offensichtlich geknickt verschwindet er kurz darauf mitsamt Teller in der Küche.

„Autsch. Du bist ein kleiner Bulldozer, was Gefühle angeht." Sie ähnelt immer mehr Kira.

„Versteh mich nicht falsch, es stimmt, was ich gesagt habe. Er hat nicht die Mittel für eine Aushilfe. Außerdem sind wir in der Küche alles andere als kompatibel.“

Das entlockt mir ein Schmunzeln. „Und wie sieht es abseits der Küche mit eurer Kompatibilität aus? Weiß Teddy, dass du wegen Basti in Seoul bleiben willst?“, frage ich geradeheraus.

Sie schüttelt ertappt den Kopf. „Ist es so offensichtlich?“

„Für mich schon. Aber denk dran, dass ich in einer ähnlichen Lage stecke.“

Sie schiebt den Salat beiseite und packt mich euphorisch an der Schulter. „Sag bloß, du willst zu Moon ziehen?!“

„Nein, so meinte ich das nicht.“ *Oder doch? Nein. Doch? Nein. Ganz sicher nein ... oder?*

Ich habe mir den Gedanken bisher nicht erlaubt. Würde ich auf mein Herz hören, würde ich noch heute nach Seoul ziehen. Aber allein meine Reise auf Zeit war nicht wirklich durchdacht.

Li-nas Blick verurteilt mich, schreit mich förmlich an.

„Ich bin nur aus einem Grund hier.“ Dann erzähle ich ihr von Teddys Plan. „Wir wollen herausfinden, ob Moon wegen dem K-Pop oder vielleicht mir unglücklich ist.“

„Das klingt ganz nach meinem Bruder. Er würde alles für seinen besten Freund tun. Beneidenswert.“ Sie holt sich ihren Salat zurück und schlingt die Reste förmlich herunter. „Außer Basti habe ich niemanden in dieser großen Stadt und du auch nicht, nehme ich an. Was hältst du davon, wenn wir Freunde werden und ich den Reiseführer für dich spiele?“

„Das klingt sehr verlockend. Aber ich begleite dich nur in der Zeit, in der Moon nicht da ist. Ich möchte jeden Moment mit ihm genießen.“

„Sieh sich mal einer die pinken Herzen um dein Gesicht an. Ganz schön verknallt.“

Ich ziehe eine Schnute, muss ihr aber zu tausend Prozent recht geben. „Ganz schön ekelhaft, oder?“

„Dein Geheimnis ist gut bei mir aufgehoben.“ Sie schließt den imaginären Reißverschluss vor ihren Lippen und wirft den unsichtbaren Schlüssel über die Schulter.

„Ist schon okay. Eigentlich ist das kein Geheimnis ... außer vor dem Internet. Und, worauf wir gar nicht stolz sind, wir halten meine Anwesenheit vor In-su und Aiden geheim.“

Li-na nimmt unsere leeren Teller mit hinter die Theke. „Ich versteh das Versteckspiel vor den Managern, wobei die Security jeden meldet, der im Haus ein- und ausgeht. Also wissen sie bestimmt bald, dass du da bist. Schätz dich glücklich, dass ich ihnen weisgemacht habe, dass du eine Freundin von mir bist und kein *L8D8*-Stalker. Aber In-su und Aiden? Die beiden sind zauberhaft. Es ist gemein, ihnen was zu verschweigen.“

„Das musst du mit deinem Bruder klären. Er wollte, dass niemand sonst von mir weiß.“

„Den knöpfe ich mir heute Abend vor.“ Sie marschiert in die Küche.

Ich beschließe, ein Lebenszeichen von mir auf Instagram zu posten. Also posiere ich für ein schickes Selfie, wofür mir das Bistro den perfekten Hintergrund liefert. Fleißig markiere ich Sebastians Laden. Binnen einer halben Minute nach dem Posting trudeln zahlreiche

Kommentare ein. Viele wünschen mir viel Spaß in Seoul, andere fragen nach Moon und ob ich *L8D8* treffe oder vielleicht sogar eine Kollaboration mit ihnen hier bin. Eine Antwort bleibe ich ihnen allerdings schuldig.

Li-na stürmt mit ihrem Handy in der Hand nach vorn. „So viel zu geheim halten."

Ich bin erstaunt, dass sie meine Meldungen aktiviert hat. „Von Teddy weiß ich, dass In-su und Aiden keinen eigenen Account haben."

Sie tippt sich ans Kinn. „Stimmt. Dann lass mich dir gleich zwei schöne Orte für postwürdige Bilder zeigen."

Also verabschieden wir uns von Sebastian, der keinen Won für das ergaunerte Essen verlangt, und streifen weiter durch die belebten Straßen.

Gestärkt und mit Li-na an meiner Seite, die den Touristenführer mimt, beginne ich, mich etwas wohler zu fühlen.

Wir rollen die Sache von hinten auf und fahren mit der U-Bahn, in der es tatsächlich nach Kimchi riecht, wie mir Moon während der Busfahrt zur Rodelbahn erzählt hat. Die K-Star-Road soll unser heutiger Haken auf der Touri-Checkliste sein. Auf dieser Nobeleinkaufsstraße wurden in kleinen Abständen menschengroße Bärchenstatuen aufgestellt. Ein Bärchen steht für eine Band der zweiten oder dritten Generation, was Li-nas Erklärung dafür ist, warum ich lediglich von drei älteren Bands bisher etwas gehört habe. *BTS*, *SHINee* und *EXO*, da hört mein Wissen leider auf.

Li-na ist dabei eine klasse Führerin, denn sie entpuppt sich als wahrer K-Pop-Stan, weiß haufenweise unnützes Wissen über jede einzelne vertretene Gruppe.

Zum Durchatmen schlendern wir Richtung Cheongdam Park. Ich bin ihr dankbar für die Menschenpause. Hier verläuft sich alles und ich lasse zwischen Bäumen mit hübsch verfärbtem Herbstlaub auf erdig-sandigen Wegen einfach die Seele baumeln. Der Wind ist frisch, vertreibt dadurch ein kleines Bisschen den Smog um uns herum – vielleicht ist das aber auch nur Einbildung.

Li-na wird ganz ruhig und redet ausnahmsweise mal nicht wie ein Wasserfall.

Was ich mir nicht entgehen lasse, sind die Sportgeräte. Ich renne auf sie zu, als ich sie erblicke. Denn diese schlichten Geräte, die jedermann frei Schnauze benutzen darf, schreien regelrecht nach K-Drama-Kulisse. Die Stahlkonstruktionen sind ... sagen wir: sehr zweckmäßig. Nicht gepolstert oder ordentlich geschmiert, aber ich fühle mich wie in einer meiner Lieblingsserien. Li-na filmt mich beim Herumalbern und meinen Misserfolgen. Sie lacht mich für meine kläglichen Versuche von Klimmzügen und dem schweißtreibenden Brusttraining an der Kraftstation herzlich aus.

Während wir weiter schlendern über kleine hölzerne Brücken und an einem Bächlein entlang, fühle ich mich nicht mal von den Geräuschen an den unterschiedlichen, sehr gut versteckten Trainingsplätzen gestört. Ich habe zwar kaum etwas von Seoul gesehen, aber ich bin mir sicher, dass der Park einer meiner Lieblingsplätze werden wird.

Eigentlich habe ich mich bereit gefühlt, wieder in die Wohnung zurückzukehren, vor allem, weil mir Moon getextet hat, dass er in einer Stunde eine längere Pause hat und sich unglaublich auf mich freut. Aber irgendwie landen Li-na und ich doch in der *Starfield CEOX Mall*. Li-na verspricht, mir die Bibliothek mit ihren 50.000 Büchern und 600.000 Zeitschriften zu zeigen. Klingt groß und laut? Ist groß und laut. Es würde super viele Sitzmöglichkeiten geben, jedoch scheinen alle besetzt zu sein. Erneut bitte ich Li-na, mich zu filmen, wie ich die Rolltreppe nach oben fahre, während neben mir die zwei Stock hohe Bücherwand vorbeischwebt. Mit Li-nas Hilfe finde ich tatsächlich das Regal, vor dem sich Sa Hye-joon und An Jeong-ha in *Record of Youth* getroffen haben. Ich schmelze förmlich dahin und vergesse wieder einmal den Trubel um mich herum.

„Li-na. Ich glaube, ich könnte mich hier wirklich bald wohl fühlen."

Kapitel 15

Das Kapitel, in dem ich vielleicht gekidnappt werde.

Zwei ganze Wochen muss ich warten, bis sich Moon endlich einen Nachmittag für mich freischaufeln kann. Die Schmetterlinge in meinem Bauch führen einen Freudentanz auf. Wobei sich mein Herz schuldig fühlt, da ich hautnah mitbekomme, wie erschöpft Moon täglich ist. Und jetzt verplempert er seine freie Zeit mit mir in einem Leihwagen. Ausgerechnet mit mir.

Aber Teddy und ich merken eine klare Veränderung an ihm. Seine genaue Wortwahl lautete, dass Moon „die Sonne aus dem Arsch scheint". Er kehrt stets mit einem Lächeln ins Dorm zurück und schließt mich lange in seine Arme, egal, wie hart sein Tag war. Teddy updatet mir oft heimlich zwischendurch, wie aufmerksam er beim Training ist und mit wie viel Herzblut er an den neuen Songs arbeitet.

Gerade darf ich in ihr aktuelles Projekt hören. Es ist etwas komplett Neues für *L8D8*, denn sie haben ein paar spanische Einflüsse in ihr nächstes Comeback gepackt.

Moon dreht das Autoradio leiser, nachdem der Song zum dritten Mal verklingt. „Und, was sagst du?"

„Ich liebe ihn! Das Tempo, die High Notes von Teddy. Wow. Und seit wann singst du ganze lange Passagen? Ist das euer erstes Lied ohne Rap-Part?“ Ich bin ganz elektrisiert von dem flotten Rhythmus.

„Nicht das erste.“ Er zwinkert mir zu und ich ermahne ihn, auf die Straße zu schauen, während er fährt. Allmählich gewöhne ich mich an den belebten Verkehr in dieser unendlich scheinenden Stadt, aber Moon muss es ja nicht herausfordern.

„Du erinnerst dich doch noch an unser Lied?“, fragt er, nachdem ich nichts erwidert habe.

„Ach, da war ja was. So entfernt erinnere ich mich“, tue ich gespielt gelangweilt ab, woraufhin er seine Hand auf meinen Oberschenkel legt und ich meine Finger mit seinen verschränke. Automatikgetriebe sei Dank.

„Ich wollte es dir eigentlich erst später erzählen, aaaaber ...“ Natürlich zieht er das Wort extra in die Länge und baut eine dramatische Pause ein. „Aber mein Manager hat eine Anfrage für ein Interview bekommen. Und du sollst auch dabei sein.“

Jetzt spitze ich die Ohren. „Ich brauche mehr Infos.“ Angst breitet sich in mir aus. Hat sein Manger mitbekommen, dass ich mich in ihrem Dorm eingezeckt habe?

„Keine Sorge, er denkt, wir würden es per Skype führen.“ Gruselig, wie gut er mich kennt. „Er hat mich sogar erst gefragt, ob wir überhaupt noch in Kontakt stehen.“

„Hat er gewusst, dass wir zusammen waren? Also nicht, dass wir zusammen-zusammen waren ... Ich meine gedated.“ Junge, ich rede mich um Kopf und Kragen. Nur weil wir nie definiert haben, was das mit uns war oder schlimmer: *jetzt* ist. Wir machen einen großzügigen Bogen um das Thema, was aus uns wird, sobald ich in ein paar Wochen abreise.

Moon verbeißt sich ein Grinsen, vermutlich wegen meiner Wortkotze. „Wir sollten von Anfang an mit offenen Karten spielen. Normalerweise müssen wir auch Beziehungen melden, sobald wir eine führen.“

Ich schlucke das herunter, über das wir nicht sprechen, und konzentriere mich auf das eigentliche Thema dieses Gesprächs. „Was soll das für ein Interview sein?“

„Ein Onlinemagazin möchte über unseren Leerlauf berichten. Über die Zeit, in der wir dachten, *L8D8* wäre Geschichte. Sie waren wohl auch sehr begeistert von unserem gemeinsamen Song und was er im Internet ausgelöst hat.“

„Aber es ist eine Story über *L8D8*. Gemeinsamer Song hin oder her, wie passe ich da rein?“

Er schmunzelt breit. „Unser Auftritt auf dem Geburtstag von Maras Schwester ist doch im Internet gelandet.“

„Erinnere mich bloß nicht daran.“ Die Klickzahlen wachsen stetig, obwohl es eine gefühlte Ewigkeit her ist.

„Unser Entertainment hat das mit als Punkt aufgeführt, weshalb sie an der Band und uns als eigenständige Personen Interesse haben. Und da unser richtiger Song dann auf Platz 36 der deutschen Charts gelandet ist –“

„Worauf wir immer noch super stolz sind!“

„Worauf wir immer noch super stolz sind", wiederholt er inbrünstig, „scheinst du wohl interessant genug für die Interviewer zu sein." Er setzt den Blinker und fährt von der viel befahrenen Straße ab. „Wir sind übrigens gleich da."

„Das ist ein echt großes Ding."

„Dank mir nicht zu früh, ein Termin wird erst festgesetzt, wenn ich ihnen dein Ja übermittele, und wer weiß, wie lange es dann bis zum Interview dauert."

„Ist voll okay", wiegele ich ab, obwohl ich innerlich super aufgeregt bin. Es liegt nicht nur daran, dass Moon mir nicht verraten wollte, was er heute mit mir vorhat.

Am Fuße eines Hügels, mitten auf einer Wiese mit Blick auf den Han River, parken wir. Moon strahlt, vielleicht liegt es aber auch an dem Make-up, das er nach dem Fotoshooting heute Morgen nicht abgeschminkt hat.

Das ist eine Sache, an die ich mich erst noch gewöhnen muss – dass er tausendmal besser geschminkt ist, als ich es bei mir je selbst zustande bringen würde. Mal ganz davon abgesehen, dass ein Kerl mit verschwörerisch dunkel umrahmten Augen früher nicht unbedingt in mein Beuteschema gepasst hätte.

Moon zwinkert mir zu, saust um den SUV und öffnet mir die Tür. Er ist und bleibt ein Gentleman. Dann führt er mich zum Kofferraum.

„Du wolltest etwas Ruhe? Hier bekommst du sie. Nur du und ich."

„Und dein Kofferraum", schlussfolgere ich, skeptisch, was mich erwartet. „Willst du mich etwa entführen? Dann quetsch mich aber bitte nicht da rein."

Das entlockt ihm ein schiefes Schmunzeln. „Schon mal was von inneren Werten gehört? Es geht darum, was sich *im* Kofferraum befindet."

Ich versuche, durch die abgetönten Scheiben zu schielen, erkenne aber rein gar nichts.

In Zeitlupe öffnet er ihn.

Mir steht der Mund offen, denn er ist mit niedlichen Kissen und Decken ausgelegt und in der Mitte liegt ein Picknickkorb – umgekippt, auf der Seite. Und der halbe Inhalt ist um ihn herum verteilt.

„*Aish*!", schimpft Moon und murmelt andere koreanische Wörter, die in meinem Kurs nicht vorkamen und bestimmt auch niemals behandelt werden. Hektisch stopft er das Essen zurück, wohin es gehört, während ich danebenstehe und ihn herzhaft auslache, statt ihm zu helfen.

Er wirft mir einen finsteren Blick zu, dem er aber selbst nicht lange standhält.

Wenig später sitzen wir, die Beine aus dem Kofferraum hängend, glücklich mampfend da und haben einen der schönsten Ausblicke überhaupt vor der Nase. Und niemand ist hier, der unsere Ruhe stören wird. Keine Li-na, die sich in jedes Gesprächsthema einmischt, kein Teddy, der ungefragt die Fernbedienung an sich reißt und das Programm wechselt. Niemand, von dem wir uns von A nach B scheuchen lassen, wenn wir endlich Zeit für Zweisamkeit haben.

„Ich weiß, du bist erst kurze Zeit hier, aber was hältst du von Seoul?", fragt mich Moon, während ich ein viel zu großes Sandwichstück hinunterschlinge.

Eine tolle Abwechslung zu dem koreanischen Essen, das ich leider nicht vertrage, weswegen man mich meistens in Bastis europäischen-Magen-freundlichen Bistro findet. Ich würde selbst gern mehr im Dorm kochen, aber das ging einige Male schief, da ich bei jedem Geräusch auf dem Hausflur zusammenzucke. Es könnten ja In-su und Aiden oder jemand anderes einfach in die Wohnung platzen. Nachdem ich bei zwei Fluchtversuchen unter Teddys Bett etwas habe anbrennen lassen, habe ich schlichtweg keine Lust mehr aufs Kochen. Was Li-na zaubert, ist sowieso besser. Außer es ist typisch koreanisch mit viel zu viel Schärfe für meinen deutschen Magen.

„Anni?"

Ich schlucke den letzten Rest hinunter. „Sorry, das ist nur echt lecker für ein normales Sandwich."

„Hat Li-na belegt." Er schiebt ein Seufzen hinterher.

„Lass mich raten, du wolltest es selbst machen und sie hat die Küche an sich gerissen."

„Ich will nicht gemein klingen, aber ich hoffe, dass sie bald einen Job findet."

„Und eine neue Bleibe", füge ich hinzu. Sie und Teddy gehen sich nahezu täglich an die Gurgel.

„Es wäre um einiges entspannter. Das Dorm ist einfach zu klein."

„Ist es. Und ich nehme euch auch Platz weg."

„So habe ich das nicht gemeint." Er sieht mich aus großen Hundeaugen an.

Ich nehme mir einen Muffin, der sich als Cheesecake-Variation mit aufwendigen pinken Streuseln herausstellt. „Ich weiß, aber irgendwie habe ich ein schlechtes Gewissen. Allgemein." Ich muss meinen Blick von ihm abwenden, weil ich befürchte, ein schlechtes Pokerface aufzusetzen. Also schaue ich mich auf dem Han River fest. „Du solltest deine Freizeit in Ruhe genießen und nicht für alberne, zuckersüße Dates aufopfern, nur weil ich ungefragt in dein Leben gecrasht bin."

„Am liebsten würde ich dich nie wieder gehenlassen. Du hast ja keine Ahnung, was für ein unbeschreiblich schönes Gefühl es ist zu wissen, dass du abends auf mich in meinem Bett wartest."

„Dass du überhaupt noch die Energie für Sex nach deinem ganzen Training hast ..."

Er verschluckt sich und muss sich zuerst die Seele aus dem Leib husten, bevor er weitersprechen kann. „Das meine ich nicht. Ich will damit sagen, dass es großartig ist, dich in meiner Nähe zu haben. Zu wissen, dass du ... greifbar bist."

„Reiner Eigennutz", bemühe ich mich, das Gespräch ins Lächerliche zu ziehen, aus Angst, es könnte tiefgründiger werden als uns beiden gerade guttun würde. „Ich erlebe aus erster Hand dein Idol-Dasein. Pluspunkt für mich, wenn ich mir was von deinem Make-up und den abgefahrenen Outfits abschauen kann." Ich zwinkere ihm zu. „Aber Spaß beiseite. Es ist faszinierend, was du in an einem Tag unter einen Hut bekommen musst. Ich hab allergrößte Achtung vor den ganzen Fotoshootings und Musikvideodrehs. Den Tanzproben und Gesangsstunden. Eure Zeit im Aufnahmestudio, alles." Ich pule nervös an den Streuseln meines Muffins. „Außerdem bin ich super fasziniert, dass du immer noch ... *du* bist." Bin ich wirklich. Denn das Idol Moon unterscheidet sich kaum von dem Moon, den ich kennenglernt habe. Es ist, als hätte er lediglich den 08/15-Arbeitgeber gewechselt und würde in einem anderen Büro arbeiten. Nicht mehr.

„Würdest du meine Frage von vorhin beantworten?", fordert er, ohne auf mein eben Gesagtes einzugehen. Aus dem Augenwinkel beobachte ich, dass er nicht von mir ablässt. „Ich habe dich gefragt, ob du Seoul magst."

„Ich ... denke. Viel bin ich bisher nicht herumgekommen und es macht mir echt Angst, wenn du immer wieder fragst, ob ich auch wirklich nicht alleine unterwegs bin. Ich würde sagen, ich habe ziemlich viel Respekt vor dieser Stadt."

„Ich mache mir eben Sorgen um dich."

„Moon, ich komme bestens klar. Immerhin habe ich Li-na und auch Sebastian, an die ich mich wenden kann. Wenn ich mal alleine unterwegs bin, dann habe ich Kira oder Hannes am Hörer. Schöne Grüße übrigens."

„Danke." Er senkt den Blick, lässt die Schultern hängen und kräuselt die Lippen. „Vermisst du sie sehr?"

„Kira und Hannes?" Vermisse ich sie? Natürlich. Aber wünschte ich mir, dass ich jetzt in München bei ihnen wäre? Vermutlich bin ich eine miese Freundin, aber gerade fühle ich mich an Moons Seite sehr wohl. Die anderen sind mit ihren eigenen Beziehungen, der Uni oder dem Job beschäftigt.

„Auch Betty und Mara. Ich weiß, du hast dich quasi eben erst mit Betty angefreundet. Oder deine Familie?"

Irgendetwas ist komisch an seinen Fragen. „Was willst du eigentlich wissen?", hake ich deshalb nach und hoffe, ich bereue die Frage nicht gleich. Die Vermutung keimt in mir auf, dass er gern das Jane-Bleibt-Bei-Tarzan-Ding ansprechen würde. Aber dafür ist es zu früh. Denn dann müsste ich eine Entscheidung fällen, wie es mit meiner Zukunft weitergeht, ob ich in Moons

Nähe bleiben kann, oder wieder zurück nach Deutschland sollte.

Er macht jedoch eine wegwerfende Handbewegung. „Ach, nicht so wichtig. Ich wollte bloß sichergehen, ob du dich gut aufgehoben fühlst. Quasi als guter Gastgeber." Dann springt er aus dem Wagen. „Ich möchte dir etwas zeigen. Halte deine Kamera bereit. Da können wir tollen Content für dich drehen."

Gefühlt tausend Zick-Zack-Treppen später laufe und keuche ich neben Moon, den keiner erkennen kann. Er trägt einen Bucket Hat, Sonnenbrille und eine schwarze Maske, die ich heute Ausnahmsweise nicht benötige, vor allem nicht hier oben und fernab der Stadt, wo die Luft viel klarer ist.

Er hat mich in den Haneul Park gelotst, der wunderschön ist. Wir spazieren zwischen hohen Pampasgräsern, rotverfärbten, kniehohen Sommerzypressen und – mein Highlight – rosa Haargras entlang. Der Wind bringt kalte Herbstluft mit sich und ich fröstele leicht. In üblicher Moon-Manier will er mir seinen Schal umbinden.

„Stopp. Ruinier mein Instagram-Outfit nicht."

„Du lässt einen typischen Filmmoment für Social Media sausen?"

Ich lächle verschwörerisch. „Wenn mir der Filmmoment Geld einbringen würde ..."

„Damit kann ich leider nicht dienen." Er nimmt mir das Handy ab und öffnet die App. „Dann influence mal."

Ich finde eine wunderschöne Kulisse, leider weiß ich gerade nicht wirklich etwas damit anzufangen. „Gib mir einen Moment." Im Geiste gehe ich alles durch, was ich die vergangenen Tage an Content gepostet habe. Eigentlich bestand der aus Seoul-Fettnäpfchen, K-Drama-Spots und dem Essen von Li-na und Sebastian.

„Vermisst du was?“, fragt Moon.

„Die Musik“, sage ich. „Ich habe schon lange nichts mehr mit Musik hochgeladen.

„Ich vermisse sie auch“, gibt er zu und lässt den Kopf hängen. „Seit du hier bist, hast du mir keine Songs mehr geschickt.“

Seit ich hier bin, im Land des K-Pop, habe ich nicht mal zu einem Lied gesummt. Ganz schön verrückt. Und ganz schön verrückt wird auch das, was ich als nächstes vorhabe.

Ich scanne meine Umgebung. Es sind zwar viele Spaziergänger unterwegs, aber eigentlich scheint jeder mit sich selbst beschäftigt, denn die wunderschönen rosa Pflanzen werden gerade auf zig Fotos verewigt.

„Bleib da“, weise ich Moon an und entferne mich wenige Schritte, bis ich mitten in den pinken Büschen den perfekten Platz finde. „Gib mir ein Zeichen, wenn du filmst.“

„Alles klar, ich zähle. *Hana, dul* –“

Auf der stillen koreanischen Drei gebe ich alles. Ich singe mir die Seele aus dem Leib, laut genug, damit die Kamera es gut aufnehmen dürfte. Es schert mich nicht, was die anderen um mich herum denken – in diesem Land bin ich eine Fremde. Für sie bin ich vermutlich irgendeine Verrückte, die inmitten dieses Parks emotional wird. Denn ich singe Moons und mein Lied. Unsere Ballade. Ich schmettere die Melodie regelrecht aus mir heraus. Sie ist alles andere als perfekt, weil ich nicht aufgewärmt bin, aber wie schon einmal ist es mir in

Moons Gegenwart egal. Denn es kommt mir nur auf den Moment an.

Kurz bin ich verwirrt, weil sich Moon nach dem ersten Refrain hektisch umsieht und einem Fremden mein Handy in die Hand drückt. Ich fühle mich jedoch von dem Moment fortgetragen und trällere einfach weiter.

Moon schleicht sich neben mich, setzt Hut, Maske und Sonnenbrille ab, nimmt meine Hand und steigt bei seinem Part ein. Spontan verwandeln wir die Szenerie in ein Konzert.

Als ich mir erlaube, die Menge wahrzunehmen, bin ich begeistert, sie mit hoch erhobenen Handykameras in einem Halbkreis versammelt zu sehen. Es fühlt sich fantastisch an. Auch Moon grinst beim Singen über das ganze Gesicht Ich traue meinen Ohren nicht, als ich höre, dass einzelne Leute mitsingen. Sie kennen unser Lied! *Unser* Lied. Es sind nicht viele, aber bestimmt eine Handvoll. Mein Puls beschleunigt sich und Adrenalin pumpt durch meine Venen.

Als wir fertig sind, ernten wir mächtig Applaus. Die Leute rufen Moons Namen und sind ganz außer sich, haben aber den Respekt, nicht auf ihn zuzustürmen.

Wir verbeugen uns vor der Menge und Moon fragt mich: „Ist es in Ordnung, wenn wir ein paar Bilder mit ihnen machen?"

„Natürlich." Ich will gerade rückwärtsgehen und ihm Platz machen, da deutet er mit dem Kopf auf vier Mädchen. „Die wollen nicht zu mir."

Und da höre ich tatsächlich meinen Namen aus ihren Mündern.

Moon sagt etwas auf Koreanisch und übersetzt dann auf Englisch, dass wir gern Bilder machen, wenn jemand möchte.

Die Mädchen tapsen schüchtern auf uns zu und erzählen uns auf Englisch, dass sie aus Amsterdam kommen, meine Cover lieben und durch mich Fans von *L8D8* geworden sind.

Kann mich mal jemand kneifen?

Wir posieren für witzige Selfies und ich werde mit Komplimenten zu meiner Stimme und meinen rosa Haaren überschüttet. Sie sind unglaublich goldig.

Ich unterhalte mich weiter mit ihnen, während Moon mit anderen Bilder aufnimmt und ein paar Autogramme auf Taschen, Pullover oder, ganz Oldschool, Blöcke gibt. Plötzlich tippt mich ein kleines Mädchen an, das mit einer Frau, ich nehme an ihrer Mutter, hinter mir steht.

Moon saust direkt zum Dolmetschen her. „Sie liebt deine Haare und möchte unbedingt mit dem, ich zitiere, *mit dem wunderschönen Mädchen* ein Bild machen."

Ich bin erstaunt über ihren Mut, ich hätte mich so etwas in ihrem Alter vermutlich nie getraut. Also nicke ich kräftig und schenke ihr mein schönstes und ehrlichstes Lächeln. Ihre Mutter drückt eifrig auf ihrem Handy herum, als ich mit der Kleinen sämtliche *Aegyo*-Posen durchgehe. Wir machen Fingerherzen, pieken mit dem Finger in die Wangen, verpassen uns mit unseren Armen Herzen um unsere Köpfe. Die Mutter lacht und hält sich die freie Hand vor den Mund.

„*Gwiyeobda.*" Sie nimmt ihre Tochter an die Hand und bedankt sich dann mit einer angedeuteten Verbeugung bei uns.

Moon will ihr letztes Wort übersetzen, da komme ich ihm aber zuvor.

„Niedlich, oder?"

„Gute Schülerin. Du bekommst ein Fleißsternchen."

Ich behalte für mich, dass ich das Wort aus den unzähligen K-Dramen und nicht in meinem Kurs gelernt habe.

Meinem Moment des kurzen Ruhms wird ein jähes Ende bereitet, als Moons Handy klingelt. Seinem lauten Schlucken nach, während er den Anrufernamen liest, bedeutet das nichts Gutes.

„Manager Park."

Verflucht. Wir könnten uns vormachen, dass der Anruf rein zufällig ist und nichts mit unserer Showeinlage zu tun hat, aber so naiv sind wir nicht.

„Geh ran", fordere ich ihn auf, während er das Display ungläubig anstarrt.

Er atmet tief durch und nimmt ab. Ich wünschte, ich würde mehr als Bruchstücke aus seiner Unterhaltung verstehen.

Aniyo – nein. *Ne* – ja. *Mianhaeyo* – entschuldige. *Arasseoyo* – ich weiß. Dann ist mein Fachwissen am Ende.

Moons Lippen beben ein wenig und er bemüht sich, seine Stimme fest klingen zu lassen, jedoch muss er sich öfter räuspern.

Der Typ am anderen Ende schreit geradezu durch den Hörer, dass mir ganz Angst und Bang wird. Dann legt er auf.

„Wir sollten zurück, oder?“, mutmaße ich und ernte ein starres Nicken. „Es tut mir unendlich leid. Wäre ich nicht auf diese blöde Idee gekommen, dann –“

„Hey.“ Sachte legt er mir jetzt doch seinen Schal um den Hals und greift nach meinen Oberarmen. „Es war ein schöner Nachmittag und ich würde nichts davon anders machen.“ Seine stahlgrauen Haare wirbeln ihm wirr ins Gesicht und umspielen seine Augen, die verräterisch schimmern. Auch seine schmalen Lippen strafen ihn Lügen.

„Wir wollten immer ehrlich sein“, murmele ich. „Gib ruhig zu, dass wir Mist gebaut haben.“

Sein Griff wird fester, als wolle er mich davon abhalten, mit dem Wind davon zu fliegen. „Ich lüge nicht. Das war ein wunderschöner Tag. Eigentlich wollte ich, dass er besonders wird. Ich wollte dir sagen –“

Meine Hand bedeckt schneller seinen Mund, bevor ich realisiere, was ich da tue. „Wehe, du sagst mir jetzt, dass du mich ... gerne hast. Ich verbiete es dir, solange wir nicht wissen, wie das ganze Chaos ausgeht.“

Er schiebt meine Finger langsam von sich. „Aber ... was, wenn sie dich aus der Wohnung jagen? Ich bin noch nicht bereit, dich wieder gehen zu lassen.“ Tränen sammeln sich in seinen Augen, die ich heute eigentlich strahlen sehen wollte.

Ich reiße mich zusammen und bemühe mich, einen witzigen Ton anzuschlagen. „Jetzt fahr mal runter. Ist ja nicht so, als würde es nicht tausend Hotels in der Nähe geben, oder? Dann hab ich vielleicht endlich mal mehr Platz und Ruhe für mich.“

Ich kann nicht widerstehen, ihm in die weichen Wangen zu kneifen. „Jetzt hol dir deinen Anschiss ab und wir überlegen danach, wie es weitergeht."

Zur Antwort legt er den Kopf schief und drückt seine vollen Lippen auf meine. Gibt mir einen Kuss, aus dem ich die Angst vor einem baldigen Abschied förmlich schmecke. Deswegen dränge ich ihn von mir weg.

„Hör auf mit dem Kitsch. Mach dir lieber Gedanken, was In-su und Aiden zu der Sache sagen."

„*Aish*, an die habe ich gar nicht gedacht. Ich hoffe, dass Manager Park die Sache mit mir regelt und die beiden in Ruhe lässt. In-sus Eltern sind seit vorgestern zu Besuch und Aiden hat große Pläne mit ihnen."

Langsam fällt es mir immer schwerer, mein schlechtes Gewissen vor ihm zu verbergen. „Timing ist nicht unsere Stärke, oder?"

„Nicht wirklich." Das entlockt ihm endlich ein Lächeln. Na gut, eher ein unglückliches Grunzen, aber immerhin.

„Komm." Ich halte ihm meine Hand hin. „Du solltest deinen Manager nicht warten lassen.

Kapitel 16

Das Kapitel, in dem ich Elefantanten anschreie.

„Teddy wäre fast an die Decke gegangen."

„Nicht hilfreich, Li-na."

Wir haben es uns mit *Makgeolli* auf der Couch bequem gemacht. Und haben bereits eine ganze Flasche intus und Li-na bringt gerade die zweite.

Sie schenkt mir den trüben, leicht schäumenden Reiswein in mein traditionelles Schälchen und ich kippe den herben, seltsam süßen Alkohol in einem Zug herunter. Er schmeckt wie eine Mischung aus Milch und Sprite.

„Du solltest langsam machen", mahnt sie mich, gießt aber trotzdem artig nach. „Außerdem schauen wir uns in Korea beim Trinken nicht in die Augen. Du solltest immer zur Seite sehen. Ist ein Respektding."

„Aber wenn du dir in Deutschland nicht in die Augen schaust, bedeutet es schlechten Sex."

„Touché."

Wir stoßen an und schauen uns artig in die Augen. Keiner braucht hier ein verfluchtes Sexleben.

Sie schluckt und zieht eine saure Grimasse. „Vielleicht war Trinken doch keine gute Idee."

„Aber es war deine."

„Weil du geknickt warst."

„Bist", korrigiere ich sie, rutsche von der Couch auf den Boden und muss mich bemühen, dass mir nicht schummrig wird. „Was für Konsequenzen wird es für die Jungs haben?"

Li-na zuckt mit ihren Schultern. „Unsere Konsequenz wird sicher der Auszug sein." Wieder nimmt sie einen kräftigen Schluck. „Wir hätten uns vielleicht *vor* dem Betrinken um ein Hostel kümmern sollen."

„Wir sind nicht betrunken." *Sind wir nicht, oder?*

Gut, Li-na ist bei ihrer Rückkehr mit Flasche Nummer zwei fast gegen den Raumteiler gelaufen, aber das passiert den Besten.

„Deine Wangen sind schon total rosig."

Das bringt mich unwillkürlich zum Kichern. Ich fühle mich wie in einem K-Drama. Sobald die Figuren das Bechern anfangen, wird ihnen übertrieben Rouge ins Gesicht geschmiert.

Li-na stimmt in mein Gekichere ein und wir sitzen eine gefühlte Ewigkeit laut prustend auf dem Wohnzimmerboden.

Der Alkohol kriecht unerbittlich weiter in mein Hirn und ich brauche unglaublich lange, bis ich ein plötzliches Piepen zuordne.

„Die Tü!"

„Die Tü?", wiederholt Li-na dusselig grinsend.

„Tür!" Kurzerhand packe ich sie an ihrem Latzhosenträger, um sie mit hinter den Raumteiler zu ziehen. Wir stolpern übereinander und der Weg hinter den Sichtschutz kommt mir wie ein Marathonlauf vor. Aber ins Zimmer schaffe ich es in meinem beduselten Zustand nicht.

„Ist doch jetzt auch egal", säuselt sie und ist drauf und dran, wieder Richtung Sofa zu stolpern.

Ich halte ihr meine Hand vor den Mund und schiebe sie zurück. Für Moons und Teddys Rückkehr ist es zu früh. *Oder?*

Wie viel Zeit ist vergangen, seit Li-na und ich angefangen haben zu trinken? Keine Hilfe, dass es vor dem Abendessen schon draußen stockdunkel wird.

Meine innere Uhr und logisches Kombinieren funktionieren gerade eher semi gut, obwohl ich mich durch den Schreck plötzlich wacher und ein wenig nüchterner fühle – denke ich.

Dass der Schreck berechtigt war, bestätigt mir der Blick durch den schmalen Schlitz zwischen Raumteiler und Wand. Zwei Gestalten nähern sich der Couch, die garantiert weder Teddy noch Moon sind. Der *Makgeolli* verklebt mir ordentlich die Gehirnzellen und es fällt mir schwer, die Gesichter zuzuordnen. *Sind es überhaupt zwei, oder sehe ich doppelt?*

Doppelt ... Ha! Geistesblitz! Das müssen In-su und Aiden sein, die ich bisher noch nicht live zu Gesicht bekommen habe.

Mit Moon habe ich ausgemacht, dass er die beiden über unsere Anwesenheit aufklären wollte, sobald er und Teddy mit ihrem Manager gesprochen haben. Die Chance möchte ich ihm eigentlich nicht nehmen.

Was machen die jetzt ausgerechnet hier?

Sie verschwinden bestimmt gleich, wenn sie merken, dass Teddy und Moon nicht da sind.

In-su und Aiden unterhalten sich auf Koreanisch und nicht mal die einfachsten Wörter, die mir bekannt vorkommen sollten, wollen mir einfallen. Merke: zu viel

Makgeolli ist zu viel *Makgeolli.* Der sinnlose Gedanke bringt mich beinahe zum Kichern, aber diesmal ist Lina diejenige, die mich ermahnt, leise zu sein. Sie weiß von Moons und meiner Abmachung und will sich bei ihrem Bruder nicht unbeliebter machen als sowieso schon.

Ich hebe fragend die Hände. Da zieht sie ihr Handy aus der Latzhose und tippt:

Sie wollen die *Ruhe* genießen. Wissen, dass Teddy und Moon unterwegs sind.

Bevor die Worte Sinn in meinem vernebelten Kopf ergeben, bin ich erstaunt, dass sie alles ohne einen Fehler geschrieben hat. Vielleicht bin ich doch ein klein bisschen mehr betrunken als sie. Denn, als ich wieder zu Moons Freunden schiele, sehe ich immer noch doppelt. Und, verdammt, was ich da zu Gesicht bekomme, ist doppelt sexy.

Schon, während ich die Auftritte ihres Comebacks verfolgt habe, war ich von ihrer eher femininen, wunderschönen Optik gefesselt. Beide haben kinnlanges, eisblondes Haar. In das greifen sie sich gerade und küssen sich, als würden sie verhungern, fressen sich förmlich gegenseitig auf. Sie schieben ihre Körper aufeinander. Ich weiß nicht, wer oben und wer unten ist, aber das regelmäßig raschelnde Geräusch ihrer Kleidung gemischt mit dem Schmatzen ihrer Küsse lässt Hitze in mir aufsteigen. Ich sollte wegschauen, aber ich erwische mich dabei, wie ich mir fest auf die Lippe beiße, während einer der beiden stöhnt. Sie richten sich auf, sodass Aiden auf In-sus Schoß rutscht. Dass es Aiden ist, der uns den Rücken zugedreht hat, erkenne ich an dem Helix Piercing, das zum Vorschein kommt, als In-su ihm sachte die Haare hinter das Ohr klemmt. Keiner sagt etwas, sie halten einen Moment inne.

Dann höre ich das Öffnen eines Reißverschlusses und wie Li-na flehend ruft: „*An dwae!*“ Sie läuft nach vorn. „For god’s sake! Stop it!“

Ja, natürlich. Um Himmelswillen, hört bloß auf damit. Wirklich. Kein bisschen weiter. Nein, nein.

Selbst meine Gedanken klingen höchst ironisch.

Wie nötig habe ich es, dass ich den Anblick gerade gar nicht scheiße fand? Moon und ich haben definitiv nicht genug Zweisamkeit.

„Han Li-na?!“ Aiden rollt sich von In-su herunter, als wäre sein Schoß heiße Lava.

Ich reiße meinen Blick endlich von dem Spalt weg und gebe mich neben Li-na zu erkennen.

Ich hebe die Hände wie ein ertappter Einbrecher. Dann winke ich schüchtern, vermutlich vor Scharm knallrot angelaufen. „*Annyeong*“, hüstele ich, weil ich mich in der Aussprache unsicher fühle und sich ein Lallen dazu mischt.

„*Moon-hee-ya yeojachingu*?!“

„In-su will wissen, ob du Moons Freundin bist.“

Ich nicke zögerlich. „*Ne.*“ Na, sieh mal einer, guck. Ein einfaches *Ja* schaffe ich.

„What the fuck“, flucht Aiden und sein britischer Akzent klingt zum Niederknien.

In-su steht eilig auf, um seinen Reißverschluss nach oben zu zerren.

Ich grinse schief, was mir vermutlich ordentlich misslingt. Mutig gehe ich zum Tisch und halte eine Flasche nach oben. „*Makgeolli?*“

***

Wer hätte nach unserem ungeplanten Kennenlernen gedacht, dass ich wenige Stunden später mit den beiden Idols auf dem Boden liege und die Decke anstarre, während wir über die Zukunft sinnieren? *Ich definitiv nicht.*

Li-na hat In-su und Aiden ordentlich *Makgeolli* eingeflößt, nachdem wir ihnen erklärt haben, weshalb Teddy und Moon nicht da sind. Sie haben es überraschend cool aufgenommen, was mein schlechtes Gewissen zumindest etwas beruhigt. Jetzt trinke ich eher aus einem anderen Grund. *Teddy*. Die Geheimnistuerei ist auf seinem Mist gewachsen und ich habe mit meinem Ständchen alles ruiniert. Und irgendetwas in mir sagt mir, vor einem wütenden Teddy lieber Reißaus zu nehmen.

Moon wird hoffentlich ein guter Puffer sein ...

„Ich wusste, dass was im Busch ist, nachdem Moon-hee-*ssi* endlich wieder in Topform ist." Aidens Britisch-Englisch zergeht ihm regelrecht auf der Zunge und ich bin den Idols dankbar, dass sie für mich die Unterhaltung komplett in der Sprache halten, die ich verstehe.

„Aber ..." In-su hebt seine Hand und spielt mit dem Schmuck an seinen feingliedrigen Fingern. „Ich heiße Geheimnisse innerhalb der Gruppe nicht gut. Wie stehe ich als Leader da, wenn man mir nichts anvertraut?"

„Da nehme ich meinen Bruder mal in Schutz", mischt sich Li-na ein, die sich ein Kissen vom Sofa schnappt, um bequemer zu liegen. „Er wollte euch nicht belasten. Annis und Moon-hees Zusammenführung war ein Experiment. Stellt euch vor, Moon-hee hätte schlichtweg keine Lust mehr auf die Musik gehabt. Seid also froh, dass es gut ausgegangen ist."

„Ist es das?", werfe ich die Frage in den Raum. Noch ist nämlich gar nichts gut ausgegangen. Wir haben da ein Problem in der Größe eines Elefanten zu klären.

Aiden richtet sich auf, räuspert sich ankündigend und schiebt die langen Haare aus der Stirn. Es liegt wohl am Alkohol, dass es für mich wie in Zeitlupe geschieht. Was für ein liebenswertes Lächeln er zustande bekommt. Es erreicht seine Augen und drängt die Lider zusammen.

Ladys and Gentlemen, hier werden Sie Zeuge eines perfekten Eyesmiles.

„Wolltest du was sagen?" Aiden bettet den Kopf auf den Schoß seines Freundes. „Sorry, wenn er zu viel trinkt, setzt sein Gehirn manchmal aus."

„*Jagiya*", tadelt In-su seinen *Schatz*. „Ich habe überlegt, wie ich es am besten ausdrücke."

„Rück raus mit der Sprache und mach es nicht übertrieben spannend." Li-na gehört offenbar eher zur genervten Sorte, wenn sie zu tief ins Glas guckt. *Gut zu wissen.*

In-su verdreht die dunkel geschminkten Augen. „Hat dir schon mal jemand gesagt, dass du eine Plage bist?"

„Mein Bruder. Täglich."

„Touché. Also ... Mir erscheint Moon-hee-*ya* das erste Mal seit unserer Wiedervereinigung glücklich. Besteht die Chance, dass du länger in Seoul bleibst? Ginge das denn?"

Besagter Elefant nimmt gemütlich bei uns Platz. *Wie toll.*

Auch die anderen scheinen den Ernst der Unterhaltung zu spüren und richten sich gespannt auf.

„Was wollt ihr von mir hören? Wir kennen uns eigentlich nicht", murmele ich und merke zu spät, wie gemein meine Aussage war. „Ich meine ... Er ist euer bester Freund. Müsstet ihr nicht erst einen kompletten Background-Check von mir machen und mich auf meine Absichten löchern?"

Das bringt Aiden dazu, herzlich zu lachen.

„Was? Was ist daran so komisch?"

„Na ja. An der Stelle sollten wir vielleicht zugeben, dass wir dich gestalkt haben. Moon-hee-*ssi* hat uns mittlerweile ganz viel von dir vorgeschwärmt, da hatten wir euren Partyauftritt bereits online gesehen. Noch bevor er einen Fuß nach Seoul gesetzt hat, haben wir das ganze Internet nach dir durchforstet."

Li-na zieht einen Schmollmund. „Hey, ich dachte, ihr haltet nichts von Social Media?"

„Tun wir auch nicht. Aber wie Anni richtig gesagt hat, er ist unser bester Freund. Die Band ist unsere Familie."

Es freut mich, das aus Aidens Mund zu hören – was nicht nur am heißen Akzent liegt. Moon ist perfekt bei ihnen aufgehoben.

Aber wo passe ich da noch rein?

Voilà. Ein zweiter, noch größerer Elefant platziert seinen dicken Hintern direkt neben mir. Er macht es sich gemütlich, legt seinen Rüssel um meine Schultern und drückt mich mit seinem Gewicht aus Zweifeln runter.

„Verpiss dich, Elefant!", rufe ich auf Deutsch und greife mir niedergeschlagen ins Haar.

Li-na tätschelt mir zaghaft die Schulter. „Sag mir bitte, dass du wegen dem Alkohol halluzinierst und keinen Schlaganfall bekommst."

„Wegen *des Alkohols*", verbessere ich sie, schenke mir ein Glas des eben benannten nach und kippe es in einem Zug herunter.

Mir tut es unglaublich leid, aber Li-na ist nicht Kira. Und gerade wächst in mir das Bedürfnis, mit meiner besten Freundin über mein Schlamassel zu reden. „Entschuldigt mich kurz."

Sie schauen mir zwar mit großen Augen hinterher, halten mich aber nicht auf, in Moons und mein Zimmer zu gehen – vorsichtshalber im Vierfüßlergang, der letzte Schluck war der Tropfen, der das Anni-Fass zum Überlaufen gebracht hat.

Ich schaffe es nicht auf das Bett, dafür aber nach drei Anläufen Kiras Nummer zu wählen.

Sie nimmt den Videoanruf erst nach dem zweiten Anrufversuch an. Ihre Locken stehen zu allen Seiten ab und sie blinzelt ins Display. „Anni? Weißt du, wie spät es ist?"

„Zu spät", seufze ich, meine dabei jedoch nicht die Zeitverschiebung.

„Bist du ...? Klar. Du bist betrunken. Ist was passiert?" Sie schält sich aus dem Bettlaken und im Hintergrund höre ich Mara etwas brabbeln. Kira beruhigt sie und nimmt mich mit in den Hausflur der Chéns.

Super. Ein weiterer Elefant stapft in Moons Zimmer und trötet ohrenbetäubend in meine Gedanken. Ein herzliches Willkommen an den Arbeitslosen-Elefanten.

„Rede mit mir. Hat Moon Scheiße gebaut? Oder war es dieser Teddy. Ich weiß noch nicht, ob ich ihm trauen soll."

„Nein ... es sind die Elefantanten", lalle ich und spüre, wie sich Tränen an die Oberfläche bahnen.

„Elefanten?"

„Ja, Elefantanten. Hab ich doch gerade gesagt. Du musst mir besser zu hören."

Sie schnaubt belustigt. „Okay, ich bin ganz Ohr."

„Also", ich schniefe, „ich hab Scheiße gebaut. Wir hatten ein tolles Date." Der Gedanke an das rosa Haargras und den Moment der stimmlichen Verbundenheit ist nicht hilfreich, was mein Geheule angeht. „Wir sind wieder viral gegangen."

„Schon gesehen. Es sind super schöne Aufnahmen von euch überall auf Instagram und TikTok. Hast du deine Abonnenten mal überprüft? Seit ich das letzte Mal nachgesehen habe, hast du über zehntausend neue bekommen."

„Z...z...zehntausend neue?!" Wie dämlich die Mischung aus Traurigkeit und Geschocktsein für Kira gerade aussehen muss.

Sie nickt. „Erzähl von der Scheiße, die du gebaut hast."

„Na, dass wir wieder online sind. Zusammen. Sein Manager hat ihn seit Stunden in der Mangel. Wir sind aufgeflogen. Ich muss aus ihrem Dorm, hab kein Geld für eine andere Bleibe. Vermutlich sollte ich einfach nach Hause fliegen."

„Dann buchen wir dir ein Ticket zurück, das ist doch kein Problem."

Ich verstumme. Elefant Nummer Eins hat offenbar mit seinen riesigen Segelohren gelauscht und zwängt sich in den Vordergrund. „Aber was … wenn ich gar nicht zurück will?“, flüstere ich, als wäre es ein Geheimnis, das ich nicht einmal ihr anvertrauen möchte.

„Anni. Du bist noch keine zwei Wochen in Seoul. Und sonderlich begeistert warst du bisher von der Stadt nicht.“

„Ich will aber da sein, wo seine doofen Crocs sind.“ Wie ein trotziges Kind ziehe ich einen Flunsch. „Ich will bei Moon bleiben. Ich will, ich will, ich will.“ Dabei haue ich sogar mit der Faust auf den Boden.

„Du hast keine Vorstellung, wie sehr es mich freut, das zu hören.“

Verwirrt, weil es nicht Kiras Stimme war, starre ich das Display an. Es war auch nicht Mara, denn die Stimme war definitiv männlich.

Plötzlich setzt sich jemand neben mich.

Oh, shit, bitte nicht noch ein Elefant!

Ein Blick zur Seite beruhigt mich sofort. Es ist Moon.

„Gib mir das Telefon“, bittet er vorsichtig.

Seine leise, vertraute Stimme geht mir durch Mark und Bein, krabbelt wohlig warm in jede Ecke meines Körpers und hinterlässt ein angenehmes Gefühl in meiner Brust. Sie löst das Elefantengewicht von meinen Schultern und scheint auf magische Weise alles leichter zu machen. Außerdem erlaubt sie mir, etwas freier zu atmen. Was aber auch daran liegen könnte, dass ich mir den ganzen Heulrotz die Nase und noch weiter hoch bis ins Hirn ziehe.

„Anni, das Telefon“, wiederholt er.

Ich komme, dusselig nickend, seiner Aufforderung nach.

„Kira? Hi. Ich übernehme, wenn das okay ist?"

„Kümmere dich gut um sie, hast du mich verstanden?"

„Sollen wir uns Gegenfragen stellen?"

„Ich weiß nicht, sollen wir, Mr. Korea?"

„Mach's gut Kira. Richte den anderen schöne Grüße aus."

Habe ich den kleinen Schlagabtausch gerade noch stumm verfolgt, falle ich Moon jetzt um den Hals und vergrabe meine Nase an seiner Brust. „Ich bin so peinlich", schluchze ich und mir ist es unmöglich, mit dem Heulen aufzuhören.

Er fährt mir in beruhigenden Kreisen über den Rücken. „Was hältst du davon, wenn du dir eine Portion Schlaf gönnst."

„Nein." Ich rudere mich unter seinen starken Armen hervor. „Du musst mir von dem Treffen mit deinem Manager erzählen."

„Verschieben wir das auf morgen."

Ich blicke ihn hoffnungsvoll an. „Wir müssen nicht ausziehen?"

„Sie sind keine Unmenschen. Mitten in der Nacht wird hier niemand rausgeworfen."

„*Deineda*."

Abwägend blinzelt er mich an. „Deine da?"

„Neiiin, *deineda*", wiederhole ich. „Ist mein Koreanisch so schlecht? Verdammt. Was sagen die in den K-Dramen immer, wenn sie erleichtert sind?"

„Gott sei Dank?"

„Neiiin, das sagen wir in Deutschland, du Idiot."

Er tippt auf seine Matratze und ich leiste dem stummen Befehl Folge. „Gut so. Und was du meinst, heißt *dahaengida*."

„Sag ich doch, *deineda*."

„Klar, entschuldige. Jetzt höre ich es natürlich auch." Dann hebt er zuckersüß lachend die Bettdecke hoch, damit ich darunter rutschen kann.

„*Ganznah*", bedanke ich mich.

„*Gamsa*", meint er doch wirklich, mich erneut verbessern zu müssen, und trägt dabei ein unverschämt attraktives Grinsen.

„Sei nicht gemein. Lass lieber deine Crocs da."

Er kneift die Augen zusammen. Verdammt sexy. „Was ... was willst du mit meinen Crocs?"

„Stell sie neben das Bett", flüstere ich und winke ihn näher an mich heran, weil ich ihm gleich ein Geheimnis anvertrauen will. „Weil sie immer da sind, wo du bist. Wenn sie jetzt da sind, bist auch du da. Verstehst du?"

„Ja, ja, klar. Natürlich." Artig streift er sie ab, während er sich auf die Lippe beißt und amüsiert schnauft. Dann stellt er sie ordentlich neben das Bett. „So gut?"

Ich grinse sie dämlich an, als wäre es teurer Schmuck, den er mir soeben geschenkt hat. „Perfekt."

„Dann schlaf jetzt, *jagiya*." Zu guter Letzt drückt er mir einen weichen Kuss auf die Stirn.

Und ich schmelze dahin, segele mit dem Kosenamen, mit dem er mich noch nie zuvor angesprochen hat, auf den Wellen des Alkohols in den Schlaf und ignoriere das alarmierende Tröten der Elefantanten.

***

„Aufstehen! Krisensitzung!", weckt mich Teddy unsanft.

Ich taste neben mich. Die einzige Spur von Moon ist die warme Stelle, die er zurückgelassen hat. Ich fahre zu schnell nach oben und bereue es sofort. Vermutlich werden mich die Kopfschmerzen den ganzen Tag an gestern erinnern. Meine Erinnerungen an den Abend sind zwar verschwommen, aber leider nicht ganz weg. *Wie peinlich.*

„Kommt jetzt!", ruft Teddy mit Nachdruck. „Bewegt eure Ärsche."

Ich werfe mir schnell eins von Moons Shirts über und suche in meiner Tasche nach einem Pfefferminzbonbon. Er lässt mir bestimmt keine Zeit zum Zähneputzen.

Li-na ist nicht viel schneller als ich am Wohnzimmertisch. Dort, wo vier Schalen und fünf leere Flaschen Alkohol anklagend zurückgelassen wurden.

Moon schiebt sich am Sichtschutz vorbei und bringt wohlig duftenden Kaffee zu uns, von dem ich dankbar einen großen Schluck nehme.

Wenn ich Li-na so sehe, hoffe ich inständig, dass ich nicht auch wie eine Panda-Leiche ausschaue. Trotzdem wische ich gekonnt beiläufig am unteren Rand meiner Augen entlang, sicher ist sicher.

Teddy rauft sich das Haar, während Moon neben ihn schleicht. Er hat wohl auch Respekt vor dessen schlechter Laune.

„Wo soll ich bloß anfangen?", fragt Teddy.

„Hast du überhaupt geschlafen, Bruderherz?"

Sein Lid zuckt nervös. „Ob ... ich ... geschlafen habe? Ob. Ich. Geschlafen. Habe?"

„Schon gut, übertreib mal nicht, Dramaqueen."

Moon wirft Teddys Schwester einen einschüchternden Blick zu. „Li-na, bitte."

Oh, oh. Das bedeutet nichts Gutes.

„Er ist schlecht gelaunt, weil es schwer war, unsere beiden betrunkenen Member in ihre Wohnung zu schleusen, ohne dass In-sus Eltern etwas davon mitkriegen."

„Als hätten sie ihn noch nie betrunken gesehen", murmelt sie zur Seite, rudert allerdings mit ihrem schnippischen Ton zurück. Vermutlich wird ihr allmählich der Ernst der Lage klar.

„Das meint Moon nicht. Aiden will ihre Erlaubnis, um In-su einen Heiratsantrag zu machen. Deswegen hat er die beiden diese Woche über eingeladen. Und solche Eskapaden sind dabei schlichtweg unangebracht."

Li-na hebt abwehrend die Hände. „Schon gut, du brauchst mich deswegen nicht anmaulen. Es war ihre Entscheidung, mit uns zu trinken."

„Was das angeht ... Musstet ihr euch zulaufen lassen?"

Ich folge Teddys anklagendem Blick zu dem Chaos auf dem Tisch.

Moon zieht die Luft scharf ein. „Das ist jetzt wirklich übertrieben. Du wolltest gestern auch noch einen trinken gehen."

„Auf welcher Seite bist du?"

„Auf gar keiner. Aber es bringt nichts, die Mädels blöd anzugehen. Wir haben Wichtigeres zu besprechen."

Ich traue mich fast nicht, die Frage zu stellen, muss es aber. „War das Gespräch gestern schlimm?"

Moon setzt sich zu uns und nimmt meine Hand. „Manager Park war unglaublich sauer. Ich brauche nicht erzählen wie sehr. Es ist nur wichtig zu wissen, dass wir Kompromisse eingegangen sind und jetzt Entscheidungen treffen müssen."

„Kompromisse?", hakt Li-na skeptisch nach.

„Ja, Kompromisse", sagte Teddy. „Ihr beiden müsst schnellstmöglich ausziehen und man brummt uns dafür keine Vertragsstrafe auf."

Erleichterung, aber im gleichen Maß auch Sorge breiten sich in mir aus. „Vertragsstrafe?"

Beruhigend fährt mir Moon über das Haar. „Alles gut, so weit sollte es nicht kommen."

Teddy prüft etwas auf seinem Handy und nickt. „Wir haben da etwas für euch arrangieren können."

„Ich hoffe, du verfrachtest uns in keine Absteige."

Teddy wirft seiner Schwester einen Blick scharf wie gewetzte Klingen zu. „Ihr werdet bei deinem Sebastian unterkommen."

Li-na bleibt der Mund offenstehen, als er ihr das Handy gibt. „Du hast mein Handy geklaut?"

„Du hast es auf dem Tisch liegen lassen. Selbst schuld. Außerdem wolltest du dich längst um einen Job und eine eigene Wohnung bemühen. Und, was ist bisher passiert?"

„Sei jetzt nicht unfair zu mir, weil du auf Moon und Anni sauer bist."

Moon dreht sich mir zu. „Ich weiß, dass du nicht gerne Geld annimmst, deswegen dachte ich, Sebastian wäre eine gute Option für dich? Ich würde dir auch jedes Penthouse bezahlen, wenn du das möchtest."

Ich schüttele schnell den Kopf. „Bloß nicht. Du hast mich vollkommen richtig eingeschätzt." Dafür drücke ich ihm ein Küsschen auf die Wange.

Li-na macht ein Würgegeräusch. „Aber ich würde dein Geld annehmen Moon-hee-*oppa*." Sie verschränkt erwartungsvoll die Finger und blinzelt ihn liebenswürdig aus ihren maskaraverschmierten Augen an.

„Das musst du mit deinem Bruder klären."

„Was hat euer Manager noch gesagt?", unterbreche ich den Geschwisterstreit, bevor der eskaliert.

Moon drückt meine Hand fester. „Er hat uns beide vor die Wahl gestellt. Entweder wir gehen eine öffentliche Beziehung ein, oder halten uns voneinander fern. Wir dürfen Beziehungen haben, aber die werden zu Werbezwecke benutzt. Heimliches Treffen schadet nur dem Ruf. An dem Interview, von dem ich dir gestern erzählt habe, sollst du vorerst nicht mehr teilnehmen."

Ein leises *Oh* ist alles, was mir blöderweise dazu einfällt.

„Ihr müsst euch nicht gleich entscheiden." Teddy rutscht näher an meinen Freund. „Da du unseren Moon-hee hier weggedrückt hast, als er dich ganz romantisch geküsst hat, haben sie Optionen."

„Was für Optionen?" Kurz muss ich überlegen, was er genau meint. War es der Kuss, der sich nach Abschied angefühlt hatte, nachdem Moon mit Manager Park telefoniert hatte?

„Das Marketingteam würde sich deiner annehmen. Man könnte behaupten, eure Gesangseinlage wäre Werbung für euren gemeinsamen Song und der flüchtige Kuss eine Showeinlage gewesen."

„Das Marketingteam?", echot Li-na.

Moons Augen leuchten. Erahne ich Hoffnung in ihnen? „Sie sind begeistert von Annis Onlineauftritt. Die Songcover auf YouTube, TikTok, die witzigen Reels und Storys auf Instagram und ihre ehrlichen Posts. Followerzahlen hat sie genug, damit sie für Content Creators attraktiv ist."

„Stopp, stopp, stopp." Mein Hirn kann gar nicht so viel auf einmal verarbeiten. „Mal langsam. Nach dem ganzen Schlamassel würden sie mir auch noch einen Job anbieten?"

„Je nachdem, wie ihr beiden euch entscheidet."

Ich starre Teddy fassungslos an. „Wenn wir behaupten, wir wären nicht zusammen, dann reise ich zurück nach Deutschland und tu so, als wäre das alles hier nie passiert?"

Teddy und Moon bejahen gleichzeitig.

„Sollten Moon und ich unsere Beziehung jedoch öffentlich machen, dann darf er weiter sein Idol-Ding machen und ich werde in Sachen Social Media unterstützt. Könnte damit mein Geld verdienen und in Seoul bleiben?"

Li-na klatscht in die Hände. „Oh, dann ist ja wohl klar, wofür ihr euch entscheidet."

Kapitel 17

Das Kapitel, in dem sie es schon wieder tun.

„Dass du wirklich noch überlegen musst", murrt Li-na mich an, während sie die Liege zusammenklappt und ihr Bettzeug trotzig neben meinem im Regal verstaut.

Ich zupfe meine Strickjacke zurecht und lege den Kopf in den Nacken. „Keiner hat gesagt, dass du mit mir hierbleiben musst."

„Da ich so pleite wie du bin, ist Sebastians Lagerraum auch meine einzige Alternative."

Wenn ich ehrlich bin, habe ich bei Bastis Angebot eher an eine Schlafcouch oder den Wohnzimmerboden gedacht und nicht, dass wir unser Nachtlager zwischen Kimchi-Eimern und hundert Ramen-Packungen aufschlagen. Unser Pech, dass er bei seinen Eltern wohnt und nichts Eigenes hat. Außer das Bistro.

„Anni. Wenn du das Angebot des Marketingteams annimmst, sponsern die dir bestimmt sofort eine eigene Wohnung. Sie lieben dich."

Tun sie tatsächlich. Vor zwei Tagen haben mir die Content Creators, die mit *L8D8*s Entertainment zusammenarbeiten, ihre Ideen gepitcht. Ich könne mich in den Reihen der E-Celebritys langsam nach oben kämpfen – wer's glaubt. Markenbotschafter für Beautyprodukte, dafür wäre ich gut genug. Aber da der Musikmarkt in Korea heißumkämpft ist und aktuell überläuft, ist da kein Platz für ein kleines, gefallenes Sternchen aus Deutschland. Verstehe ich, war aber trotzdem ganz schön hart, so das vor den Latz geknallt zu bekommen.

„Ich will aber die Musik nicht aufgeben." Und noch viel wichtiger: Ich möchte mich endlich selbst um meine Zukunft kümmern und ganz gewiss nicht, dass sich wieder andere einmischen. Damit ist jetzt endgültig Schluss. Ich schaff das allein.

„Ach ja?" Li-na schnappt sich ihren Mantel von dem Gemüseregal und schultert ihr Täschchen, in das nicht einmal ihr Handy passt. „Wie viele Songs hast du in letzter Zeit hochgeladen?"

Autsch. Der nächste Realitätscheck. Unnötig, aber wahr.

Mein Lid zuckt nervös. „Trotzdem will ich mir die Chance für die Zukunft nicht nehmen lassen. Ich muss alle Rechte an sämtlichen Accounts abtreten. Ohne Einwilligung darf ich nichts hochladen. Nein, danke." Aktuell bin ich der Überzeugung, dass sie solch harte Auflagen aufsetzen, weil ihnen der ungeplante Auftritt von Moon und mir mehr Schadenbegrenzung kostet als gedacht.

Es wäre einfacher für sie gewesen, wir outen unsere Beziehung. Nicht nötig zu erwähnen, dass sie mindestens so sehr geknickt waren wie Moon, als ich ihn um Bedenkzeit gebeten habe. Dabei war das Team aber nicht so gut darin gewesen wie er, diesen Schlag zu überspielen. Moon hat mir Verständnis entgegengebracht und mir die nötige Zeit versprochen, die ich brauche, um mir meiner eventuellen-ganz-vielleicht Zukunft auf diesem fremden Kontinent klarzuwerden. Zu meinem Glück war er um einiges rücksichtsvoller, als es sein Manager ihm gegenüber war. Und ganz allein Moons Reaktion zählt für mich.

Auch wenn er der verständnisvolle Moon ist, den ich kenne und aus tiefster Seele gern mag, möchte ich ihn nicht zu lange in der Luft hängenlassen. Also haben wir uns ein stummes Ultimatum gesetzt. Die Band ist die komplette nächste Woche für Promotions in Japan unterwegs. Sobald er wieder koreanischen Boden unter seinen langen, sexy Beinen hat, wird er eine Antwort von mir haben.

Eine Woche.

Eine ...

„Helene Fischer! Dein Wecker ist die reinste Folter, ich kann sie nicht mehr hören!“, beschwert sich Li-na.

Eilig taste ich nach dem Handy in meiner Tasche und mute *Atemlos*. Das Zeichen, in den nächsten fünf Minuten mit Li-na die Hufe zu schwingen.

„Vielleicht hoffe ich, dass du dich gegen Seoul entscheidest, nur damit ich deinen Wecker niemals wieder hören muss.“

Schnell schlüpfe ich in meinen Parker und setze Moons Cap auf. Li-na reagiert wie immer mit einem Naserümpfen auf die schlimme Kombi, mit der ich mich unter die schick-gekleideten Koreaner traue.

„Gib's zu, du würdest mich vermissen.“

„Red keinen Unsinn. Wir kennen uns kaum.“ Sie zieht einen Flunsch, der sich allerdings auf einer Seite zu einem verräterischen Grinsen kräuselt.

„Ich befürchte allerdings, das romantische Ambiente in diesem Lagerraum schweißt zusammen.“ Dramatisch blicke ich zu den vollgestopften Regalen und dem eisigen, ungemütlichen Deckenlicht.

Das entlockt ihr ein belustigtes Schnauben. „Ja ... nein.“

„Hey, immerhin hast du mich lieb genug, dass du mich als Unterstützung für dein Vorstellungsgespräch dabeihaben möchtest.“

Sie schüttelt kräftig den Kopf. „Das aber aus einem guten Grund.“

„Weil ich als Puffer zwischen dir und Basti fungieren soll, schon verstanden.“

Sie knabbert zögerlich auf ihrer Lippe herum. „Ja, genau.“

„Verrätst du mir endlich, warum ich das Verhüterli zwischen euch spielen soll?“

„Wenn wir endlich loskönnen, ja.“ Hibbelig tritt sie von einem Fuß auf den anderen und prüft die Uhrzeit auf ihrer Smartwatch.

Süß, wie aufgeregt sie wegen ihres Vorstellungsgesprächs ist. Oder liegt es daran, dass sie Zeit mit Basti verbringen muss? Seit er uns bei sich einquartiert hat, nutzt sie nämlich jede Chance, ihm aus dem Weg zu gehen.

„Anni, Schwing die Hufe.“

„Ja, ja.“ In den nächsten dreißig Sekunden habe auch ich meine Liege in der Ecke verstaut, mein Handy in die Handtasche verfrachtet und bin sogar noch in meine Chucks geschlüpft.

Mit dem Bus fahren wir bis zur *Sinnonhyeon Station*, um danach in die U-Bahn einzusteigen, die uns unter dem Han-Fluss auf die nördliche Seite von Seoul bringt. Unser Weg bis zum *Bukcheon Hanok Village* führt uns zu Fuß den *Insadong-District* entlang.

Ich staune über dieses malerische Viertel. Es ist ganz anders als Gangnam. Irgendwie ist es im übertragenen Sinne bunt. Ja, hier sind auch viele Menschen, aber die Umgebung schafft es, dass ich mich direkt wohler fühle. Die Moderne weicht langsam dem Traditionellen und, ehe ich's mich versehe, stehen wir inmitten eines kleinen Dorfes. Ein Dorf, in dem vor einigen Jahrhunderten die Oberschicht der Seouler Bevölkerung lebte. Selbstverständlich habe ich meine Hausaufgaben gemacht, bevor wir zu diesem bedeutenden Teil der koreanischen Geschichte aufgebrochen sind. Seit Li-na mir erzählt hat, dass sie in diesem Viertel ein Vorstellungsgespräch in einer Pension hat, bin ich super aufgeregt. Egal, was mich in Seoul erwartet hätte, das *Bukcheon Hanok Village* hätte ich mir unter keinen Umständen entgehen lassen.

„Soll ich wieder den Touristen-Führer spielen?", fragt Li-na als sie mich anstupst. Vermutlich hat mein offenstehender Mund danach verlangt.

Ein Blick auf die Uhr lässt leider nur eine kurze Sightseeing-Tour zu. Allein die paar Minuten, die wir über die kleinen, hügeligen Straßen auf und ab gehen, versetzen mich in eine andere Zeit. Es ist mir fast peinlich, aber ich starre den Leuten hinterher, die in Hanboks gekleidet sind. Die traditionelle koreanische Tracht habe ich bereits in vielen Dramen bestaunt, aber in echt Frauen und Männer darin zu erleben, ist ganz schön cool. Weite, lange Röcke in wunderschönen Farben sind durch eine große Schleife mit den Jäckchen, die

Boleros ähneln, verbunden. In den weiten Ärmeln würde ich gerade auch gern meine Hände vor der Kälte vergraben.

„Wenn du möchtest, leihen wir uns später einen?“, schlägt Li-na breit grinsend vor. „Es gibt überall Läden, die welche anbieten.“

Ich klatsche in die Hände. „Für ein Video? Das wäre genial!“ Damit passe ich dann perfekt zu den traditionellen Häusern.

Ich bin beeindruckt von den geschwungenen Dächern. Ich zücke mein Handy und stoße ein *Wow* aus, als ich lese, dass ungefähr neunhundert davon dieses Village bilden.

„Crash Course in Sachen Hanok Haus gefällig?“

Wissenshungrig nicke ich. Ich will diese Atmosphäre mit jeder Faser meines deutschen, ungebildeten Körpers inhalieren.

„Die fünf Elemente des Universums sind für den Bau ausschlaggebend. Feuer, Wasser, Erde, Metall und Holz. Die Häuser wurden ursprünglich alle mit Stein, Papier, Ton, Metall und Holz erbaut. Auch wenn du es in Bezirken wie Gangnam nicht glaubst, die Koreaner waren mal total fixiert auf den Einklang mit der Natur. Poetisch, oder?“

„Jetzt ist es eher ein Hochhausdschungel?“

„Schade, oder? Aber stell dir vor, du könntest hier den halben Tag verbringen.“

„Verlockend“, murmele ich und Neid keimt in mir auf, dass Li-na womöglich kurz davor steht, tatsächlich in diesem Viertel zu arbeiten. „Aber wir sollten jetzt besser aufs Gas drücken, dein Vorstellungsgespräch ist in zehn Minuten.“

„Oh, ja, und wir haben noch einen unglaublich langen Weg vor uns." Da zwinkert sie mir verspielt zu und dreht mich um hundertachtzig Grad. „Wir sind da."

Während ich verwirrt blinzele und zeitgleich das Gebäude, wie auch die anderen vorher, anschmachte, hat Li-na nichts Besseres zu tun, als mir Moons Cap vom Kopf zu reißen.

„Was soll das?", beschwere ich mich.

„Dein Auftreten könnte Auswirkungen auf mein Vorstellungsgespräch haben. Wir werden bestimmt schon beobachtet."

„Dann lasse ich dich jetzt besser alleine und suche mir ein Café für mich und Basti. Wo bleibt er eigentlich?"

Sie hält ihr Handy in der Hand. „Der hat mir gerade abgesagt. Begleitest wenigstens du mich mit nach drinnen?"

„Wenn du das möchtest, klar. Und streng dich an, damit du in Seoul bei Basti bleiben kannst. Wenn ihr endlich klärt, was das zwischen euch ist, dann wärt ihr nämlich ein süßes Paar." Denn genau das will ich auch für mich und Moon tun. Mich für eine gemeinsame Zukunft anstrengen.

Drinnen begrüßt uns gleich eine ältere Dame mit einer tiefen Verbeugung. Automatisch mache ich es ihr nach. Wir halten eine ganze Weile den Rücken vor der Frau mit locker hochgebundenen grauen Haaren gebeugt.

Als wir uns langsam aufrichten, strahlt sie uns freundlich an. Der Hanbok sieht fantastisch an ihr aus und ich überlege, ob sie nicht in einer historischen Serie mitgespielt hat, die ich mit Kira binnen einer Woche durchgesuchtet habe.

Ganz anders als die Li-na, die ich kenne, zeigt sie sich sehr respektvoll. Sie redet in einem angenehmen Ton mit der Dame.

Die Frau nickt und begrüßt mich auf Englisch.

„Entschuldigen Sie meine Störung, ich bin nur zu Li-nas Motivation dabei und gehe sofort wieder", wiegele ich peinlich berührt ab und trete in den Hintergrund.

„Wenn du möchtest, darfst du gerne bei der Führung dabei sein. Ich habe euch draußen beobachtet. Du hast bestimmt das erste Mal traditionell koreanische Häuser gesehen."

„Ertappt. Aber das ist Li-nas Vorstellungsgespräch und –"

„Li-na hat überhaupt nichts dagegen, wenn du dir das Haus mit ihr zusammen ansiehst", beendet Li-na breit grinsend meinen Satz.

Ein bisschen unangenehm ist es mir, aber wenn meine Freundin mich dabeihaben will, bitte.

„Gut, dann wäre das ja geklärt. Folgt mir in mein kleines Häuschen." Die alte Dame bittet uns weiter nach drinnen.

Eine wohlig warme Atmosphäre empfängt uns. Kleine Kronleuchter mit Kerzenoptik hängen von der Decke und tauchen den Eingangsbereich in romantisches Flair.

„Wir halten alles familiär, da wir größtenteils ausländische Gäste haben. Deswegen würde ich euch gerne bei euren Vornamen nennen, wenn das in Ordnung geht?", fährt sie fort. „Ich bin Gam-ri."

„*Ne, halmeoni*", antworte ich in koreanischer Manier. *Großmütterchen* ... Was hier in Korea gang und gäbe ist, würde mir in Deutschland ganz schön böse Blicke einbringen. Da wäre ich nie auf die Idee gekommen, eine fremde ältere Frau Großmutter zu nennen. *„Jeoneun* Anni *ibnida.*" Erinnerungen an meine erste Koreanischstunde werden wachgerüttelt.

„Li-na *ibnida*", stellt sich auch meine Freundin vor.

Gam-ris Blick ist besonders lange auf Li-na gerichtet, dann schenkt sie auch mir ein Schmunzeln. „Ihr seid beide sehr höfliche Mädchen. Aber ich bin in Amerika aufgewachsen, Englisch ist kein Problem für mich." Sie deutet einen schmalen Flur entlang.

Wir folgen ihr und schnell merke ich, dass *kleines Häuschen* deutlich untertrieben ist, denn es gibt ganze drei Gästezimmer. Die Wände wurden in angenehmen Farben gestrichen und der Boden mit dunklem Parkett ausgelegt.

Das Traditionelle musste den westlichen Ansprüchen Platz machen, erklärt Gam-ri. „Wir haben ein Zimmer, das authentisch im üblichen Hanok-Stil gehalten wird, aber, wie ihr seht, werden hohe Betten bevorzugt. Es ist eine Erfahrung, auf einer dünnen Matratze auf dem Boden zu schlafen, aber am zweiten Tag wird über Rückenschmerzen geklagt."

Hübsche hölzerne Raumteiler mit filigranen Tiermustern stehen neben den Betten und bilden mit ihren dunklen Farben eine tolle Einheit mit den Fenstern und Türen aus hellem Reispapier.

„Als nächstes zeige ich euch die Küche. Li-na, ich hoffe sie bietet dir alles, was du benötigst."

Und das tut sie. Wir verbringen dort eine geschlagene Stunde, bis Li-na alles bis ins kleinste Detail inspiziert hat und das Funkeln nicht mehr aus ihren Augen kriegt.

„Ich hoffe wirklich sehr, dass du mit deinem Essen ein paar jüngere Leute herlocken kannst. Es wird dringend Zeit, etwas zu verändern und moderner zu werden."

„Nur weil Sie mehr auf jüngere Gäste abzielen wollen, brauchen Sie nicht unbedingt etwas verändern. Mit dem richtigen Social-Media-Auftritt werden sie Ihnen die Bude einrennen. Hübsche TikToks, ein tolles Feed auf Instagram, kurze aber aussagekräftige Videos auf YouTube." Ich räuspere mich, als ich die Blicke der beiden auf mir spüre. „Ich bitte um Entschuldigung." Eilig deute ich eine Verbeugung an und gehe ein paar Schritte rückwärts. „Ich wollte mich nicht einmischen. Es ist nur ... es ist wunderschön hier. Ändern Sie bloß nichts. Das ... ist alles, was ich damit sagen wollte."

Gam-ri hebt die Augenbrauen so weit nach oben, dass ihr Dutt mitwackelt. „Social Media, sagst du. Ich bin eine alte Frau und will mich eher zurückziehen, als noch mehr meiner Energie hier hineinzustecken. Ich plane, nächstes Jahr für einige Zeit nach Amerika zu Tochter und Enkelin zu fliegen. Ich werde nämlich Uroma, müsst ihr wissen. Neben einer Köchin suche ich jemanden mit Herzblut und ein bisschen Köpfchen, der mich vertreten könnte. Dann werde ich wohl Social-Media-Erfahrung mit in die Stellenanzeige aufnehmen. Danke für den Hinweis." Ihre Mundwinkel heben sich verräterisch. Warum sieht sie mich so an?

Li-na setzt ebenfalls ein seltsames Lächeln auf. „Wo findet man jemanden mit Herzblut und Social-Media-Erfahrung? Gam-ri, da müssen Sie bestimmt lange suchen."

Die Alte und meine Freundin zwinkern sich gegenseitig zu. Na gut, so schwer kann sogar ich nicht von Begriff sein. Ich verstehe den Wink mit dem Zaunpfahl, oder in diesem Fall mit dem ganzen Zaun. Und ich will verdammt sein, wenn ich die Chance nicht annehme, die sich mir hier gerade auftut. Das ist meine Möglichkeit auf eine eigenständige Zukunft in Seoul.

„Was Soziale Medien angeht, bin ich schon etwas erfahren. Aber die Hotelbranche ist komplettes Neuland für mich." So verkaufe ich mich zwar nicht gut, aber ich muss bei der Wahrheit bleiben.

„Du müsstest lediglich die Zimmer in Ordnung halten, die Gäste empfangen und verabschieden. Selbstverständlich wirst du, werdet ihr beide ..." Sie schaut zwischen Li-na und mir hin und her. „... auf dem Anwesen selbst beherbergt, habt also einen kurzen Arbeitsweg. Mein Sohn und meine Schwiegertochter sind ebenfalls zur Unterstützung da. Um die Bürokratie werden sich ausschließlich die beiden kümmern. Ich bräuchte einfach zwei kleine Haussternchen."

Haussternchen klingt nett, doch nicht nach dem Richtigen für meine nicht vorhandenen Qualifikationen. Das war eine dumme Idee. Warum habe ich nicht einfach meine Klappe gehalten? „Ich kenne mich in Seoul nicht aus. Was, wenn mich jemand nach dem Weg zu einem Restaurant fragt? Ich bin ja nicht mal der Koreanischen Sprache mächtig." Innerlich möchte ich mich ohrfeigen, dass ich mir die Chance mit meinem Geplapper gerade selbst verbaue, aber alle Zweifel schießen gerade mit einem Mal auf mich ein. Hätte ich mich nur mehr auf diese Situation vorbereiten können, würde ich mich besser verkaufen.

„Liebes, mach dir nicht zu viele Gedanken. Ich bin noch eine ganze Weile da, ziehe mich lediglich aus dem Anbau zurück. Der wird euch zum Wohnen überlassen."

„Also, ich bin bereits von allem begeistert", flötet Lina.

Wieso klingt das so, als wäre das alles plötzlich in trockenen Tüchern?

„Folgt mir, ich zeige ihn euch. Vielleicht kann ich dir, Anni, bei einer Tasse Tee deine Zweifel nehmen." Sie geht voraus und wir verlassen das Haus über einen Innenhof, der bunt bepflanzt ist. Ich finde das Traditionelle in jeder Skulptur wieder, die hier steht.

Gam-ri öffnet eine Schiebetür und wir betreten das Innere des Anbaus.

Es ist zweckmäßig eingerichtet, besitzt aber ein Wohnzimmer, das größer ist als das von Moon und Teddy.

„Zwei Zimmer, eines für jeden. Aktuell nutze ich das eine als Büro, aber das wird zu meinem Sohn ausgelagert."

Ich stelle mir sofort vor, wo ich den perfekten Platz für einen großen Schreibtisch zum Musikproduzieren finde. Vielleicht dort neben der Stehlampe?

Während sich Li-na in jeder Ecke genau umsieht, wende ich mich an die Hausherrin: „Gam-ri, dürfte ich Sie einen Moment unter vier Augen sprechen?"

„Natürlich, Liebes. Dann ist jetzt die perfekte Zeit für Tee." Und prompt werde ich zur kleinen Küchenzeile entführt.

Als sie das Wasser in einem definitiv untraditionellen top modernen Wasserkocher aufsetzt, knibble ich an meinem Daumen.

„Also", ich räuspere mich ungeschickt, „ich möchte mich für die tolle Führung bedanken. Allerdings muss ich ehrlich zu Ihnen sein. Ich war nicht im geringsten auf ein Vorstellungsgespräch vorbereitet. Aktuell bin ich nur zu Besuch in Seoul, plane aber, länger hier zu bleiben. Dafür muss ich noch einiges klären. Wenn Sie mir aber die Möglichkeit geben, würde ich mich sehr darüber freuen, Ihr Häuschen in etwas fernerer Zukunft bestmöglich im Internet zu präsentieren."

Sie grinst verschwörerisch den Tee an, den sie gerade aufgießt. „Ich hatte sehr gehofft, dass du das sagst und dich von selbst anbietest. Sei uns bitte nicht böse, aber mein Enkel und Li-na haben mir bereits einiges von dir erzählt. Ich bin mir also deiner Situation bewusst."

Verwirrung breitet sich in mir aus. „Wie genau meinen Sie das? Ihr Enkel –"

„Ist Sebastian."

Oh. Oooh. Großes verdammtes Oh.

Wieso treffen immer andere Entscheidungen für mich? Erst Hannes und Mara, jetzt Li-na und Basti. Hab ich etwas an mir, das den anderen vermittelt, ich könnte mich nicht selbst um meine Zukunft kümmern?

„Sebastian hat mir deinen gesamten Online-Auftritt präsentiert. Es stimmt, ich würde gerne jüngere Gäste ansprechen. Da kommst du mir mit deinen sozialen Medien ganz gelegen. Außerdem ist die Jugend, die in Seoul nachkommt, zu karrierefixiert. Sie studieren und steigen in riesige Konzerne ein. Ein Gasthaus in einer Nebenstraße ist kaum attraktiv für sie."

„Das ist nett, aber ich glaube, Sie verstehen nicht. Während unseres Gesprächs tauchen immer mehr Fragen auf, die ich für mich erst beantworten muss."

Sie reicht mir den Tee. „Mein Enkel hat mir auch von einem gewissen jungen Mann erzählt."

Ich lege den Kopf schief, fühle mich wie ein Hund, der schwer von Begriff ist.

Das entlockt ihr ein Lachen. „Sebastian hat mir eure Videos gezeigt. Ihr seid über beide Ohren verliebt. Und wenn du fragst, woran ich das erkenne: Ich betreibe dieses Gasthaus bereits sehr lange. Über verliebte Pärchen weiß ich so einiges."

Komplett baff stammele ich: „Aber ... deswegen kann ich mein altes Leben nicht einfach aufgeben."

„Altes Leben", wiederholt Li-na abschätzig, während sie zu uns kommt. „Soll ich aufzählen, was dir in München bleibt?"

„Li-na", zische ich. „Das ist nicht der richtige Ort für diese Diskussion."

Mir hätte klar sein sollen, dass sie mich ignoriert und weiterplappert. „Deine WG wird aufgelöst, deine beste Freundin verbringt die meiste Zeit mit ihrer Freundin und beide wollten sowieso irgendwo ein Auslandssemester machen. Dann wären da noch deine Eltern, die eh mit nichts einverstanden sind, was du treibst. Unterbrich mich ruhig, wenn ich falschliege."

Ich bereue es, mich die vergangenen Tage bei ihr ausgeheult zu haben. „Trotzdem sollte ich nicht einfach ohne gründliche Überlegung auf einen anderen Kontinent ziehen."

„Warum nicht?“, hakt Gam-ri nach. „Du bist jung. Zeit, die Welt zu entdecken. Das habe ich auch meinen Kindern immer geraten. Und sieh sie dir jetzt an. Alle verstreut auf dem ganzen Erdball.“ Sie steht auf und holt ein Bild von einem Regal. „Das ist meine Familie.“

Mir ist es gar nicht möglich, auf die Schnelle zu zählen, wie viele Kinder oder Enkel dort abgebildet sind.

„Meine älteste Tochter lebt in Amerika, das habe ich euch vorhin erzählt. Meine beiden Zwillinge hat es nach Österreich verschlagen, einer lebt dort immer noch. Meine kleine A-ri hat sich in Frankreich verliebt und ist später nach Kanada gezogen. Und mein Jüngster gibt Surfstunden in Australien.“

Ich zähle Eins und Eins zusammen. „Sind Sebastians Eltern diejenigen, die den Bürokram hier übernehmen sollen?“

„Er hatte recht, dass du nicht auf den Kopf gefallen bist.“ Gam-ri nickt zufrieden über meine Kombinierfähigkeiten, die ohne haufenweise *Makgeolli* intus auf Hochleistung laufen.

„Aber ich dachte, sein Vater war krank und könnte nicht arbeiten.“

„Das stimmt. Mein Sohn ist körperlich eingeschränkt und hat außerdem keinen guten Schulabschluss. Als älterer Mensch hat man es nicht gerade leicht, etwas Neues zu finden. Und weil er zu stolz ist, Geld von seiner Mutter anzunehmen, lässt er lieber meinen Enkel schuften.“

„Deswegen“, mischt sich Li-na ein, „hat sich Gam-ri dazu entschieden, Bastis Eltern in der Pension mit einzubinden.“

„Und wenn ich sowieso umstrukturiere, nutze ich die Chance, einen kompletten Rundumschlag zu machen."

Ich bin beeindruckt, wie sich das Puzzle langsam zusammenfügt.

„Sebastian wollte unbedingt, dass ich Li-na ein unschlagbares Angebot mache." Sie zwinkert Li-na zu. „Wir wissen nämlich alle, weshalb die Gute sich hier niederlassen möchte."

Li-na reißt empört die Augen auf. „*Halmeoni*!"

„Nichts da *halmeoni*. Erlöse ihn endlich von seiner einseitigen Liebe. Er schwärmt andauernd von dir und deinen Kochkünsten."

„Na, solange er nur über die Künste in der Küche schwärmt", murmele ich, ohne zu überlegen.

„Anni!" Li-na packt mich und zwingt mich zum Aufstehen. „Danke für deine Gastfreundschaft Gam-ri, es war sehr nett, dich endlich kennenzulernen. Wir denken über dein Angebot nach."

„Warte, wir haben noch kein Angebot erhalten", sage ich. Meine Neugierde würde schon wissen wollen, was wir verdienen.

In Ruhe zählt sie uns die Konditionen auf. Sogar Kost und Logis sind frei. Damit sollten wir mehr als über die Runden kommen.

„Super, wir melden uns." Li-na scheint es plötzlich eilig zu haben.

Ich finde es unhöflich, Gam-ri einfach sitzen zu lassen. Doch die grinst zufrieden vor sich hin und winkt uns zum Abschied. „Grüßt mir meinen Enkel. Er soll sich gerne öfter bei mir melden, nicht nur, wenn er etwas baucht."

„Machen wir, *halmeoni!*“, ruft Li-na und verabschiedet sich flötend mit *annyeonghi gyesibsio.*

Mir fehlen leider die Worte nach dieser gesamten Aktion. Draußen stelle ich Li-na deswegen zur Rede. „Was zur Hölle habt ihr euch dabei gedacht?“

Li-na scharrt mit ihrer Stiefellette auf dem unebenen Boden. „Na ja. Dass auch du Starthilfe gebrauchen könntest.“

Ich raufe mir das Haar und schnaube. „Was auch nett gemeint ist.“ Ich kann unmöglich ein Arschloch sein, so sehr ich es auch möchte. „Trotzdem geht es jeder falsch an.“ Eine Frage brennt mir auf der Seele und überwiegt den Drang, Li-na blöd anzugehen. „Wusste Moon davon?“

Ohne Luft zu holen, antwortet sie: „Nein. Nein, er wusste rein gar nichts davon. Auch nicht mein Bruder.“

Unbewusst atme ich aus, ich hatte gar nicht gemerkt, dass ich für den Bruchteil einer Sekunde die Luft angehalten hatte. „Gut. Denn ich habe absolut keinen Plan, wie ich mich entscheide.“

„Verstehe ich. Aber kein Grund, stinkig auf mich zu sein.“

Stinkig auf sie sein? Sind wir im Kindergarten?

„Das Ding ist, ich habe das Gefühl, dass mir niemand zutraut, selbst etwas auf die Reihe zu bekommen. Zanes Plan war es, Songs zu covern, Kiras Idee war der Umzug zu ihr in die Wohnung und Hannes hatte sofort einen Job für mich. Dann hat er mich zusammen mit Kiras Freundin ausgetrickst, damit Moon und ich ins Label aufgenommen werden. Und ich bin mir sicher, kehre ich nach Hause zu meinen Eltern zurück, haben sie sicher einen Job bei meinem Onkel für mich. Hier hat Moon die Content Creators für mich an der Hand und du hast mir das Gasthaus vor die Nase gesetzt."

Überraschenderweise zuckt Li-na unbeeindruckt mit den Schultern. „Na und? Das zeigt nur, dass sich ziemlich viele Leute um dich Sorgen und die Möglichkeit haben, dir einiges zu ermöglichen, meinst du nicht? Jeder einzelne meint es gut mit dir. Ich würde töten für solche Freunde."

Das versetzt mir einen Stich ins Herz. Sie hat recht. Jeder überlässt mir eine bloße Option. Niemand zwingt mich, etwas davon zu tun. Ich habe lediglich die Möglichkeit, ihre Hilfe anzunehmen.

„Außerdem, wenn ich dich daran erinnern darf, hast *du* dich Gam-ri vorgeschlagen. *Du* hast ihr Social Media schmackhaft gemacht und gemeint, du wärst gut darin. *Du* hast es selbst in die Hand genommen."

Wo sie recht hat ... „Sorry", murmele ich und strecke ihr zur Entschuldigung meine Hand entgegen.

Sie ergreift sie und verschränkt ihre Finger mit meinen. Dabei lächelt sie breit. „Es ist doof, dich zu überfallen, das gebe ich zu. Und mir ist bewusst, dass wir uns kaum kennen. Dennoch könnte ich mir gut vorstellen, das Gasthaus mit dir zu rocken. Gam-ri überlässt uns die Bühne, wie cool ist das denn?"

Die Vorstellung reizt mich, das möchte ich gar nicht abstreiten. Aber es ist etwas, das ich von Grund auf lernen muss. Und damit denke ich nicht nur an die Sprache.

„Ich muss mich nicht heute entscheiden, oder?"

„Quatsch, nein. Klär erst mit Moon, wie es mit euch weitergeht."

„Danke, Li-na." Ich winde meine Hand aus ihrer und fordere mit der offenen Fläche etwas zurück, was ich gerade als Halt brauche. „Und jetzt gib mir meine Cap wieder."

Kapitel 18

Das Kapitel, in dem ich ein Idol werde.

Dispatch, die koreanische *Bild* für Berühmtheiten, kündigt mir an, dass meine Schonfrist vorüber ist. Heute ist der Abend, an dem ich Moon eine Antwort schulde. Zu unser beider Besten.

Auf dem Instagram-Account von *L8D8* erscheinen Videos, wie die Band den Flughafen verlässt. Ich habe Moon bereits bei ihrer Abreise gefragt, wie unbequem ihre Outfitwahl für das Fliegen ist. Sie sehen heiß aus, keine Frage. Aber ich würde einer Skinny Jeans, wie Insu und Aiden sie tragen, eine Jogginghose vorziehen.

„Nach unseren ganzen Stageoutfits hat das Wort *unbequem* eine ganz andere Bedeutung", hatte Moon gemeint.

„Ich habe euch doch gesagt, dass Nickerchen ungünstig sind. Räum deine Liege weg", murrt jemand. Es dauert einen Moment, bis Moons Stimme in meinem Kopf zu der von Basti wird.

Ich rüttele mich ins Hier und Jetzt zurück und packe mein Handy eilig weg, peinlich berührt, weil ich ihm Umstände bereite. „Tut mir leid, gib mir eine Sekunde."

„Ich bin heute großzügig und gestehe dir zwei zu." Weil er das in zuckersüßen Ton sagt, klingt sein österreichischer Dialekt noch viel übertriebener niedlich.

„Wo ist denn Li-na hin?“, erkundigt er sich beiläufig, während er sich an ein Regal lehnt.

Die beiden eiern ja schlimmer als Moon und ich herum.

„Sie trifft sich mit jemandem.“ Vielleicht drücke ich mich extra vage aus. Ein bisschen möchte ich ihn spüren lassen, wie doof es war, von ihm und Li-na ins kalte Wasser geworfen zu werden.

„Ach ja?“ Er verändert seine Position und möchte die Hände in die Hosentaschen stecken. Zu seinem Pech besitzt seine Jeans keine.

„Ist ein ziemlich großes Ding für sie. Für uns alle.“

Er verengt die Augen zu Schlitzen, aus denen er kaum sehen kann.

Ich verkneife mir ein Auflachen. Hat er tatsächlich vergessen, was heute ansteht und worin Li-na involviert ist?

„Ein großes Ding. So groß wie der größte Indoor-Freizeitpark der Welt“, sage ich jetzt mit mehr Nachdruck. „Komm schon. Worüber haben wir die ganze Woche gesprochen?“

Wären wir in einer Cartoonserie, würden seine Wimpern beim ausdruckslosen Blinzeln einen Ton von sich geben.

„*Lotte World*“, helfe ich ihm auf die Sprünge.

„Aidens Antrag.“ Er schlägt sich gegen die Stirn.

„Dingdingding, der Kandidat hat hundert Punkte.“

„Ich dachte, sie geht erst hin, wenn es losgeht.“

„Nein, sie ist schon vorgegangen, um alle auf eine dumme Deutsche vorzubereiten, die tragischerweise bloß der englischen Sprache mächtig ist. Ich treffe sie gleich dort.“

*L8D8*s Management möchte aus der Verlobung ein kleines Spektakel machen. Werbung eben. Aber es war Aidens Idee. Er hat In-sus Eltern auf seiner Seite und möchte seinem Freund einen einmaligen Abend bescheren.

Erleichtert atmet er aus. „Es ist schwer, mit Idols mitzuhalten."

„Wo musst du denn mit einem Idol mithalten? Hat Lina was in die Richtung gesagt?"

Er kratzt sich am Hinterkopf. „Nein, aber sie haben alle Geld und ein spannendes Leben. Ich sitze fest und werde ihr nie was bieten können."

„Vergiss nicht, dass sie sich entschieden hat, sesshaft zu werden." *Wegen dir, Dummkopf*, füge ich in Gedanken hinzu. „Das ist genauso idiotisch, als würde ich mir Sorgen über Moon und seine tausend Fans machen." Denn überraschenderweise habe ich noch nie auch nur einen Gedanken daran verschenkt. Hatte ich bei Zane unterschwellig öfter die Angst, ein sexy Fan könnte ihn mir ausspannen, bin ich bei Moon tiefenentspannt. Einfach, weil er er ist und ich mir zu tausend Prozent sicher bin, dass er keine Augen für die perfekten Koreanerinnen hat. Das passt schlichtweg nicht zu ihm.

„Guter Punkt", pflichtet Basti mir bei. „Trotzdem siehst du, wie aufgeregt sie wegen heute ist. Sowas wäre mir nie möglich."

Die Idee, nachts in einem Vergnügungspark Zeuge einer großen romantischen Geste zu werden, lässt meine Haut elektrisiert kribbeln. Es sollen die Band und ihre engsten Freunde anwesend sein. Dass ich dazu zähle, ist eine große Ehre für mich. Gut, Staff wird auch dabei sein und fleißig filmen, wozu ich mein Einverständnis gegeben habe. Bei der Gelegenheit habe ich Manager Park auch gleich meine Entscheidung mitgeteilt. Moon werde ich heute Abend persönlich ins Bild setzen. Es ist komisch. Er war ein paar Tage fort und erst dachte ich, ich würde mich ohne ihn in dieser riesigen, fremden Stadt einsam fühlen, aber Li-na hat gut für Ablenkung gesorgt. Wir sind Drehplätze abgelaufen und sie hat mir ruhigere Orte gezeigt, an denen ich die Seele baumeln lassen kann. Ich habe es außerdem endlich geschafft, ein Video mit den YouTubern Anita und Toni vorzubereiten. Sie schneiden meine Clips in ihr Vorgedrehtes und veröffentlichen es demnächst. Ich bin gespannt, was sie daraus machen. Aber das ist nicht das Videoprojekt, auf das ich am gespanntesten bin. Denn ich habe ein weiteres gedreht. Eins, was meine Zukunft betrifft und was mir sehr am Herzen liegt. Es sind noch etwas über zwei Monate hin, bis ich es an Silvester veröffentlichen möchte, und ich weiß nicht, ob mein Plan aufgehen wird, aber ich hoffe es sehr.

Breit lächelnd, weil unglaublich viel Vorfreude in mir steckt, tänzele ich regelrecht an Sebastian vorbei.

„Ganz schön ekelhaftes Grinsen, das du da zur Show trägst. Habe ich dich je fröhlich zu Gesicht bekommen?"

Schade, dass er die eher grübelnde Anni kennengelernt hat. „Es ist keine Show. Heute fühle ich mich tatsächlich gut."

„Dann fühl dich gut genug, Schal und Mütze mitzunehmen. Es ist saukalt und soll sogar schneien. Deine Cap wird die Kälte nicht sonderlich abhalten. Und eine Maske solltest du auch aufziehen, die Luft ist heute nicht der Hit."

Ich mag Bastis fürsorgliche Art. Einer der Gründe, weshalb ich ihm genauso wenig wie Li-na die Sache mit seiner Großmutter nachtrage. Gern folge ich seinen Tipps und husche zurück, um mich besser einzumummeln.

Beim Verlassen des Bistros meine ich im Vorbeigehen: „Sag Li-na endlich, was du für sie empfindest. Das wird genug sein.“ Dann mache ich mich auf den Weg zur Metro, die mich innerhalb von zwanzig Minuten zu *Lotte World* bringt.

Zu meiner Überraschung fühle ich mich nicht einmal unwohl, weil ich allein unterwegs bin. Hat mich alles Riesige und Geschäftige noch vor ein paar Wochen eingeschüchtert, laufe ich nun wie eine echte Seoulerin zu meinem Ziel. Ich glaube, ich erlebe die Stadt mittlerweile, von der Moon bei unserem Mädelsabend geschwärmt hat und nach der ich sofort Fernweh bekommen habe. Immer noch schwer vorstellbar, dass ich tatsächlich auf Seouls Boden umhertanze und Orte super easy finde. Na ja, ich möchte nicht übertreiben, wir waren bereits gestern zur Besprechung dort und vorsichtshalber habe ich Li-na nach draußen bestellt, damit ich mich in dem Freizeitpark nicht verlaufe.

„Hey, du hast mich gefunden“, begrüßt mich meine Freundin überschwänglich und ich umarme sie.

„Läuft alles nach Plan?“

Eifrig nickt sie. „Wir haben vier Stunden, bis der Park schließt. Du hast also genug Zeit für Maske und Soundcheck. Bist du dir sicher, dass du das schaffst?“

Mir sollten die Zähne schlottern und der Puls über den Han Fluss davonreiten, aber gerade in diesem Moment überwieg die Vorfreude. „Natürlich. Es ist nicht das erste Mal, dass ich vor Live-Publikum singe, aber der Anlass setzt mich zugegeben ein bisschen unter Druck."

„Ich finde es bezaubernd, dass Aiden sich dich als musikalische Unterhaltung gewünscht hat."

„Was er bestimmt Moon zuliebe macht."

„Du weißt, dass sie wie Familie sind und sich bei allem unterstützen." Sie zückt ihr Handy. „Hast du den Livestream angekündigt? Mitternacht in Korea ist eine tolle Zeit für deine deutschen Fans."

Vier oder fünf Uhr nachmittags sollte mir tatsächlich ein paar Views einbringen.

„Der Post ist online, die Band aber blockiert. Wer nicht explizit danach sucht, dürfte nicht darauf stoßen."

„Super und jetzt bei Fuß, kleiner Welpe." Auf direktem Weg führt sie mich hinter den Kulissen entlang zu einer Reihe an Räumen. Dann stellt sie mir mein Stylistenteam vor, die sich alle zur Begrüßung vor mir verbeugen. Sind denn ernsthaft vier Leute vonnöten, mich für einen einzigen Song herzurichten?

Ich bin erleichtert, als sie mir zuliebe auf Englisch reden und Schritt für Schritt erörtern, was sie als nächstes mit mir vorhaben. *Vorsicht Rouge, jetzt drücke ich einen Schwamm ins Gesicht. Augen für die Mascara schließen, sonst wirst du blind.* Danke.

Als sie mit mir fertig sind, erkenne ich mich kaum wieder. Ja, für kleine Events wurde ich als B-Promi ab und zu hübsch gemacht, aber das ist kein Vergleich dazu. Die Koreaner sind Zauberer. Sie verwenden den perfekten Grad zwischen neutral und betonenden roten Tönen für Wangen und Augen. Ich strahle förmlich.

Das Highlight werden meine Haare, die sie zu seichten Beach Waves drehen.

Dann wird mir mein Kleid gebracht.

Was zur ...?

„Das werde ich nicht tragen."

Li-na blickt von ihrem Handy auf. „Wow. Doch. Und wie du das tragen wirst."

Das sogenannte Kleid ist zu einhundert Prozent Marke K-Pop. Es ist sehr kurz und besteht aus Ober- und Unterteil. Eigentlich ist es ein etwas größeres Bustier, welches durch einen schmalen Streifen Stoff mit dem Rock verbunden ist. Der weiße Rock ist an der Vorderseite genauso wie das Bustier mit riesigen Strasssteinen bestückt, während auf der Rückseite Tüll bis zu den Knien reicht. Der Saum besteht aus schwarzen Federn.

„Das ist absolut verrückt. Ich dachte, ich schlüpfe in ein schlichtes Abendkleid. Aber das ..."

„Ist das Schönste, was ich je gesehen habe."

Ungläubig schüttele ich den Kopf. „Moon wird mich auslachen, wenn er mich darin sieht."

Und wie er mich auslachen wird.

Es dauert geschlagene vierzig Minuten, mich in dieses Ding zu quetschen, obwohl sie gestern extra Maß von mir genommen haben. Jeder Koreanerin hätte es fantastisch gestanden, doch ich wirke wie eine verkleidete Süßkartoffel, auch wenn sich Li-na bemüht, mich vom Gegenteil zu überzeugen. Eins ist mir klar: An mir ist definitiv kein Idol verlorengegangen.

Ich muss so sehr über mich selbst lachen, dass ich prompt Kira per Videocall anrufe. Das darf ich ihr nicht vorenthalten.

„Was haben sie mit dir gemacht?!“, verlangt sie zu wissen. „Du siehst fantastisch aus! Wie ein Idol!“

Super … „Bist du Li-nas Echo? Die mussten mir zu zweit helfen, das Ding zu zubekommen. Dabei haben sie es drei Größen größer als für ihre koreanischen Idols geschnitten.“

„Frag mal, ob sie dir eins in 5XL für mich mitgeben, ich will auch sowas.“

„Für dich brauchen wir mindestens 6XL“, ziehe ich sie auf.

Sie hebt ihren Busen an. „Sie wären neidisch auf meine Kurven.“

„Wären sie. Aber Spaß beiseite. Wie geht es euch?“ Ich habe noch etwas Zeit totzuschlagen und bin froh, wenn mich Kira ein bisschen auf andere Gedanken bringt. „Was gibt es Neues?“

Ich beobachte, wie meine beste Freundin am Handy vorbeischaut und mit ihrem Septum herumspielt.

„Okay, was ist los, Kira? Spuck's aus.“

Ihr verkniffenes Gesicht entspannt sich, bis sie so breit und gruselig grinst wie die Grinsekatze. „Mara und ich haben den Platz in China, im Januar geht's los.“

„Glückwunsch!“ Ich hebe eine Faust in Richtung Decke. „Wie aufregend!“

„Nicht weniger aufregend als das, was du gerade tust. Okay, streich das. Ich meine, nicht mal halb so aufregend wie das, was du gerade tust. Aber doch schon ein bisschen zumindest.“ Jetzt redet sie sich gleich um Kopf und Kragen.

Ich werfe ihr einen strengen Blick zu. „Kira, du blubberst. Ein Jahr China ist keine Kleinigkeit. Das ist nichts im Vergleich zu meinem Abend.“

Sie lässt den Kopf hängen. „Du weißt, was ich meine.“

Das weiß ich. Alles verändert sich.

Bevor ich zu sentimental werde, ich spüre nämlich den bitteren Kloß aufsteigen, verabschiede ich mich von ihr und lasse sie Grüße an die anderen ausrichten.

Li-na legt ihre Hand auf meine Schulter. „Alles gut?“

Ich blinzle die Träne fort, die auf Biegen und Brechen versucht, sich hinauszustehlen. Was sie definitiv nicht darf, sonst killt mich das Stylistenteam. „Alles super. Wann machen wir den Soundcheck?“

„Sekunde.“ Sie tippelt zu jemandem mit Sender im Ohr, nickt eifrig und kehrt wieder zurück. „Der Park schließt in einer halben Stunde, die Jungs sollten in einer da sein. Damit es nicht zu knapp wird, will das Team ihn nebenan machen. Wir sollen gleich rüber.“

Im gleichen Moment blinkt mein Handy auf. Es ist Moon. Niedlich, er entschuldigt sich, dass er einen kurzfristigen Termin aufs Auge gedrückt bekommen hat und mich heute nicht mehr besuchen kann. Wenn der wüsste.

Wir wurden auf Ebene 2 auf einer höheren Plattform geparkt, von der aus die Band uns nicht sehen dürfte, wir sie aber schon.

Für das romantische Flair hat der Staff entschieden, die Lichter auf ein Minimum zu reduzieren. Das Karussell glitzert golden und scheint die Jungs an. Moon bekommt den Mund gar nicht mehr zu. Teddy hüpft direkt zu einem der Pferde und schwingt sich an einer Haltestange entlang.

Von hier oben verstehe ich leider nicht, was sie sagen, aber sie wirken ehrlich überrascht. Alle bis auf Aiden natürlich. Ich bewundere ihn. Er hat das alles organisiert – organisieren lassen, um einen mutigen Schritt zu wagen. Und das entgegen aller Hasskommentare, die sie von schwulenfeindlichen Hatern täglich kassieren. Ich bemühe mich, nicht oft unter ihren Posts zu lesen, was da abgeht, weil es manchmal ziemlich unter die Gürtellinie geht. Von Moon weiß ich, dass das Management die Kommentare sofort bereinigt, aber so schnell können sie gar nicht sein.

Dafür sind die wahren *D8ters* ein Hauptgewinn. Sie verteidigen die Jungs und stehen mit absurd großer Liebe hinter ihnen. Und ich wette, sie würden für den Anblick dieser glücklichen Idols gerade alles geben.

Auch mir tut es gut, vor allem Moon zu beobachten, wie er losgelöst zu Teddy saust und mit ihm Quatsch auf dem Karussell macht.

Manager Park räuspert sich, sodass wir uns zu ihm umdrehen. Er wartet mit einer dicken Daunenjacke auf mich und bedeutet uns mit einer Geste, ihm zu folgen.

Dann geht es jetzt wohl los.

In Gedanken gehe ich wieder und wieder den Songtext durch. Den koreanischen Songtext. Als Aiden mich gebeten hat, eine Ballade aus ihrem ersten Album zu performen, habe ich erstmal laut gelacht. Aber es hat sich herausgestellt, dass ich gar nicht so schlecht darin bin, mir einen fremden Text zu merken. Schlussendlich ist das auch nur ein Cover. Und das Lied ist bereits seit Moons Abreise in meiner Playlist, weil die Melodie eine einzigartige Mischung aus Melodramatik und vorsichtiger Euphorie ist. Nachdem mir Li-na geholfen hat, die Message dahinter zu verstehen, und die vergangenen Tage wieder und wieder die Aussprache mit mir geübt hat, dürfte nichts mehr schiefgehen. Außer ich sprenge diesen verdammt engen Stoff.

Manager Park leitet uns aus dem Indoorbereich über die protzige Steinbrücke zur *Magic Island* – denn natürlich ist ein Freizeitpark auf sechs Etagen nicht genug. Das Schloss, vor dem wir unsere Showeinlage platzieren, macht dem pompösen Dornröschenschloss aus Disneyland große Konkurrenz. Etwas eckiger und kleiner, dem märchenhaften Flair tut es jedoch keinen Abbruch.

Ich blicke in den Nachthimmel und hoffe, Sterne zu entdecken, doch ich werde enttäuscht. Alles, was ich dort erkenne, ist mein Atem, der rauchig vor mir in der eiskalten Luft aufsteigt. Wie soll ich den Auftritt in diesem kaum vorhandenen Kleid überleben? Als Eiszapfen wird es sich relativ schlecht singen.

„Darf ich die Daunenjacke anbehalten?", frage ich Lina verzweifelt und vergrabe mich tiefer in dem dicken Stoff.

„Ich würde es dir sehr wünschen." Sie presst die Lippen zu einer schmalen Linie aufeinander, als würde sie mit mir mitleiden, obwohl sie in Mütze, Schal und Handschuhe gekleidet ist. Ganz im Gegensatz zu ihrem sonst so freizügigen Stil. Li-na deutet hinter mich, wo eine Stylistin und jemand mit Sender wartet.

Kurzerhand wird mir die warme Jacke weggenommen und erneut an meinem Haar herumgezupft. Gleichzeitig wird der Sender an meinem Rock justiert. Ich bin dem kleinen Stoffstreifen dankbar, der Rock an Bustier hält, sonst hätte ich Angst, dass das Gewicht des kleinen Geräts ihn nach unten zerren würde.

Ich werde gebeten, ein, zwei Testnoten in das Mikro zu singen, was problemlos funktioniert. Die Inears sind unangenehm ungewohnt, sollen mich aber professionell unterstützen. Ich weiß jedoch, was ich mir sofort vom Leib reißen werde, sobald es mir möglich ist. Und es ist nicht das Gefängnis von Kleid.

Allmählich versammeln sich Freunde von Aiden und In-su. Auch ein älteres Pärchen fröstelt auf der Brücke. Das sind bestimmt In-sus Eltern. Ich freue mich, dass sie die beiden unterstützen. Vor allem, weil Aidens Familie ihm nach seinem Outing den Rücken gekehrt hat.

Aber wie Moon bereits gesagt hat, ist *L8D8* seine Familie. Ein Grund mehr, an der Band festzuhalten.

Apropos Band. Zwei Techniker wuseln eilig zwischen allen Beteiligten umher, Li-na nimmt mir mein Handy ab, um den Livestream zu starten, und die Lichter werden ausgemacht. Na, toll. Horrorfilm-Vibes überkommen mich. Zeit zum Fürchten vor der Kulisse bleibt mir allerdings kaum, denn das ist das Zeichen, dass es losgeht.

Alles um mich herum verstummt, so höre ich die hallenden Stimmen der Bandmitglieder näherkommen.

Mist. Da ist er. Mein Herzschlag, der mir bis zu den Ohren pocht und die Inears unbequem wackeln lässt. *Fuck.*

In dem Moment, als ich tief durchatmen möchte, beginnt das Playback zu dudeln. Und dann ist da auch schon mein Einsatz. Gar nicht einfach mit vor Kälte klappernden Zähnen.

Trotzdem funktioniere ich. Singe die ersten langsamen Töne in die Dunkelheit. Erst mit Ende der ersten

Strophe werden die Lichter nach und nach eingeschaltet. Dramatisch.

Ich bin stolz auf mich, dass mir der Text leicht über die Lippen geht. Auch noch, als die Band beleuchtet wird und ich einen ungläubigen Moon auf der anderen Seite der Brücke erahnen kann.

Während des Refrains von In-sus Lieblingssongs treten sie bedächtig näher. Ihre staunenden Gesichter feuern mich an, alles zu geben und meine Stimme über den ganzen Freizeitpark zu schmettern.

Teddy steht der Mund offen und entblößt dabei seine etwas längeren Schneidezähne. Sein Blick findet Li-na am Brückenrand und er legt mit gerunzelter Stirn den Kopf schief.

Aiden greift nach In-sus Hand und deutet vor dessen Eltern eine ehrfürchtige Verbeugung an.

Nur Moon bewegt sich weiter direkt auf mich zu. Er beißt sich auf die Lippe und ... lacht?

Lacht er mich etwa wegen dem albernen Outfit aus? Ich wusste, dass er das tun wird.

Aber das ist nicht der richtige Zeitpunkt.

Verdammt, sein Lachen ist so ansteckend, dass ich alles an mir halten muss, nicht loszugrunzen.

Ich bin erleichtert, als Li-na zu ihm läuft und ihn wieder hinter In-su und Aiden zerrt, und das Ganze, ohne viel mit dem Handy zu wackeln. Sie flüstert ihm was ins Ohr und seine belustigte Miene wandelt sich zu einem filmreifen Aha-Oho-Blick.

Danke. Jetzt kann ich unbeirrt weiterträllern und bewege mich möglichst elegant zu dem Lied, das von der Zukunft handelt. Einer Zukunft, die ungewiss scheint und einem Angst bereitet. Die von Selbstzweifeln und

Perfektionismus beherrscht wird. Die allerdings unbeschwerter ist, solange man sie gemeinsam auf sich zukommen lässt. Ein wunderschönes Lied. Zusammen mit den langen Telefonaten mit Kira und Hannes hat vor allem dieser Song mir die Kraft gegeben, mich dafür zu entscheiden, wie meine eigene nähere Zukunft aussehen soll.

Mit einer langanhaltenden Note beende ich ihn und Erleichterung, dass alles funktioniert hat, strömt zu dem Adrenalin und hält mich in der teuflischen Eiskönigin-Kälte warm.

Alle Blicke wandern zu Aiden, der mit In-su auf mich zusteuert. Ich schenke meinem Livestream ein Zwinkern, was Li-nas Zeichen zum Beenden ist. Dann weiche ich zurück und überlasse den beiden die Bühne. Jetzt sind sie es, hinter denen das Schloss aufragt und denen die gesamte Aufmerksamkeit gilt.

In-su ist auf elegante Weise verwirrt. Wie ist es möglich, dass ein verdatterter Mensch so hübsch aussieht?

Aiden hält ihn an einer Hand fest, während er auf ein Knie sinkt. Die Augen der beiden glänzen, funkeln in dem spärlichen Brückenlicht. Und plötzlich überkommt mich der ekelhaft süße Gedanke, dass wir durch sie heute doch Sterne sehen können.

In-su schiebt sich eine lange, goldene Haarsträhne hinter das Ohr und kämpft sichtlich mit den Tränen.

Etwas berührt meinen Rücken und ich muss mich nicht umdrehen, um zu wissen, wer mir in die Jacke hilft. *Moon.*

„Das habt ihr ja schön eingefädelt", flüstert er mir ins Ohr. Dann faltet er die Hände um meinen Bauch und lehnt seinen Kopf auf meine Schulter. „Ich habe dich vermisst."

„Psst, ich will hören, was sie sagen."

„Du verstehst doch eh kein Wort."

Wo er recht hat …

Aiden redet zwar laut genug, leider aber auf Koreanisch. Er faselt ganz in seiner Rappermanier. Schnell und dennoch melodisch. Ab und zu versagt ihm die Stimme, aber er hat In-su anscheinend viel mitzuteilen.

Ein Raunen geht durch die Menge und ich höre das koreanische Wort *nun*. Schnee.

Und tatsächlich fallen zarte Schneeflocken auf uns herab. Sebastian hatte also mit seiner Wetterprognose richtiggelegen.

Aiden hält einen Moment inne und richtet seinen Blick gen Himmel. Er grinst breit und schüttelt ungläubig den Kopf.

„Weißt du", haucht Moon, „was der erste Schnee bei uns bedeutet?"

Ich verneine vorsichtig.

„Wir glauben, dass mit dem ersten Schnee die wahre Liebe erblüht. Die Person, mit der du ihn siehst, wird für lange Zeit an deiner Seite sein."

Jetzt kann ich nicht an mich halten und drehe mich zu ihm um. Wir schauen uns direkt in die Augen. Der Moment trieft vor Klischees, aber er ist echt. Dieser Moment ist echt, Moon vor mir ist echt, meine Gefühle sind echt.

„Hast du dich entschieden?", fragt er mich leise. Seine Stimme zittert, als hätte er Angst vor der Antwort.

Ich nicke zaghaft, unsicher, ob ich wirklich die richtige Wahl getroffen habe.

Eine Schneeflocke landet direkt auf dem kleinen Muttermal an seiner Nase und schmilzt sofort. „Du gehst zurück nach Deutschland, stimmt's?"

Erneut bringe ich nur ein Nicken zustande, weil ich Angst vor der Veränderung habe, die meine nächsten Worte mit sich bringen.

„Das ist okay, ich verstehe das. Deutschland ist deine Heimat und –"

Ich knuffe ihn mit der Faust gegen die Brust. „Du musst nicht immer verständnisvoll sein. Ärger dich auch mal über was."

Ein Räuspern mahnt uns, still zu sein, und ich senke meine Stimme. „Ich werde nach Deutschland zurückkehren. Aber nur, um dort alles zu regeln. Vor allem möchte ich meinen Eltern persönlich erklären, warum ich mich für Seoul entscheide. Und sollten sie mich nicht umbringen, komme ich, so schnell es mir möglich ist, zu dir zurück."

„Du ... du bleibst bei mir?"

„Jane bleibt bei Tarzan", flüstere ich und zwinkere ihm zu.

„Das hast du gerade nicht wirklich gesagt." Er grinst über beide runden Wangen.

„Du solltest mich mittlerweile besser kennen. Ich hätte auch sagen können, dass du mir ein eigenes Paar Crocs kaufen darfst."

Er stößt ein belustigtes Schnauben aus und zieht mich enger an sich. „Darf ich es dann endlich sagen?"

Ich lege die Stirn in Falten. „Was sagen?"

„Das Wort."

„Welches Wort?"

Ein plötzlicher Applaus lässt uns zusammenzucken und ich richte meine Augen auf die eigentliche Hauptattraktion.

In-su hält die Hand mit dem Ring am Finger nach oben, während sich die beiden küssen.

„*Saranghae*", flüstert Moon bedächtig, als wäre das Wort so fragil wie eine Schneeflocke. *Ich liebe dich.*

Epilog

Das Kapitel, in dem wir uns ein letztes Video anschauen.

Ich halte mich an der Stange des Plastikpferdes fest, blicke in die Kamera, die ich mit der anderen Hand halte, und mache ein Quatschgesicht. Ich schiele, rümpfe die Nase und verziehe den Mund.

„Hey, Leute", sage ich mit erhobener Stimme, um den Lärm des Karussells und der anderen Lotte-World-Besuchern zu übertönen. „Das ist also das heißbegehrte Gesicht, das ihr vermisst habt?"

Dann switcht das Bild und ich habe mir eine ruhige Ecke in *Lotte World* gesucht. Vor mir auf dem Tisch ein Milchshake, verstecke ich mich hinter seiner Sahnehaube und schmiere mir einen Sahnebart ins Gesicht.

„Ihr brennt bestimmt darauf zu erfahren, was ich die ganze Zeit in Seoul treibe. Und es wird einige freuen zu hören, wenn ich sage, dass ich wegen Moon hier bin." Einen Moment bleibe ich still, um den Zuschauern Zeit für eine Reaktion zu geben. „Ihr habt richtig gehört. Ich hoffe, dass mein Plan aufgeht und ihr dieses Video wirklich zu Gesicht bekommt. Denn wenn ich scheitere und Moon gestehe, dass ich zu ihm nach Seoul ziehe, und er mich abweist, werde ich die große Videopremiere an Silvester streichen. Applaudiert an der Stelle, wenn es Null Uhr geschlagen hat, ein neues Jahr beginnt und das Video online ist." Ich nicke kräftig und applaudiere mir selbst. „Happy New Year!"

Als nächstes bin ich vor dem *Magic Castle*. Erst filme ich das Wasser um mich herum, dann den Platz direkt vor dem Schloss. „Den Ort dürftet ihr von meinem Livestream kennen. Na? Wie habe ich mich gemacht?" Ich posiere mit einem Arm modellike und bete stumm, dass Aidens Verlobung ein voller Erfolg wird und ich das Lied nicht verhunze.

„Sobald ich fertig mit Singen bin und der Stream beendet ist, werde ich Moon erzählen, dass ich zu ihm nach Seoul ziehe." Verräterische Tränen der Angst drücken sich nach oben in meine Augenwinkel. „Hey, wer wird denn hier weinen, weil er ein neues Leben anfängt?" Ich lache, wische sie mir mit einer schnellen Handbewegung weg und beende das Video.

Die Kamera habe ich wieder in der Hand, als ich zu Gam-ris Gasthaus dackele. Ich präsentiere einen Teil des *Bukcheon Hanok Villages*, trage sogar die traditionell koreanische Tracht. Mein Hanbok ist in Rosa und Dunkelblau getaucht, soll an Moons und meine Haarfarbe erinnern, als wir zusammen in München gewohnt haben.

„Und? Wie schau ich aus? Stimmt in den Kommentaren ab, ob das cooler als ein Dirndl ist", animiere ich meine Zuschauer. „Warum nehme ich euch in diesem Ankündigungsvideo mit in dieses schöne Viertel, fragt ihr euch? Die Antwort zeige ich gleich." Ich switche zur Rückkamera und filme das Gasthaus. „Hier werde ich nämlich bald arbeiten. Verrückt, oder? Abonniert meinen Kanal, wenn ihr kein Update aus diesem bezaubernden Häuschen verpassen wollt."

Die Perspektive ändert sich erneut. Mit Gam-ri habe ich im Vorfeld abgesprochen, dass Li-na mich filmt, während ich meine ersten Probegäste empfange. Ich führe sie durch die Flure und präsentiere ihnen ihr Schlafgemach.

Danach laufe ich auf die Kamera zu, nehme sie Li-na ab und richte sie auf meine Freundin. „Das ist Li-na." An der Stelle verheimliche ich auf ihren Wunsch hin, dass sie Teddys Schwester ist. „Sie wird meine neue Mitbewohnerin. Sagt *hallo, Li-na*."

Sie winkt in die Linse und grinst breit. „Hallo, Li-na!", wiederholt sie inbrünstig.

Dann machen wir einen Cut und quetschen uns beide auf das Bild, sowie wir in der Küche sind.

„Wer mehr an meinen köstlichen Kreationen teilhaben will, folgt mir am besten auf *@yo-lina*." Sie tippt mir auf die Schulter. „Anni-*ya*?"

„*Ne, Unnie*?" Ich rede sie im übertragenen Sinne als große Schwester an, da es im Koreanischen höflich ist, eine ältere weibliche Person damit zu adressieren.

„Ich habe ein kulinarisches Meisterwerk für dich vorbereitet."

Perplex mustere ich sie, da wir nichts abgesprochen hatten. Im nächsten Moment muss ich jedoch so sehr lachen, dass mir die Kamera beinahe runterfällt.

Ich verwackle das Bild und richte sie auf das, was Li-na mir gezaubert hat. Es ist ein zerdrücktes Croissant, das auf der Unterseite mit Marmelade bestrichen ist.

„Ihr erlebt gerade hautnah, wie sich perfekt um mich gekümmert wird." Ich filme mich, wie ich genüsslich in das Gebäck beiße. *„Aju masisseoyo. Gomaweoyo."* Sehr lecker, danke.

Mit dem Croissant decke ich die Linse ab, um einen guten Switch zum nächsten Bild hinzubekommen.

Weil wir beim Thema Snacks sind, hocke ich bequem auf meiner Liege in Sebastians Lagerraum. Jedoch so, dass keine Regale im Hintergrund zu erahnen sind. Nicht, dass ihm noch das Gesundheitsamt auf die Pelle rückt.

Ich befördere ein Popcornteilchen aus der Kapuze meines verkehrtherum angezogenen Hoodies. „Wusstet ihr, dass das einer meiner Geheimtricks ist? Kürzester Weg zum Mund, da verliert ihr viel weniger Süßkram. Das aber nur am Rande. Jetzt möchte ich ein kleines bisschen cheesy werden und habe mir das perfekte Ambiente geschaffen." Dabei deute ich auf eine angezündete, einsame Yankee Candle, die ich in Bastis Lager gefunden habe. „Moon und ich werden unsere Beziehung öffentlich machen. Was bedeutet das für mich?" Theatralisch zuckt die Flamme in dem Glas. „Wohoo, sogar das Ding hier ist neugierig. Und wenn ich zugebe, ich auch. Keine Ahnung, wie sich alles entwickeln wird." Da ich nämlich das Angebot der Content Creators abgelehnt habe, bleibe ich meinem Kanal treu. Was ich allerdings mit Manager Park vereinbart habe, ist Folgendes: „Ich nehme euch ab und an mit, wenn ich *L8D8*s Konzerte besuche. Wir dürfen uns gemeinsam Dance Practices und Fotoshoots anschauen. Und ihr bekommt exklusive Interviews zu sehen. Cool, oder? Wer die Welt kennt, weiß, dass Beziehungen da eher keinen Platz haben. An der Stelle möchte ich das mutige Entertainment von *L8D8* loben. Sie schlagen neue Wege ein. Es ist alles ein Experiment, helft mir also durch euren positiven Zuspruch, dass das Projekt nicht scheitert." Um das sacken zu lassen, atme ich tief durch, bevor ich weiterquassle. „Wenn ihr aber jetzt denkt, dass es auf diesem Kanal nur noch um die Idols geht, habt ihr euch geschnitten. Mich werdet ihr nämlich nicht los." Ich schenke den Zuschauern ein breites Grinsen. „Wie gewohnt bleibe ich meinen Songcovern treu. Ich zeige euch Vlogs von Plätzen in Korea, die ich neu für mich entdecke, und binde das Gasthaus viel ein. Es wird also ein kunterbunter Mix."

Jetzt justiere ich flink die Kamera vom Stativ ab und führe sie näher zu mir. „Was ich damit sagen will, ist, dass sich für mich viel verändern wird. Das Projekt *A2Z, Anni to Zukunft*, bleibt weiter spannend. Habe ich Respekt vor der Veränderung? Ja. Werde ich meine Freunde in München vermissen? Großes Ja. Aber so kitschig es auch klingt, hier bei Moon ist jetzt mein Platz." Ich verziehe das Gesicht, mach ein Würgegeräusch und räuspere mich für den letzten Satz, mit dem ich das komplette Video beenden möchte. „Ganz schön ekelhaft süß, oder?"

Ende